KB150870

2022
Moon Yun-Sung
Science Fiction
Award

# 문윤성 SF 문학상

## 중단편 수상작품집

2022 제2회

이신주 백사혜 이 경 육선민 존 프림

아작

# 차례

대상

# 내 뒤편의 북소리

이신주

촉수들이 구불거리며 내렸다. 덜 익은 면처럼 생긴 그것들은 직경이 채 5밀리미터를 넘지 않았다. 무수한 촉수는 뿌리가 모두 같은 곳에 있다는 것을 믿을 수 없을 정도로 꿈틀거리고 부들거리고 휘청거렸다. 정신없이 늘어뜨려진 채 저희끼리 끊임없는 투쟁을 거듭하는 가느다란 촉수의 위편에는 펑퍼짐한 대가리가 얹혀 있었다. 대가리는 찌그러진 버섯구름 모양에다가 매끈했다. 대신 앞으로도 뒤로도 원반처럼 뻗은 갓이 실제 부피보다 위협적이었다. 정면을 향한 네 쌍의 눈동자는 개구리 알처럼 작고 광택 없는 검은자위를 드러냈다. 그런 것이 두 명, 각각 앞서거니 뒤서거니 등장했다.

"무언가 느껴지지 않나?"

앞장선 쪽이 말했다. 주의를 환기시키기 위함인지 그의 촉수 몇 갈래가 뒤편의 동행자를 건드렸다.

"이 행성에 내려선 뒤 백만 번은 족히 더 느낀 감정이 느껴지는군요."

"다시 못 박자면, 교육이 끝나기 전까지는 집에 갈 수 없네."

총잡이들의 결투처럼 곤두선 대화는 그들이 얼마나 열정적으로, 다시 말해 의무가 아니었더라면 결단코 공유하지 않았을 시간을 함께 보내고 있는지 말해주었다. 내려선 행성의 하늘은 달궈진 푸른색을 띠었고 구름마저 더위에 학을 떼고 도망쳐버린 지 오래였다.

"목이 텁텁해요. 이 흙먼지 하며 온갖 질소산화물들. 지긋지긋하다고요."

반쯤 탄 콘크리트를 비롯한 갖가지 불완전연소의 잔재가 바삭바삭 익어가는 한낮의 열기는 무엇보다도 이성인(異星人)에 대한 배려라고는 조금도 찾아볼 수 없는 무례한 환경이었다.

"마음이 꺾일 만큼의 연습은 숙련으로의 지름길이지. 이곳도 돌려보게."

앞장선 쪽이 어딘가를 가리켰다.

"군소리하지 말고."

채근 받는 쪽은 툴툴거리며 쥔 것을 쳐들었다. 기계는 주변 환경을 읽어 들이는 나선형의 수신 코일과, 받아들인 정보를 입방으로 재구성하는 부분으로 이루어져 있었다. 마지못해 스승의 말을 듣는 사용자 본인의 내키지 않는 손길보다도 더욱 마지못하게 기계는 작동을 시작하였다.

"공간기억을 읽을 때 가장 중요한 것은 뭐다?"

스승은 촉수 하나로 제자의 눈 여덟 개를 차례차례 가리켰다. 재봉틀처럼 경박스러운 움직임으로 정신없이 가까워졌다가 멀어지는 손끝을 바라보던 제자는 제 하반신의 촉수가 모여 거대한 칼날을 이루는 망상을 했다. 날의 끝에 무엇이 놓여 있을지는, 말할 필요도 없었다.

"기계가 파악하는 맥락에 자신의 인지 도식이 섞이지 않도록, 최대한 고정관념에서 벗어난 사고를 하는 것입니다."

"그렇지!"

스승의 촉수가 주변을 휘돌았다.

"이 행성은 인간이 살던 곳이다."

폐허라는 말조차 과분한 그곳은 문명의 그을음이나 한 종족의 죽음에 들러붙은 부생균(腐生菌)에 차라리 가까웠다. 반듯한 지붕이 거꾸러지고 벽과 담이 부글부글 뜨거운 진창으로 졸아들고 다시 식으며 세월에 맞서 나뒹굴었다. 편의상 지붕이니 벽이니 하는 구조를 칭했지만 실은 파괴가 하도 철저한 탓에 더 꺼질 구석도 없어 놀이터로 써도 될 것 같았다.

"두 다리, 두 팔을 상호배타적으로 쓰던 종족의 보금자리지. 그런 곳을 무심결에 우리의 맥락으로 판단했다간 공간기억을 아무리 많이 읽어도 잘못된 결과가 나올 수밖에 없다."

앞장선 생물, 아마 스승으로 보이는 쪽이 활기차게 말했다.

"그럼, 결괏값이 나올 때까지 육안 관찰 및 진단을 해보자꾸나."

"목도 텁텁하고 이제 눈이 멀 것 같아요."

뒤처진 생물, 아마 제자로 보이는 쪽이 투덜거렸다.

"최소한 이곳의 별이 저문 뒤에 내려올 수도 있었잖아요."

"저문 별은 다시 뜨겠지만, 때를 놓친 자네의 학업성취는 언제 제자리를 찾을 셈인가? 자, 군소리 말고."

제자는 온몸으로 한숨을 뱉었다. 자그마한 흡기공들이 낯선 대기에서 몸부림쳤다.

"뭐가 일어나서 이 꼴이 되었는데… 아주 빠르게 멸망한 것 같아요."

폐허는 아직 상대적으로 신선했다. 단지 파괴가 너무 강렬해서 마치 오랜 풍화작용에 노출된 것처럼 보일 뿐.

"아마 외부에서 일어난, 예상치 못한 일이었겠죠."

"아, 아."

스승이 촉수를 꺼떡댔다. 제자는 다시 칼날로 변한 제 하반신의 상상을 이어갔다.

"시작은 좋아. 그런데 두 번째 추론은 어폐가 있어."

스승이 안타깝다는 듯 고개를 흔들었다.

"인간 행동의 특성을 제대로 파악했더라면 저지르지 않았을 치명적인 실수지."

제자는 딴청을 피우며, 인류 문명이 최후의 순간을 맞이하기 직전까지 아무것도 모른 채 상공을 날고 있었을 한 마리의 새를 상상했다. 뼈까지 텅텅 비우면서 공기와 중력을 속이는

데 치중한 이 가련한 짐승은 재앙이 닥치자마자 혀를 빼물고 죽어버렸지만, 너무 높은 곳에서 고고하게 굴던 탓에 아직도 채 땅으로 떨어지지 못한 것이다. 천체의 인력권이 허용하는 한 가장 치명적인 속도로 그 부리를 곧추세운 채 떨어지는 새의 사체가 글쎄, 이를테면 눈앞의 스승에게 내리꽂히지나 않을까?

"인간들은 멸망 자체는 매우 잘 예상했네. 오히려 적극적으로 소비했지. 그 터무니없는 규모의 스릴이란."

안타깝게도 그런 일은 벌어지지 않을 모양이었다.

"그러니 이 재앙은 다른 무엇도 아닌 인간 스스로가 초래한 것일세."

*그건 어째서죠?* 하고 물어주길 바라는 것처럼 스승은 굴었다. 그래서 제자는 네 쌍의 눈을 필사적인 무관심으로 채웠다.

"단순히 공포 마케팅으로 소비하는 단계를 지나 이렇게 실질적인 멸망에 다다랐다는 점이 그러한 추론을 뒷받침하지. 인간들은 스스로의 멸망에 지대한 관심을 갖고 있었어. 특히 통제할 수 없는 외적 요인에 대해서."

이놈의 기계는 오늘따라 왜 이리 느린지. 스승의 장광설을 버티는 것은 초광속 기동 내내 우주선 표면에 매달려 우주먼지의 충격력을 이겨내라는 주문과 비슷했다.

"기온 변화, 소행성 충돌, 조석력과 열에너지 요동으로 일어나는 자연재해 같은 것들…."

단적으로 말해, 듣기 싫었다.

"인간들은 그것들에 대해 자세하고 실존적인 상상을 거듭하여 수도 없이 많은 대비책을 세웠지. 그들은 자신이 무엇을 쥐었는지도 잘 몰랐기에 자신들이 생각하기에 몇몇 위대한 발명품에도 마찬가지로 멸망의 사신이 될 기회를 주었어. 원자탄, 초대형 로봇, 초소형 로봇, 그냥 로봇, 엄청나게 많은 로봇, 눈이 빨간 로봇, 눈이 없는 로봇, 로봇, 로봇, 로봇…. 그들은 정작 그들 스스로를 두려워하지는 않았지."

아이러니한 일이었다. 스승은 목소리까지 깔면서 그런 분위기를 심으려고 노력 중이었다.

"통제를 벗어난 폭력, 통제를 벗어난 기술, 통제를 벗어난 자연은 두려워하면서도 바로 자신들의 그런 통제가 멸망을 불러오리라고는 생각지 않았다네."

제자는 거의 듣지 않았다. 활발하게 움직이던 촉수들은 주인이 딴생각을 시작하자마자 고개를 푹 숙인 채 옴짝달싹하지 않았다.

"그렇기에 대비가 적었고, 그렇기에 실질적인 멸망을 불러왔겠지. 누구보다도 멸망에 큰 관심을 가졌으면서도 이 특정한 멸망을 비껴가지 못한 것은 그런 까닭일 게야."

"아, 끝났네요."

자기가 방금 '제발 입 좀 닥쳐요.'라고 혹시 말하지는 않았는가 제자는 불안에 시달렸다. 그래서 더 진지한 표정으로 기계를 노려보았다. 혹여나 정말 일어난 일이라면 스승이 도리어 그 엄숙한 태도를 보고 '내가 잘못 들었나.' 하고 착각할 수 있도록.

“여기가 원래는 이런 모양이었군요.”

재현기가 다양한 관점으로 보여주는 살아 있던 도시의 모습은… 이색적이었다. 그게 다였다. 스승은 학문의 길을 걸으며 수도 없이 본 광경이라 감흥이 없었고, 제자는 배움이고 나발이고 빨리 집에나 가고 싶었기에 딱히 생각할 구석이 없었다. 그것은 어쩌면 재구성된 풍경에서 둘과 그나마 닮은 것이 비를 맞는 우산밖에 없을 정도로 이질적인 종족의 한때를 엿보는 까닭이었다. 그렇게 무관심은 필연적으로 찾아왔다.

“파괴의 순간까지 볼 수 있나요?”

“이 기계가 읽어낸 인간 문명의 맥락 안에 멸망이 포함되어 있다면, 그래.”

공간기억을 통해 얻는 맥락이라는 것은 이 시점의 물질이 시공간 연속체 안에서 취하던 배치와 그 변천의 역순행적 구성이었다. 이를 통해 과거의 어느 순간이라도 기계는 재구성했고 해당 공간에 남은 온갖 흔적도 분류했다. 분류된 흔적을 통해 탐구 대상이 되는 미지의 종족의 행동양식을 추론하고, 그렇게 재구성된 양식으로 다시 공간의 변천을 보강하고… 하는 식으로 점점 완벽에 가까운 관측 결과를 내놓았다.

다만 탐구 대상이 기계가 추론하는 인간 문명의 일반적인 생리 안에 놓이지 않았다면, 즉 ‘맥락’으로 뭉뚱그릴 수 없을 정도로 비선형적인 영역에 있다면 아무리 결과를 보강하더라도 공간기억만으로는 그것을 읽어낼 수 없었다. 그리고 제자

스스로가 언급했듯, 이곳의 파괴는 삽시간에 닥쳐왔다. 인간이 멸망 자체에 많은 관심을 가졌을지언정 이 특정한 멸망에만은 어떤 대비도, 아니 상상도 못 했을 만큼 낯설고 새로운. 그러니 사실상 그의 물음에 대한 답은 '아니'였다.

"파괴는 인간들이 떠올리지 못한 방법으로 닥쳐왔다."

스승의 말은 거의 즐거운 것처럼 들렸다. 가장 중요한 실마리가 시시하게도 자동기계의 힘으로 해결되어버리거든 무슨 재미가 있겠느냐는 것처럼.

"공간기억만으로는 꿰뚫기 힘들게야."

스승은 눈두덩을 으쓱거렸다. 제자는 그 모습을 보지 않으려 부득불 시신경을 마비시켰다.

"그럼 어떻게 하죠? 더 센 장비를 들고 오나요?"

"자네 같은 학생을 의무적으로 펠로우십에 참가시키라는 행정명령만 없었어도, 연구실에는 성간 현미경이 한 트럭은 더 들어왔을 게야."

제자는 오늘 일정이 끝나면 만사를 제쳐놓고 정신과 상담부터 받아야겠다고 결심했다. 머릿속에 문제가 생겨서가 아니라, 조만간 생길 것 같아서였다.

"걱정 말게. 인간들은 기록하는 걸 좋아하니까."

어쩌면 스승 살해로 잡혀 들어가기 전, 길고 집중적인 우울증 치료 전적을 만들어두면 괜찮은 감형 사유가 될지도 몰랐다.

"인간들은 기록하는 걸 좋아한다네, 암, 그렇고말고. 특히 혼자 있을 때, 미로를 헤매거나, 정체불명의 실험을 당하거나, 동료와 떨어진 채 낯선 곳을 떠돌거나… 심지어는 괴물에게 붙들려 질질 끌려가는 순간에도 그에 대해 가능한 한 상세하고 어째서인지 문학적인 비유로 가득 찬 기록을 남기길 좋아하지!"

스승이 주변을 둘러보았다.

"그런 물건만 하나 찾는다면, 아무 문제 없이 이 도시에 일어난 일을 알 수 있지… 이를테면 이런 것."

스승이 기계가 재구성한 공간기억 속에서 무언가를 휘감았다. 납작한 직물을 층층이 쌓고 한쪽을 붙여 제본한 물건이었다.

"이런 것도 가능한 줄은 몰랐네요."

낡고 바삭바삭하면서도 금세 졸아들 것처럼 눅눅한 그 물건의 기억이 너무나도 자연스러이 현실과 상호작용하는 모습을 보며 제자는 감탄했다.

"그냥 수동적인 감상만 되는 줄 알았는데요."

"맞아, 그러니까, 아니야. 아니 그러니까."

스승의 촉수가 경박하게 흔들렸다.

"이건 기계가 재구성한 기억이 아니라네."

그러자 휘감긴 물건도 똑같은 움직임으로 흔들렸다.

"실제로 여기 있는 물건이야. 내가 직접 발견하여 주워들었지."

제자는 한쪽 끝 눈부터 반대편 끝까지의 눈을 파도치듯 연거푸 깜빡거렸다.

"일인칭 화자가 매일의 일을 기록한 일기로 보이는군. 자, 여기서 배울 수 있는 교훈이란 무엇일까?"

"땅에 반쯤 파묻혀 있던 그걸 보니 역시 목만 더 텁텁하고, 한시바삐 집에 가고 싶다는 가르침이 떠오릅니다."

"최소한 가르침이라는 주제에 맞게 빈정거리게. …바로 아무리 뛰어난 기계가 있더라도, 결국 핵심은 우리 스스로의 날카로운 관찰이라는 사실이지!"

물건의 제본된 부분, 그러니까 책등을 잡고 스승은 즐거운 듯 콧노래를 불렀다. 괜히 누군가를 가르치는 자리까지 오른 게 아닌지, 그는 본래 사용자와 한참 동떨어진 구조임에도 능숙하게 기록물을 펼쳤다.

"아, 역시! 이 모든 일이 벌어지기 전, 인간들이 가장 중요하게 여기던 사건을 기록해두었군."

스승의 눈길이 책의 앞장부터를 촉촉하게 훑었다.

"이리 오게, 함께 이 기록물을 해독하는 시간을…."

*

"할 수 있어, 할 수 있다고."

누가 닦달하는 것도 아닌데 남자는 입을 가만히 두지 못했다. 다른 두 명은 아무 말도 하지 않았다.

"할 수 있어…."

남자의 두 눈이 이따금 거북하도록 밝은 밤하늘을 향했다.

비정상적으로 생동감 넘치는 밝은 별들의 세상이 눈앞에 펼쳐졌다. 지구 대기의 혼탁한 구속을 벗어던진 날것의 우주가 거기에 있었다. 제어 콘솔이 이따금 경고를 뱉거들랑 그를 위시한 동료들의 시선이 잠깐씩 떨어졌다가 제자리로 돌아갔다. 컴퓨터는 우주선을 예측된 항로에서 단 1밀리라디안조차 탈선시키지 않으려 혈안이었으나, 단언컨대 조종간을 쥔 세 명의 우주비행사들은 그 컴퓨터보다 족히 백만 배는 더 심혈을 기울이고 있었다.

"그렇지, 응? 안 그래?"

남자가 양옆의 동료를 흘끔거렸다.

"안 그러면 우리가 왜 여기 있겠어? 그렇지?"

몸을 움직일 때마다 선내 우주복이 빳빳한 소리를 냈다. 초창기 우주개발 시절의 1인용 이글루 같은 꼴보다는 훨씬 나았지만, 제아무리 뛰어난 재료공학으로도 착용자 본인의 긴장까지 어떻게 해줄 순 없었다.

"맞아요, 대장."

둘 중 한 명이 용기를 내어, 혹은 참지 못하고 맞장구쳤다.

"성공하죠."

남자는 불그스름한 낯으로 주먹을 쥐었다 폈다를 반복했다. 뽀독. 촉각 감도를 높이기 위해 얇은 실리콘으로 처리된 손아귀가 부들부들 스쳤다. 무언가 꼭 붙들고 싶은 아기의 손바닥처럼 그는 부질없이 계속 주먹을 쥐었다. 뽀독, 뽀독, 뽀독. 수백만 달러를 들여 개발한 우주복이 씻은 유리그릇 같은 소리를 내기 시작했다.

"랑데부 200초 전."

여태까지 입을 열지 않던 대원이었다. 나머지 둘이 일제히 행동을 멈추었다.

"…좋아."

대장이라고 불린 중앙의 남자는 그 말이 제 입에서 처음 나오는 '좋아'라도 되는 것처럼 굴었다. 훈련은 머릿속이 온통 숫돌처럼 반질반질해지도록 되풀이되었다. 이후 벌어질 일에 대해서는 그의 마음이 아니라 팔다리가 이미 알고 있었다. 지문이 마르고 닳도록 조작했던 버튼과 레버들은 이미 그들의 몸 일부처럼 느껴졌다. 바싹 마른 혀가 입술을 거칠거칠하게 벗겨냈다.

"최종 점검. 디커플링 활성화 대기."

*

"…너무 비장해서 잘 모르겠는데요."

제자가 난색을 표했다.

"드물게도, 나도 마찬가지로구나."

스승이 눈살을 찌푸렸다. 네 쌍의 반구들이 일제히 총천연색으로 빛나는 모습은 기괴하면서도 아름다웠다.

"분명 이들이 맞닥뜨린 어떤 일은 당시 너무나 당연했던 게야. 굳이 '그 사건'이라든가 '그 일' 같은 뻔한 설명조차 없을 정도로."

스승이 탄식했다.

"이럴 경우에는 살아 있는 표본이 있으면 좋겠지만, 그게 없으니 우린 이 기록물 안의 맥락을 읽어내야 한다."

제자는 화들짝 놀랐다. 저를 향해 쏟아지는 스승의 부푼 눈길을 느낀 까닭이었다.

"이럴 때 취해야 할 접근법은…?"

그 기대에 최선을 다해 부응하려는 척을 하는 데에 최선을 다하면서, 제자는 스승의 촉수 몇 가닥이 무의식적으로 제 주인의 머릿속 정답을 드러내는 것을 눈여겨보았다.

"…기억을 읽는 것이죠. 어, 그런데, 이 기록물 자체의 공간기억이 아니라…."

제자의 반응을 보고 반응하는 스승의 반응을 보고 반응하는 제자, 오직 피와 살로 된 생명체만이 벗어날 수 있는 논리의 굴레였다.

"…해당 문자열의 의미망을 추출하고, 그리고 연관성이 높은 그룹을 짝짓고…."

머릿속의 빈자리를 채우려 솟아오르는 제자의 현란한 보디랭귀지는 손짓 발짓, 이라는 말로는 부족했다. 아무렴, 그들의 촉수는 성장에 따른 분화 단계를 가리키는 수식만 해도 총 여섯 개의 변수가 존재하는 무시무시한 길이의 다항식이었다.

"사소한 부분은 미흡하지만, 얼추 핵심은 맞았다."

스승은 한편 정확한 대답보다는 제자가 빈정거리지 않았

다는 점에 집중하려는 것 같았다.

"여기서 배울 점은, 학생과 학자를 구분하는 것은 바로 지식의 사소한 디테일을 파악하는 능력이라는 점이다."

뒤이어 제자 대신 기계를 조작한 스승은 기록물 전체에 흩어진 암시와 그로부터 추출한 맥락을 한데 엮어 당시 인간들이 직면한 위기의 정체를 조사했다.

"원시 '검은 구멍' 하나가 이들의 모성, 그러니까 우리가 있는 이곳으로 돌진 중이었군. 이 검은 구멍이라는 것은 우리의 말로는 시체별이라고 한다."

제자가 고개를 끄덕였다. 스승은 재현기를 독촉하여 그것의 자세한 정보까지 불러냈다.

"대략 '럭비공'만 한 크기였다는군."

제자는 지구를 관통하려 드는 길 잃은 파괴자에 대항하여 그 사건의 지평선을 교란하고, 수명이 거의 다 된 시체별을 억지로 살해하기 위해 인간들이 시행한 작전에 대해 조금은 알 것 같았다. 최소한 우주비행사들이 왜 그렇게 비장하게 구는지 정도는.

*

"작전 돌입 시점은 접촉 즉시입니다."

블랙홀의 수명이라는 말은 사실 '고드름이 가장 좋아하는 청진기'만큼이나 멍청한 표현이었지만, 그렇다고 우주 곳곳을 내리누르는 그 탐욕스러운 중력원들이 영원불멸한 것도 아니었다. 시공간 연속체의 무작위 반응으로 생성되는 물질 쌍 중 일부가 블랙홀에 포섭되는 순간, 스스로의 인력권으로부터 벗어난 외톨이 입자만큼의 에너지를 블랙홀은 잃는다. 이것을 아주 많이, 우주의 모든 고드름이 같은 길이가 되는 경우의 수를 노리며 겨울을 지새우듯 오랜 시간 반복하면 블랙홀은 모든 에너지를 잃고 '죽는다.' 이 과정을 억지로 가속하는 것이 작전의 골자였다.

"예측 모델 이상 없음, 회로 잠금. 초읽기 개시!"

우주의 가장 심원한 비밀을 일컫는 이론들에 따라 고안된 가장 세련된 작전을 현실로 이끌어내기 위해 인류 역사상 가장 세련되지 못한 규모의 예산이 책정되었다. 학자들은 도표 속 수치를, 그 수치를 묶는 다른 도표와 그 모든 도표를 관리하는 거대한 도표와 마지막으로 부정맥에 걸린 깍쟁이처럼 널뛰는 오실로스코프 속 시시각각 변하는 관측값을 붙잡고 손이 눈두덩처럼, 눈두덩이 손처럼 부르트도록 일했다. 작업자들은 저희들이 발 디딘 행성이 스웨터의 보푸라기처럼 너덜너덜 파괴되는 악몽에 밤잠을 설치며 일에 매진했다. 이를 지켜보는 사람들의 속은 12월에 내년의 다짐을 위해 올해의 계획을 포기하는 이들의 텅 빈 약속처럼 타들어갔다. 시간이 흘러 연구진들이 졸다가 흘린 침이 모여 제3세계 어느 나라의 물 부족 위기를 해소해도 이상하지 않을 즈음, 마침내 우주선이 출발했다.

그리고 여기에 왔다.

"사건의 지평선 접촉까지 앞으로…."

무한대의 중력을 선체가 이겨내는 방법? 묻지 말라. 구체적으로 어떻게 무작위 물질쌍의 생성을 촉진하는가? 묻지 말라. 세 명의 우주비행사에게 물어야 할 것은 그런 것들이 아니었다. 돌아가면 무엇을 할 것인지, 같은 상투적인 인사도 아니었다. '돌아가면'이 아니었다. 이미 상상하는 대로, 이미 성공한 뒤 돌아간 날의 이야기를 그들에게 물어야 했다.

돌아간 날 가장 먼저 누구의 손을 잡았는지, 그 눈을 바라보며 무슨 생각을 했는지, 따뜻한 물을 몸에 듬뿍 끼얹고 머리를 부들부들하게 헹굴 때 코끝을 스치던 샴푸의 냄새는 어땠는지, 두께 1센티미터가 넘는 스테이크를 자르던 환영 만찬의 분위기는 어땠는지, 탁상 화분에 욱여넣어진 미니선인장 따위로부터 달콤한 생명의 냄새를 느끼는 와중 제집 안방에서 선내 우주복 대신 걸친 가운의 감촉은 어땠는지. 흐물거리는 어둠 속 천장을 바라보며 까무룩 잠이 들기 전 마지막으로 떠오른 가장 무의식적인 일상의 버팀목은 무엇이었는지.

"접촉 대비! 장치 활성화! 출력 최대로!"

그러나 아직 일은 벌어지지 않았고 블랙홀의 탐욕도 다 채워지지 않았는데, 어떻게 감히 미래의 일을 과거의 시제로 논할 수 있단 말인가? 변덕스러운 것은 그러나 시간이었다. 일의 앞뒤를 비틀고 관찰자가 관찰당하며 덮기도 전 벗겨지고 잇기도 전 끊어지는 혼돈의 도가니. 공을 던지지도 않았는데 받게 되고, 죽어가는 사람은 있으나 잘못한 사람은 없는 일반해가 실종된 도덕방정식, 건넨 쪽이 나타났는데도 받은 쪽은 끝끝내 밝혀낼 수 없는 분식물리학적인 미스터리. 그 모든 것이 브로콜리의 각각의 알갱이처럼 하나의 뿌리를 갖고 뒤엉킨 초고농도의 형체야말로 시간이었고 시간이며 시간일 것이었기에 그래서 그들은 블랙홀과 맞닥뜨린 순간이 기억인지, 경험인지, 그도 아니면 예측인지조차 확신할 수 없었다.
세 명의 우주비행사들은 그렇게 지금을 잃어버렸다.

*말도 안 돼. 정말 느껴지잖아. 감각이라는 게 아직 있다면 말이지.* 는 생각했다. *팔백만 개의 통점을 하나하나 훑었지만 시간은 조금도 흐르지 않았다. 몰래 잎사귀를 피웠을 때랑 비슷한걸. 그때보다 백배는 더 강하지만 말이야. 나는 생각의 덩어리이다.* 가 확실하지 않은 생각을 했다. *어딘가를 떠다니는 것도 공백을 헤엄치는 것도 아니다. 몸을 찾으려도 그럴 수 없다.*
*나는 질량도 부피도 없는 순수한 관념이다. 점, 선, 면, 입방. 수학적으로 완전한 인간. 아무것도 모르면서, 조종간을 놓으면 안 돼. 이게 무한대의 중력에 노출된 대가일까?* 는 궁금했다. *사건의 지평선을 침범하며 우주선이 버틸까? 그 안에 있는 우리는? 몸이 부서지고 엿가락처럼 휘고 끝내 불가시영역까지 곤두박질쳤어도 의식만은 남았을까? 어리둥절한 찰나, 뇌신경이 마지막으로 자아내는 적체된 환상은 어쩌면 일 인분의 천국이 아닐까?* 는 자신이 그것을 바라는지 아닌

지 알 수가 없었다. *블랙홀의 강력한 힘이 공간과 더불어 시간마저 앞당긴다. 십만 배, 백만 배의 경이 속으로!*

*그러나 우리는 블랙홀에 닿을 거야. 닿았어. 디커플링은 잘 되었어. 난 조종간을 놓을 거야… 아니 놓았어. 나는 과거 시제를 쓸 줄 알아. 열쇠의 홈처럼 높낮이가 다른 순간들을 나는 앞뒤로 꿰뚫어 맞추었었었었다.* 가 생각하는 허용될 수 있는 시제는 고작 그 정도가 다였다. *나는 작전을 볼 것이지만 이미 느꼈고, 그래서 기억할 수 있어. 우리는 블랙홀에 닿았었고, 그 뒤에도 여전히 사고하고 있어. 그러면, 우린 생각할 수 있는 몸이 있고, 우릴 담은 조종실이 있고, 조종실을 감싼 선체도 있을 거야. 우리는 거기 있을 거야. 우리는 거기 있어. 우리는 우주선 안에 있었어. 내가 생각하는 바로 이 순간이야.*

*우리는 성공한 우주선 안에 있어. 죽지 않았어.* 그가 생각했다!

*작전이 성공한 거야!* 살았어!

정도만 다를 뿐, 모두가 비슷했다. 늦은 밤 마지못해 지는 꽃잎처럼 껌뻑껌뻑 하나둘 정신을 추슬렀다. 반가운 손님이라도 마중 나온 것처럼 부푼 눈과 입에서는 포도색 피멍울이 투덜투덜 떨어졌다. 관절마다 작은 예수를 한 명씩 못질한 것처럼 아팠다. 입안에 난데없이 숯이 굴러다녔는데, 힘껏 씹자 부러지는 대신 께느른하게 찢어졌다. 바짝 마른 혀가 터지자피 맛이 차올랐다. 원초적인 고통이 꽹과리처럼 머릿속을 두들겼다.

"이, 일어나!"

뱀처럼 갈라진 채 피를 뿜어내는 혀를 대장은 가까스로 가누었다.

"상황 확인해!"

대원들이 기계적으로 몸을 일으켰다. 어디까지나 훈련이 각인된 탓이었다. 팬터마임을 하듯 휘적휘적, 조금씩 허공의 계기판을 조정하던 동료들도 차츰 정신을 차렸다. 블랙홀 접촉 당시의 일이 경험을 거쳐 기억이 되었음을, 그리고 그 뒤에도 여전히 새로운 것을 생각하고 느낄 수 있음을 받아들였다.

"사, 살았다!"

"살았어! 살았다고!"

"성공했어!"

대장은 다 큰 어른들이 서로 뺨을 비비며 눈물 콧물을 펑펑 쏟아내는 모습에 자기 자신 또한 소신껏 동참하면서, 힐끗 제어 콘솔에 표기된 측정값들을 훔쳐보았다. 블랙홀은 깨끗이 소멸했다. 우주선은 처음부터 그런 것은 없었다는 것처럼 유유자적 항로를 따라 전진하는 중이었다. 엎어지면 코 닿을 거리에서 지구를 표시하는 푸근한 초록색 아이콘이 떠올랐다. 목표의 위치, 블랙홀에 할당된 붉은 X자가 없어진 태양계의 그래픽은 앓던 이가 빠진 것처럼 시원했다.

*

"그 뒤론 이곳으로 돌아왔군. 당연히 해야 할 일이었겠지."

제자는 기록물을 남긴 이름 모를 인간의 심정을 헤아리려 해봤다.

한 종족의 멸망을 막은 뒤, 그것도 자신이 나고 자란 땅의 모두를 구한 뒤 다시 땅에 내려서는 순간은 그야말로 황홀경과도 같았을 것이었다.

"…그리고 그때부터 무언가 잘못되었다고도 적었네."

다만 전혀 예상치 못한 문제가 뒤이어 떠오른다면, 더욱이 그게 혹여 지금 이 행성에 펼쳐진 살풍경한 모습과 관련이 있다면… 세상에 그것보다 끔찍한 고문도 몇 없을 것이다.

*

"말이 되나?"

대장이 막무가내로 목소리를 높였다.

"전부 대피소에 들어갔다고 해도 지금쯤이면 상황이 전달되었을 거 아냐!"

퍼부어진 고함은 전채처럼 차려진 나머지 두 대원의 고막을 살짝 덥히곤, 아스라이 펼쳐진 아담한 경사지붕 집과 그 골목들 사이로 굽이굽이 메아리쳤다. 꽁초와 낙엽이 뒤섞여 막힌 하수구, 벅벅 전단 뜯어진 자국이 남은 담장, 아무리 닦아도 어린아이 혹은 부주의한 남편의 손자국이 남는 창, 선을 잘못 긋는 바람에 이전 도색의 흔적이 그림자처럼 따라붙는 도로의 횡단보도와 정지선… 그러나 소리가 끊임없이 울리고 맺히고 결국 소곤소곤 사그라들기까지, 고함은 다른 살아 있는 누군가의 귓바퀴와 다시는 만나지 못했다.

"나무도, 풀 한 포기도 없는 건 또 뭔가?"

대장의 목소리는 바락바락 떼를 쓰는 것처럼 들렸다.

"이것 봐. 여긴 원래 잔디가 있었겠지. 여기는 가로수 자리고!"

목에서 듣기 싫은 쇳소리가 나도록 고함을 지르면, 그렇게 온 동네를 성가시게 만들면 비로소 누군가 고개를 내밀기라도 할 것 같았다.

"마을 사람들이 전부 짊어지고 대피하기라도 했나? 응?"

잉크처럼 짙은 어둠을 향해 가녀린 손전등을 휘두르는 어린아이처럼, 대장의 절박한 목소리는 자신조차 돌보지 않고 울려 퍼졌다.

"지, 진정하세요."

대장은 자신을 뜯어말리는 대원을 바라보았다. 그는—어차피 그들끼리의 이야기였지만—조종사였다.

"어쨌든 여긴 지구가 맞습니다. 분명히 확인했잖아요."

"그래, 확인했지."

그때 또 다른 휘하 대원—그들 사이에선 연구원인—이 끼어들었다. 어차피 우주선은 서로의 상하관계를 정하는 것보다는 지구를 구하는 데 그 목적이 있었다. 서로의 직책은 엄밀한 지휘체계가 아닌 그네들이 각자 불리고 싶은 대로의 이름을 담고 있었다.

"아니면 확인했다고 믿은 것 아냐?"

대놓고 빈정거리는 어투. 이제 보니 대장만 문제가 아니라 연구원 또한 말썽을 일으킬 기운으로 충만했다.

"그럴 거면 가만히나 있어."

상급자의 두려움을 달래주기는커녕 옆에서 같이 부채질이나 하는 동료를 향해 아픈 눈초리가 쏘아졌다.

"일 더 복잡하게 만들지 말고, 제발!"

"뭐가? 그냥 가능성을 탐구해보자고."

이죽거리던 연구원이 주저앉았다. 그러자 땅이 움푹 패었다. 보드라운 모래사장도 아닌데도, 분명히 아스팔트를 깐 단단한 도로인데도, 연구원의 몸을 따라 마치 진흙을 이기듯 뚜렷한 굴곡이 생겨났다. 뒤이어 내려온 손길에도 땅은 조금도 참지 못하고 푹푹 꺼졌다.

"뭘?"

"우리가 착륙한 다음부터 뭘 했는지 말이야."

연구원이 힐끗 대장을 눈여겨보았다.

"그러면 어디부터, 뭐가 잘못됐는지 알 수 있을 겁니다. 안 그래요, 대장?"

"그, 그래. 그렇지."

대장의 큰 고갯짓은 다른 누구도 아닌 스스로를 향한 위안이었다.

"자네 말이 맞네, 그래, 맞아!"

대장이 눈 주위를 전부 감싸는 선글라스를 추켜올리며 대답했다. 우주비행사의 표준 복식은 아니었지만, 그뿐만 아니라 나머지 두 명 또한 비슷한 것을 비슷한 이유로 걸치고 있었다. 웬걸, 자기 일기장을 챙겨온 사람도 있었으니 별문제는 아니었다.

"어디부터 시작한다…?"

대장이 하늘을 우러러보았다. 태양의 섬광이 고함처럼 내리꽂혔지만 눈은 부시지 않았다. 오히려 빛은 느리고 애달팠다. 마치 이슬을 핥아 목을 축이려는 것처럼. 즉 지금 눈이 부신 것은 왜인지는 몰라도 햇빛 때문이 아니었다. 그러나 이상한 구석이 어디 그뿐인가? 선내 우주복 차림으로 뙤약볕 아래를 나다니는데도 땀은 나지 않았다. 목이 타지도 않았다. 덥지도 춥지도 않은, 그러나 쾌적하지도 않은 기묘한 무감각이 흡사 꿈결처럼 흐리게 내렸다.

"…먼저, 우주센터의 신호를 찾을 수가 없었지."

대장의 목소리가 차차 기력을 되찾았다. 이해할 수 없는 광경으로부터 고개를 돌린 그의 마음은 분명히 벌어진 일, 분명히 아는 것들 사이에서 안정을 갈구했다.

"그건 자네들도 확인했어, 그렇지 않나?"

두 명의 대원도 각각 제 몫의 계기판을 들여다보던 일을 떠올리며 고개를 끄덕였다.

"별일은 아니라고 판단하셨습니다. 저희도 동의했고요, 왜냐하면 명백히…."

조종사는 문득 불쾌한 생각이 들었다. 마치 꾸지람을 모면하려는 아이처럼 저희들이 굴고 있는 것이었다. '왜냐하면'이라니? 거기에 또 '명백히'라니? 저도 모르게 튀어나온 그 말은 여태까지 저희의 행동에는 물론 하나하나 합당한 근거가 있었고 자신들은 그것을 착한 학생처럼 얌전히 따랐다는 것을 호소하는 꼴이 아닌가. 대체 누구에게? 저 위편의 누군가가 눈앞의 이 기묘한 사건이 어찌 되었든 그들에겐 잘못이 없다는 것을 입증해줄 준비라도 하고 있단 말인가?

두려움이다. 두려움이 이성을 마비시키고 있다.

알 수 없는 일에 맞서 할 수 있는 것을 그들은 했다. 위대한 영웅이 되어 이곳에 돌아왔어야 하는데, 돌연 익숙한 고향에서 그들을 맞이하여 풀어헤쳐진 것은 더욱더 알 수 없는 일의 연속이었다. 우주의 불가해한 변덕에 시달리는 세 구의 꼭두각시. 알 수 없는 법칙에 사로잡혀 옴짝달싹 못 하는 세 개의 나사못.

"…며, 명백하게, 선체가 손상되었기 때문이었습니다."

"그래요."

다른 대원, 연구원이 맞장구쳤다.

"블랙홀을 쑤시느라 통신 상태가 안 좋았습니다."

"선체 손상이 심해 길게 시간을 끌 수도 없었지요. 우주 미아가 되기 싫으면요."

대장은 둘의 말을 받아 고개를 끄덕였다.

"그래서 자력으로 착륙을 시도했지."

대장이 선글라스를 매만졌다.

"가장 조건에 적합한 지점을 골랐고, 좌표를 센터에 전송하는 것도 잊지 않았고, 대기권에 진입했다. 다행히 무사히 땅에 내려섰고, 그리고…."

대장은 무심결에 발끝으로 땅을 두들겼다. 도로가 반죽처럼 푹푹 패였다. 조금 전 다른 대원이 주저앉을 때와 마찬가지였다. 발부리의 모양대로 짓눌린 길은 원래대로 돌아오지 않았다.

"그리고, 이러고 있지요. 지금."

주저앉아 아직 일어나지 않은 연구원이 양팔을 퍼덕였다. 이죽거리는 미소는 지워지지 않았다.

"착륙 과정에서 문제는 없었지. 그렇지 않나?"

대장의 기계적인 물음에 두 대원도 기계적으로 답했다. 끄덕끄덕.

"내린 직후에 눈이 부셨어요. 저는 생각만 했는데, 처음 말로 한 건 대장입니다."

"맞아요. 태양에 적응하느라 그런 건 줄 알았는데, 선글라스를 끼기 전까지 눈이 너무 아팠습니다."

우스운 꼬락서니였다. 육체적으로도, 정신적으로도 우수한 인재들 중에서 다시 고르고 골라 선발된 세 명의 인재가 '우주선에서 내리자 눈이 부셨다.' 같은 사소한 진술을 두고 상황의 논증을 반복하는 것은.

"그래서, 급한 대로 대장이 챙겨… 근데 생각해보니 선글라스는 왜 숨겨 탄 겁니까?"

"멋있잖나."

대장이 대수롭잖게 말했다.

"작전이 성공하고 지구를 구한 우주비행사 셋이 매끈한 선글라스 하나씩 쓰고 내려오면."

킬킬. 조금 풀죽은 웃음이 맴돌았다.

"휴대폰을 챙겨왔으면 좋았을걸요."

조종사가 어느 집의 담에 손을 짚었다.

"아님 망원경이라든가, 아니면…."

그의 몸이 점점 기울어졌다. 손길이 닿자마자 벽이 고사리처럼 움츠러들기 시작한 것이었다. 조종사는 일부러 몸에 힘을 실으며, 눈먼 행인의 정강이뼈를 묵사발로 만들 만큼 튼튼한 벽돌담이 맥없이 후퇴하는 것을 지켜보았다. 손자국이 어찌나 선명하게 남는지 벽에 남은 음각으로 지문인식기의 보안도 뚫을 수 있을 것 같았다. 나머지 둘이 불편한 기색으로 그의 시선을 따라갔다.

"그것도 이야기해야지. 일단은…."

크흠. 크흠. 헛기침이 울렸다.

"선글라스를 쓴 뒤에, 주변에 아무도 없는 걸 봤지."

"아무 '것'도 없었지요, 대장."

연구원이 앉은 채로 무언가 펼치는 시늉을 했다. 환상의 지도라도 보고 있는 것 같았다.

"환영인파야 뭐, 워낙 급하게 착륙했으니 그렇다고 치죠."

벽에서 손을 뗀 조종사가 떨떠름한 표정으로 보충했다.

"하지만 분명히 항법 컴퓨터에 입력된 바로는 여기 근처에 울창한 숲도 있고, 약간 멀긴 해도 공군기지도 하나 있고, 광물이 많아 통신에 문제가 생길 수 있다고 주석까지 붙은 해발고도 6백 미터쯤 되는 산도 하나 있어야 했어요. 제가 맹세할 수 있습니다."

그 말을 듣던 연구원이 머리를 벅벅 긁었다. 셋의 시선이 동시에 마을을 벗어났다. 바깥에는 지평선 끝까지 펼쳐진 황야뿐이었다. 스케이트장처럼 매끄러운 평지가 보는 사람이 답답할 정도로 멍청하게 펼쳐져 있었다. 빠른 물살이 자갈을 짓눌러 동글동글하게 깎아버린 뒤의, 삭풍이 휘몰아쳐 그 낱알을 모두 잃어버린 뒤의 앙상한 나목에서 느껴지는 그런 적막함. 하도 풍경이 단조로운 탓에 불쑥 튀어나온 마을이 곧 떨어질 딱지처럼 느껴졌다.

"…다행히."

대장은 방금 제가 한 말을 믿을 수 없다는 것처럼 행동했다.

"시야 확보에는 용이한 이… 변칙 사항 덕분에. 멀리서 이 마을을 보고 도보로 이동했지."

"네."

연구원이 마침내 훌훌 자리를 털고 일어났다.

"조난이라도 당할 것처럼 함내 식량을 싹 다 챙겨서요."

다른 옷 한 벌을 더 만들 만큼 매달린 주머니들은 고열량의 칼로리바를 담은 채 부스럭거렸다.

"더 말할 겁니까?"

연구원이 시선을 땅으로 늘어뜨렸다.

"전 솔직히 이미 답이 나왔다고 보는데요?"

말은 스스로가 질문인지 강조인지 알 수 없다는 듯 갈팡질팡했다. 연구원이 양팔을 쳐올렸다. 아기가 제 턱받이를 쥐어뜯듯 허공에서 몸부림치는 열 개의 손가락, 분개하는 그 손짓이 처량했다.

"착륙이 잘 되었다고요? 우리가 그렇게 믿는 거겠죠."

연구원이 눈앞의 건물들을 팔로 벨 듯 휘둘렀다. 사람도 개도 고양이도 풀 한 포기도 나무 한 그루도 벌레 한 마리도 찾아볼 수 없는 마을은 무언가로부터 도망치려는 듯 팽팽히 긴장한 채로 그러나 어딘가 어설프게 남아 있었다. 살얼음으로 지은 궁전 위에 누군가 휘발유를 붓고 불이라도 댕길 것처럼 풍경은 겁에 질려 있었다.

"여기가 지구라고요? 우리가 그렇게 믿는 거겠죠."

연구원은 제 동료가 기대던 건물 벽에 냅다 주먹을 날렸다. 눈에 허풍이 가득한 남자가 제 연인 앞에서 펀치머신을 보고서만 지을 수 있는 그런 악귀 같은 얼굴로 주먹질을 했다. 믿을 수 없다는 말이 그날 세 명의 우주비행사들에게 얼마나 진저리쳐지도록 되풀이되었는지, 그야말로 믿을 수 없었다.

대원의 뼈가 부러지는 일도 손등의 살갗이 찢어지는 일도 없었다. 그렇다고 벽이 무너지지도 않았다. 벽은 흐늘흐늘

'흩어졌다.' 와글와글 쏟아지는 대신, 그에게서 받은 타격을 두고두고 곱씹는 것처럼 파편들은 걸쭉하게 늘어나 주먹의 관성을 따라 허공을 수놓았다. 끈적끈적 튀어 나가던 벽은 머잖아 흩어지기를 멈추었다. 그러고는 그대로 굳어버렸다.

"이런 게 진짜일 리 없잖아요, 여기가 진짜 지구일 리 없잖아요!"

연구원이 흰자위를 번들거렸다. 발악하듯 팔을 휘둘렀다.

"다 꾸민 거라고요! 겉보기에만 그럴싸하게!"

꼭 뒤집힌 거북이의 몸부림을 보는 것 같았다.

"우리가 성공했다고요? 살아 있다고요? 그렇게 믿는 거겠죠!"

"이게 다 환상이라고 말하고 싶은 거야? 응?"

동료 대원, 조종사가 말을 끊었다.

"무슨, 응? 우린 그럼 다 죽은 거야? 실은 임무가 실패했는데도 꿈을 꾸는 거야?"

조종사가 기세를 몰아 빈정거렸다.

"아니면 컴퓨터의 가상현실? 환각? 블랙홀 속 신? 여기가 천국인가? 더 불러내고 싶은 빈약한 전개라도 있어?"

"신이든 외계인이든 상관없어! 지금 벌어진 일을 봐!"

연구원이 분개하여 발을 굴렀다. 그러다가 넘어질 뻔했다. 바닥이 어떻게 되었는지는 이제 말할 필요조차 없었다.

"여기가 가짜라는 건 뻔하잖아!"

옥신각신 입씨름이 이어졌다. 대장은 문득 하늘을 올려다보았다. 선글라스를 쓰지 않아도 눈이 부시지 않은 이상한 태양은, 어째서인지 전혀 움직이지 않은 채 하나도 따뜻하지 않은 광채를 온 세상에 흩뿌렸다. '지옥은 언제나 12시 정각.' 따위의 상투적인 문구가 떠오르고….

*

"외계인이라고요?"

제자가 드물게도 끼어들었다.

"인간들이 우리를 알고 있었나요?"

"그렇진 않았다."

스승이 대답했다.

"외계인이라는 표현은 인간이 저희의 빈곤한 상상력에 바르는 일종의 수사학적 연고였지."

시시한 질문이었지만, 그래도 작게나마 제자의 학구열에 불이 붙었단 건 좋은 징조였다.

"이들 머릿속 다른 별에 사는 인종은 언제나 인간들 스스로가 상상할 수 있을 만큼만 새로웠고, 또 합리적 차별을 정당화할 만큼만 자신들과 달랐다…."

*

대부분의 건물은 듬성듬성 서 있었다. 멀쩡한 건물이 얼마 안 남은 게 아니라, 하나하나의 건물이 오래된 빗처럼 이가 뭉텅이로 빠진 채 서 있었다. 골조나 기둥만 남아 어떻게 버티는 게 아니라 발끝을 곧추세운 발레리나 코끼리 같은, 객관적으로 도저히 설 수 없는 흉측한 모양이 되어서도 버젓이 그 지붕을 이고 있었다. 젠가를 할 때조차도 그 비슷한 꼬락서니를 해 갖고선 판을 계속 꾸릴 수 없었다. 그런데도 집은 서 있었다.

자르지 않고 마구 퍼먹은 케이크처럼 밑동이 사라진 건물도, 고꾸라지기 직전의 취객처럼 기운 건물도 전부 그대로 머물렀다. 이곳저곳에 흩날린 덩굴손 모양의 파괴가 밀랍처럼 굳자 이윽고 마을 전체를 이은 거미줄처럼 생긴, '소통' 정도의 이름을 붙이면 알맞을 대규모의 설치미술 작품이 생겼다. 문제는 그것을 감상할 이도 이 지구라고 생각되는 허술한 무대 전체에서 오로지 그들 세 명뿐이라는 사실이었다.

"…만약 이게 정말로 환상이면 어쩌지?"

대장이 숨을 몰아쉬며 물었다.

"정말 누가 의도한 걸까? 신이나, 아니면 뭐가?"

그의 눈에는 더운 피가 질식할 것처럼 들어찼다.

"그렇지 않고서야 우리가 동시에 같은 환각을 본다고?"

"블랙홀 속에 세워진 안식처일 수도 있지요. 옛날 영화처럼요."

연구원이 두 손으로 뭉실뭉실한 몸짓을 했다.

"안개가 가득해서 출입자의 마음을 그대로 투영하는 겁니다. 우린 사건의 지평선을 못 빠져나오고 여기 갇힌 거예요."

연구원은 전혀 그럴 말이 아닌데도 즐겁다는 듯 이죽거렸다.

"아니면, 대장과 네가, 아니면 대장에게는 우리 둘이, 너에게는 대장과 내가, 각각 환상일 수도 있지. 대장, 상상하는 걸 멈춰봐요."

연구원에게는 이제 제 표정을 가다듬을 기력조차 없었다. 그가 큰 소리로 웃었다.

"내가 그래도 이 자리에 있나 보게!"

"내가 널 상상한 거라면, 최소한 좀 고분고분하고 덜 지랄맞게 만들었을 거야!"

"둘 다 그만 좀 해요!"

떨어져 있던 다른 대원, 조종사가 그나마 상황을 정리하려 끼어들었다.

"마을을 부수는 게 무슨 도움이 된다고 우리끼리 진을 빼요? 잊어버렸을까 봐 그러는데, 우린 우주선에서 챙겨온 것 말곤 전혀 먹을 게 없어요!"

짧은 휴전이 끝나고 다시 드잡이질이 시작되었다. 다 큰 어른들이 아옹다옹하는 모습은 별로 멋있지 않았지만, 주변의 지형지물들이 온통 폭죽처럼 터지는 특수효과가 덧붙은 채로는 또 달랐다.

*

"이 뒤로는 또 싸움이 계속되다가, 결국 어설픈 합의에 다다라 휴식했군. 기록의 공백은 아마 수면을 취한 탓인 것 같구나."

스승은 쾅쾅 치고받고 부서지는 막싸움의 현장을 하나하

나 재구성하지 않고 대충 넘겼다.

"왜 넘기는 거예요? 한창 재미있는데?"

"재미라니?"

스승은 도리어 제자가 그렇게 물어온 것이 놀라운지 어리둥절한 표정을 지었다.

"이런, 이런. 그거야말로 인간이 우리와 다른 점이거늘."

마치 그런 게 아니라면 도저히 다른 점을 찾을 수 없기라도 한 것처럼, 물컹거리는 촉수 덩어리가 말했다.

"언제나 흥미에 앞서 효용성을 우선하는 것. 자, 이러한 생득적 지혜에 비추어 여기에서 우리가 배울 수 있는 교훈은 뭐지?"

그것은 바로 스승이 약았다는 사실이었다. 기계는 그가 선문답을 내는 사이 잽싸게 맥락을 밀어내 성공적으로 뒤편의 기억을 재구성하고 있었다. 이제 와 억지로라도 초점을 바꾸었다간 쓸데없이 신통찮은 결괏값만 나올 것이었다.

제자는 부루퉁하여 대충 아무 대답이나 했다.

*

"우리가… 우리가 노숙을 했던가요?"

허리가 지끈거리고 머리가 쑤시도록 잤는데도, 태양은 1센티미터조차 움직이지 않았다. 더 황당한 점은 분명 어느 주인 없는, 그리고 그나마 형체가 남은 집에 들어가 잠을 청했는데도, 눈을 뜨자 자신들이 허허벌판에 내동댕이쳐졌다는 사실이었다.

"다 허깨비였어. 아무렴 그렇지!"

연구원이 탄식했다.

"우리가 자는 사이에 사라진 거야."

"세상에 관찰자의 편의를 봐주는 허깨비가 있나? 자는 사이에 슬금슬금 도망가게?"

마을은 온데간데없었다. 눈앞의 지형 자체가 그들이 기억하던 것과 전혀 달랐다. 무엇보다 이전에는 없던 커다란 골짜기가 코앞에 뻔뻔하게도 버티고 있었다. 선 자리에서 바닥이 보이지 않을 만큼 깊고, 개미 한 마리 기어오르지 못할 만큼 가파르고, 태곳적의 대홍수가 연거푸 나지 않는 이상 다 채울 수 없을 만큼 넓은 골짜기는 그것을 정말 골이라고 불러야 하는지조차 알 수 없었다. 눈에 불을 켜고 둘러봐도 마을의 흔적은 찾아볼 수 없었다.

"영문 모를 일에 이어 또 영문 모를 일만 반복되잖아."

대장이 넋두리했다.

"누군가 장난을 치는 것 같군."

전날부터 무엇도 검증하지 못한 그들의 넋두리는 이제 어떤 화두를 내세우지조차 못했다. 대신 자신의 속마음을 실금하듯 흘려대는 역할밖에 하지 못했다. 머잖아 그네가 자주 듣던 노래나 암기한 지하철역의 순서가 부지불식간에 잠꼬대하듯 나오더라도 딱히 다를 것은 없었다.

"확인할 방법도 없어요."

연구원이 말했다. 막막하다는 듯 한숨을 쉬며.

"여기가 우리가 어제 있던 그 여기가 맞는지도요."

연구원은 손으로 그늘을 만들어 주변을 살폈다.

"지도도 없고, 특정할 만한 사물도 없으니까요."

"모르지."

대장은 눈살을 찌푸렸다. 절망적인 상황에 낙담해서가 아니라, 불현듯 예전에 본 TV 드라마가 떠오른 까닭이었다.

"혹시 우리가 자는 사이에 누가 스포이트로 우릴 빨아올려서, 전혀 다른 동네에 떨어뜨렸는지."

술에 취한 커플이 모든 게 다 플라스틱으로 만들어진 가짜 마을에서 눈을 뜨는 내용이었는데, 그 제목이 기억나지 않았다. 코끝에 맺혀 대롱대롱 신경을 대패질하는 땀방울처럼, 희미한 인간 세상의 잔재가 기억의 탐침에 잡힐락 말락 손아귀를 빠져나갔다. 한편 대장이 두 번째로 눈살을 찌푸린 것은 다른 대원이 흙을 쥔 손을 불쑥 들이민 까닭이었다. 흐르는 모래는 한데 뒤엉겨 느릿느릿하게 움직였다. 전날 '흐르고 맺히던' 벽돌담처럼.

"여기가 어디 다른 대륙이라도, 여전히 우리가 있던 '그곳'은 맞습니다."

대장은 내친김에 눈앞의 돌을 하나 집었다. 돌은 부끄럼이라도 타듯 손아귀에서 벗어나려 몸부림쳤다. 힘주어 잡자 찰흙처럼 오글오글 그 형태가 무너지기 시작했다.

"일단 일어나지."

말하고 보니 앉아서 상념에 잠겨 있던 것은 대장뿐, 나머지 둘은 벌써 각자 아침 분량의 칼로리바를 우적거리고 있었다. 대장은 괜히 목을 가다듬으며 두 발로 섰다.

"뭘 할 겁니까?"

"탐사해야지. 계속 움직여야 돼."

대장은 자기가 그런 말을 했다는 사실을 믿을 수 없다는 듯 웃었다.

"다른 마을이나, 아무튼 사람이 만든 걸 찾아다녀야지. 혹시나 그러면, 산 사람도 만나고, 무슨 일이 벌어졌는지도… 누가 이런 짓을 우리한테 하는지도 알아내야지."

그가 주먹을 쥐었다.

"신이든 뭐든."

*

"그렇게 계속 돌아다녔단 말인가. 놀랍지도 않구나."

스승이 혀를 차는 모습을 보며 제자는 어른이 혀를 찬다고 해서 그게 무조건 다 진지해 보이지는 않는다는 사실을 깨달았다.

"인간들이 이렇게 된 이유를 알겠군. 이 세 화자가 무슨 일을 겪었는지도."

"그래요?"

제자는 반신반의하여 물었다.

"여기가 학계가 아니라고 막 갖다 붙인 다음에 관계자나 혹자를 인용할 생각은 아니죠?"

"반대로 여기가 학계라면 그랬을 게다. 이건 순전히 내 추론이다만… 이들이 시체별과 접촉했다는 사실을 떠올려보거라."

딱히 뭐라고 할 말이 없었다. 처음 듣는 사실도 아니었고, 기계가 재구성한 맥락도 거기서부터 출발했기에.

"…떠올렸어요."

"그리고 벌어진 일들을 봐라. 찰나의 순간 이들은 물론이고 우주선 전체가 강력한 중력장에 붙들렸지. 우주의 가장 거시적인 질서조차 거역되는 무한대의 인력에 말이다."

스승은 차근차근 촉수를 나열하며 생각을 도왔다.

"그리고 이들이 겪은 일을 일으킬 수 있는, 아니면 적어도 그런 것처럼 보이게 만드는 시체별의 특성을 떠올려봐라."

*뭐 이런 막연한 질문이 다 있담?* 제자는 생각했다. 이러면 기록물 속에서 세 화자가 눈앞의 '환각'을 두고 이것이 전지전능한 신의 일인지, 아니면 그들의 상상력 속에서는 신과 마찬가지로 전지전능한 외계인의 짓인지, 그도 아니면 시체별 속 어떤 전지전능한 특수공간의 짓인지 갑론을박하던 것과 다를 게 뭔가?

강한 중력, 구부러지는 공간. 그리고 우주의 모든 교양 있는 식자층이 파악하듯 시간과 공간의 관계는 오랜만에 엿본 누군가의 계정과 그 안에서 딱히 알고 싶지 않던 소식을 발견하는 역학과도 같다. 우주선이 감염된다. 동화된다. 무한대의 인력에 뒤쫓겨 겁먹은 짐승처럼 꽁지가 빠져라 질주하는 시간의 흐름에 뒤엉켰고, 그 상태 그대로 나왔다. 그리고….

"아아! 알겠어요!"

사실 몰랐다. 하지만 그의 스승은 분명 자랑스럽다는 듯 고개를 끄덕이며 제멋대로 답안을 공개할 것이었다.

"그렇지."

말마따나 '그렇지.'였다.

"이들은 시체별이 관측하는 우주에, 그 말도 안 되게 가속된 시간에 감염된 채로 풀려났다. 그러니 단지 숨 쉬고 움직이는 것만으로, 아니 생각하는 것만으로 문명 전체를 죽음으로 몰아넣은 것이야. 단지 그 모든 걸 어마어마하게 빠르게 하면서."

흐음, 제자는 맞장구치듯 고개를 끄덕였다.

"생각해봐라. 혼자서만, 예를 들어서 백만 배 빠른 시간을 타고 움직인다는 것은, 단순히 손을 휘젓더라도 그 백만 배의 위력을 지닌 폭풍을 만드는 것과 다름없지. 천천히 걷기만 해도 대기 입자의 원자핵을 일일이 박살 내고 매순간 질량-에너지 결손을 일으켰을 게다. 수도 없이 많은 원자탄을 줄줄이 풀어놓는 죽음의 화신이 된 거지."

*눈이 부시다고 계속 말하던 것도 그래서였구나!* 조금씩 퍼즐이 맞춰지는 기분이었다. 다만 핵자가 쪼개지며 방출하는 열과 빛이 어마어마하게 느린 속도로 느껴졌기에, 단지 선글라스로 막을 정도로 눈이 부신 게 다였으리라.

"우주선이 착륙하자 숲과 산이 없어지고 평지가 드러났다고 했지. 규정된 착륙속도의 백만 배로 내리꽂히는 추력이 지질 시대 몇 개 분량의 땅을 뒤섞어 녹여버렸을 게다."

"그럼 마을이 비어 있던 건요? 어떻게든 상황을 파악하고 피난한 건가요?"

"기록물 속 화자 하나와 똑같은 실수를 하는군. 별보다 일곱 배 빠른 파괴가 지표를 휩쓰는 와중에 식물과 지의류 따위까지 챙겨서 도망칠 여유가 있을 리가?"

스승이 제 머리를 톡톡 두들겼다.

"이들은 생각하는 것만으로도 정상보다 백만 배는 더 빠른 대전물질의 흐름을 빚어냈다. 그 부산물로 튀어나오는 뇌파만 해도 주변의 정상 시간을 따르는 사물에게는 저항할 수 없었을 게야. 단단하고 큰, 이를테면 건물과 도로 정도는 일시적으로 형상을 유지했겠지만 그들이 눈치채지 못했을 뿐 백만 배 천천히 파괴되는 중이었겠지."

스승이 안타깝다는 듯 탄식했다.

"그리고 다른 모든 종류의 유기물은, 그들이 직접 눈으로 확인하기도 전 전부 한 줌 증기로 승화해버린 것이고."

제자는 이제야 감이 좀 잡히는 표정이 되었다.

"그럼 뭐든지 다 흐물흐물하게 흘러내린 것도 그래서군요?"

"그래. 뭔가가 삽시간에 상전이를 일으키는 모습을 백만 배 느리게 보면, 아마 꽤 오랫동안 아무 일도 안 일어난다고 착각할 게다. 한숨 수면을 취한 사이 생긴 골짜기는 그들의 날숨이 파놓은 것이겠지."

스승이 촉수 하나를 곧두세웠다.

"좋아, 이제 나머지 맥락을 읽어볼까?"

제자는 감탄을 금할 수가 없었다. 실로 아이러니한 일이었다. 고향 행성을 절체절명의 위기에서 구해낸 영웅들이 그저 무슨 일이 일어났는지 알고 싶어서라는 이유로 바로 그 구하고자 했던 행성을 멸망시켜버리다니. 그들은 수도 없이 많은 생명을 거두면서도 무슨 일이 일어나는지 몰랐을 것이고, 반대로 죽임을 당한 사람들 또한 무슨 일이 벌어지는 지는커녕 자신들이 죽는다는 것을 느낄 겨를도 없었을 것이다.

끄응. 쓸쓸한 상념에 잠겨 있던 제자가 힐끔 스승을 엿보았다.

"왜 그래요?"

기계를 붙들고 쩔쩔매는 스승의 한숨에서는, 눈가에 주름이 생기고 말할 때 몇 번씩 상대에게 되묻게 되는 변화를 노화의 필연 대신 개인적 치부로 생각하는 이들 특유의 회한이 엿보였다.

"내가 못 보는 건가? 더 있어야 할 텐데. 기계가…."

"줘보세요, 제가 볼게요."

자신도 스승처럼 이 시간을 즐길 순 없겠지만 제힘으로 무언가 기여할 수 있다면 적어도 소일거리가 생기는 셈이었다. 그렇게 인간의 기록물을 건네받는데, 촉수가 질척거렸다.

"끈적거리는데요."

"병증이 텁텁한 목에서 이제는 손으로 옮겨갔나? 꾀부리지 말고 제대로 하거라."

"아니 그게 아니라…."

제자가 말을 더듬었다.

"그것보다 더 중요한 게 있네요. 눈이 어두운 게 아니라 이게 끝 맞아요."

제자는 두 번, 세 번 더 확인했다. 화면에 나타난 결과는 그러나 명백했다.

"이 기록물에서 더 읽을 맥락을 기계가 못 찾은 거예요."

"그럴 리가?"

스승의 의심스러운 눈초리가 돌아왔다.

"기록을 끝낼 이유도 없고, 오히려 탐사하며 얻은 새로운 의혹들을 한창 펼쳐야 할 시점이었거늘? 일인칭 화자의 이야기는 이렇게 끝나서는 안 돼!"

투덜거리는 제자를 여덟 개 중 세 개의 눈을 써서 노려보며, 스승은 기록물을 건네받았다.

"직접 보시면 되잖아요, 아이 진짜 계속 끈적거리네."

기록이 시작된 곳으로부터 가장 먼 곳, 일상적으로는 일기의 마지막 페이지라고 부르는 곳이었다. 기계의 맥락은 거기서 끊어졌고 제자가 촉수를 대고 불평을 터뜨린 곳도 거기였다. 화자가 부주의하게 이것을 분실하고 다른 기록물에 나머지 이야기를 적은 걸까? 아니면 모호한 결말로 끝맺느니 차라리 급작스러운 죽음이나 실종으로 기록물이 매듭지어지는 것이 낫다고 우주의 질서가 판단한 것일까? 건네받은 기록물을 살피는데 인간의 문자가 제자리를 벗어나 흐르고 있었다.

"원래 이래요, 인간 기록물은?"

스승은 종이와 색이 다른 글자가, 그를 구성하는 잉크가 다 마르지 않고 끈적거리는 것을 보았다. 그리고 제자가 투덜거리며 제 촉수에 묻은 것을 터는 모습을 보았다. 기계는 맥락을 읽지 못한 게 아니었다. 이 기록물의 맥락은 여기까지였다. 끝나야 할 곳이 아닌 게 당연했다. 왜냐하면 끝나지 않았고, 왜냐하면 아직 쓰이는 중이었고, 그 주인은 아마 기록물을 놓아둔 채 돌아다니는 중이었고, 그렇게 되면 여기에서 그다지 멀지 않은….

"…항상은 아니란다."

스승이 먼 곳을 우러러보았다. 구름들이 복잡하게 뒤틀리고 찢어지는 것 같았지만 확실하지 않았다.

"그러니까. 우리가 여기서 배울 수 있는 교훈은…?"

스승은 그러나 이전처럼 집중할 수가 없었다. 이상하게 뜨거운 바람이 넘실거리며 불어왔다. 촉수들이 생경한 진동에 놀라 질겁하듯 튀어 올랐다. 아니 이조차 마음이 멋대로 지정하는 불길한 징조가 아닐까? 백만 배든 몇 배든, 화자들이 정말 시체별과 동기화된 시간을 따라 움직인다면 그 전조를 읽는 것은 의미가 없었다. 거기엔 전조가 없기 때문이다. 그들의 걸음걸이는 까마득히 먼 '저기'를 곧장 지척의 '여기'로 탈바꿈한다. 그 사이가 되는 '가까워진다'거나 '다가온다'는 개념이 없어진다. 최소한의 인식조차 거부한 채로 그 죽음은 날뛰고 있다.

"뭔데요?"

"응?"

스승이 제자를 돌아보았다.

"뭔데요, 배울 수 있는 교훈이?"

"그건 말이다…."

아무것도 느껴지지 않고, 아니 죽는다는 사실조차 전해지지 않는 죽음은 어떤 느낌일까. 지금 이 순간 당장 단절되는 존재의 맥락. 느낄 수 없는 느낌. 깨닫지 못하는 깨달음. 단칼에 모든 의미와 행동과 인과가 끝나고 다시는 돌아올 수 없는 곳으로 굴러떨어지는. 시간이 없다. 스승은 저도 모르게 제자에게 바짝 다가섰다.

"우리가 어쩌면, 큰 실수를"

◐

## 이신주

1996년생. 생각만 해도 즐거운 것들이 있습니다. 글 쓰는 일은 그렇지 않습니다. 그렇지만 학창 시절 '공부하기 싫을 때만 글을 쓰자!'라고 스스로에게 다짐한 이래 어마어마하게 성실한 사람처럼 굴 수 있었습니다. 덕분에 아직 글 쓰는 생각만으로 재밌어지지는 않지만 일단 글을 쓰려고 앉으면 뭔가 끼적거릴 순 있게 되었습니다. 앞으로는 무언가 하기 싫어서가 아니라 하고 싶어서 자연스레 이야기를 휘젓는 사람이 되고 싶습니다.

2018년 제3회 한국과학문학상 중단편 부문 대상
2022년 제2회 문윤성SF문학상 중단편 부문 대상

## 작가의 말

보통 손꼽히는 가장 끔찍한 비극은 물론 죽음입니다. 그건 죽음 자체의 어떤 속성 때문이라기보다는 그 뒤에 오는 단절 때문이라고 생각합니다. 나와 너의 기억이 끊어지고 서로의 이야기만 남게 되면, 서로의 기억을 맞대는 것도 불가능해집니다. 그때는 그런 줄 알았는데, 다시 생각해보니 그게 아니더라. 그때는 그렇게 말했지만 실은 그렇지 않았다. 같은 것들 말입니다.

고칠 짝을 잃은 기억은 상대의 원래 의도는 알 수 없이 불확실한 추측을 거듭하며 변해가지만, 내가 그 변화를 얼마나 바라는지, 정확히 원래와 얼마큼 달라졌는지 알 수 없습니다. 그런 것이 죽음이 불러오는 단절이라고 생각합니다. 이 글은 그런 생각을 하면서 썼습니다.

글에는 세 진영이 나옵니다. 죽이는 쪽, 죽는 쪽, 이 두 진영으로부터 일견 떨어져서 사건을 관망하(는 것처럼 보이)는 진영입니다. 이들 중 악인은 없습니다. 각자 자신이 파악한 이치 안에서 최선을 다하지만 그것과는 관계없는 외인(外因) 탓에 결국 서로가 서로에게 닿지 못하고 자신들만의 이야기 안에서 운명과 맞닥뜨리게 됩니다.

암울한 이야기만 늘어놓았지만 막상 읽어보면 그렇지만도 않습니다. 오히려 문체의 경우 스스로 생각해도 경박할 정도로 말도 안 되게 가볍게 쓴 작품입니다. 쓰면서는 그런 일탈이 다루는 주제와의 즐거운 아이러니를 이루리라고 생각했지만… 그런 게 안 느껴지더라도 글 자체로도 여러분께 재미있게 다가갈 수 있다면 좋겠습니다.

그리고 설령 그것까지 고려하더라도 글이 재미가 없다면, 제가 뭐 해드릴 수 있는 건 없지만 곧 선보일 다른 작품들을 위한 추가합격의 기회를 부탁드리고 싶습니다. 얼굴 맞대곤 못 할 만큼 뻔뻔한 소리란 걸 알지만 그걸 아는 까닭에 여기 적습니다.

우수상

# 궤적 잇기

백사혜

트라피스트-1f의 원주민들은 신을 믿는다.

우리는 돌아오는 11항의 둘째 주마다, 행성을 떠다니는 육각형의 판을 뒤로 뒤집는다. 인공적으로 반사된 빛이 전부 거둬지고, '겨울' 지대에 다시 조석고정 행성의 자연적인 어둠이 찾아오게 되면, 의식이 시작된다. 우리는 전부 앞으로, 동서쪽으로 나아간다. 정사면체의 레이저도, 구형의 발광체도 띄우지 않고, 트라피스트-1f의 원주민들은 두려움 한 톨 없이 영원의 밤으로 걸어들어 간다. 나는 어른들이 듣는 소리를 내 귀로 제대로 들어본 적이 단 한 번도 없다. 쉿쉿거리는 바람소리와 저벅거리는 발걸음 아래 바닥이 약하게 진동하듯 쿵쿵거리며 답하는 소리 말고는, 내가 가라앉은 고요 속에서 뽑아낼 수 있는 건 없었다. 밤 안으로 깊숙이 들어갈수록 온도는 낮아졌고, 나는 으슬으슬한 기운에 몸을 떨었다. 최신식 체온 조절계가 장착된 유니폼을 입었는데도 추웠다. 온도가 영하로 뚝뚝 떨어지고 있다는 사실을 체감할 수 있었다. 어차피 우리는 절대영도의 중심부에 맨몸으로 갈 수 없고, 이 행렬의 목적지는 고작해야 '겨울'의 변두리에 있음에도 나는 돌아갈 수 없을 정도로 깊은 한랭 지대의 수렁에 빠지는 느낌이 들어 코가 매워졌다.

분명 집을 나서기 전까지만 해도, 나는 내가 누구보다 당당하게 앞서나가 어른들을 놀라게 할 수 있을 거란 자신감에 차 있었다. 하지만 동그란 항성의 빛이 어떤 식으로 사라지는지, 지평선과 언덕 너머로 어떻게 모양을 바꾸며 빛을 줄여나가는지 태어나서 처음으로 목격하게 되자, 내 위대한 포부는 물거품 터지듯 수그러들었다. 내가 빛이 닿지 않는 곳에 다다를 즈음에 잔뜩 움츠러들어 있자, 말없이 내 손을 잡고 있던 아버지가 나를 안아 들었다. 왼손으로는 어머니의 손을 잡고 있어서 그 이상 나를 위로해주지 못했지만, 충분했다. 나는 곧장 아버지의 목에 매달렸다. 그러자 아버지가 내 머리에 뺨을 기댔다. 훌쩍거리는 작은 소음조차 주변의 순례자들에게 큰 방해가 될 수 있다는 사실을 모르는 바가 아니었기에, 나는 할 수 있는 한 쥐죽은 듯 심호흡을 했다. 그러나 고요를 위한 내 노력은 금방 무용지물이 되었다.

"여보. 그러니까, 신전에 도착하면… 절을 하면 되는 거야?"

어머니는 끝내 호기심을 참지 못하고 소리를 낮춰 아버지에게 속삭여 물었다. 하지만 아버지는 어머니를 나무라는 대신, 잇새로 바람 빠진 웃음소리만 냈다.

"아무것도 안 해도 돼."

아버지가 다정하게 대답했다.

"아무것도."

✴

우리 가족의 신, 그러니까 이 행성의 신은 특정한 숭배의 대상을 가리키는 명사가 아니다. 우리는 유일무이한 종교 속 절대자 개념으로 신이란 단어를 사용하지 않는다. 존중의 방식을 뭉뚱그리고 압축한 이정표라고 표현하는 게 적당하겠다. 일반적으로 통용되는 단어를 빌려서 쓰고 있기는 하지만 의미 차이가 나는 덕에, 나는 다른 은하계 사람들에게 트라피스트-1f의 신을 설명할 때마다 애를 먹어야 했다. 우리의 '종교'에는 교리가 없다. 반드시 지켜야 하는 규칙이 있기는 하나 구원을 받거나 은혜를 입기 위해서는 아니다. 우리는 선과 악을 심판하는 신은 존재하지 않으나 세상에 어떤 자연적인 질서를 부여한 신은 존재할 것이라고 믿는다. 후자조차 믿지 않는 원주민도 소수 있다. 아직까지 과학이 베일을 벗기지 못해 신비의 그늘에 가려진 현상에마저 몽상적인 이름을 붙이길 거부하는 이들이다.

하지만 그들도 주기적으로 치르는 의식에는 참여한다. 다시 말하지만, 우리의 신은 '존중의 방식'이지 '대상'이 아니라는 점을 상기해야만 한다. 우리는 이 행성의 신이 신앙의 대가로 우리의 목숨을 지켜줄 것이라고 정의내리지 않는다. 우리 원주민들은 이 행성을 진심으로 사랑하고 있음을 증명하기 위한 방법으로 신앙을 선택했다.

'원주민'이라는 단어를 쓰니 우리가 꼭 이 행성에서 자연적인 진화 과정을 거쳐 탄생한 것처럼 들리지만, 우리의 조상은 지구 출신이다. 지구에서 파견을 나왔다가 트라피스트-1f에 정착한 과학자들, 그중에 내 아버지의 할머니가 있었다.

우리 행성에 관한 역사 파일을 찾아보기란 쉽지가 않다. 대부분 다 삭제되었거나, 접근 불가 대상으로 지정되어 있다. 증조할머니의 말씀에 따르면 '그리 대단한' 역사가 아닌데도, 라니아케아 은하단 정부는 꽤 많은 과거를 비밀에 부쳤다. 그들이 쓴 은하단의 역사는 131년 전부터 시작된다. 물론 인류의 뿌리였다고 하는 지구의 역사가 그보다 훨씬 오래되었다는 사실을 그들이 모르는 바 아니다. 하지만 모든 우주인은 미개한 과거를 지우려고 애쓰면서, 자신이 라니아케아 은하속 행성에서 배양된, 지구의 숨결 하나 묻지 않은 순수 라니아 은하 태생이라고 믿기를 더 좋아한다.

증조할머니도 아주 가끔은, 지구에서 살았던 기억을 지우고 트라피스트-1f의 초기 원로이자 개척자로만 남고 싶다고 농담처럼 얘기했다. 그러면서 종종 내게 커다란 스크랩북을 보여주었는데, 나는 그 물건이 신기했다. 종이라는 물체도 실물로 처음 보거니와 그 위에 빛이 바랜 잉크로 찍힌 글씨와 사진이 기묘하게 아름다웠다. 알파벳이 아닌 그 글씨는 '한글'이라고 했는데, 인류가 라니아케아 전반에 정착하기도 전에 소멸한 동연방국 소속 반도 국가의 언어였다고 했다. 정확하게 읽을 수는 없었지만 나는 예술 작품을 감상하듯, 그 물건을 하염없이 바라보곤 했다. 흐르는 필기체로 쓰인 라틴어와 영어도 있었다. 은하 공용어의 기반이 되는 지구어들은 증조할머니의 그림을 보충 설명하고 있었다. 증조할머니에게 그 내용을 물으니 지구에서 살았던 동식물들의 외관과 생명활동 기능을 토대로, 외계 행성에 사는 생명체들은 어떤 모습을 하고 있을지 추측해본 낙서였다고 대답했다. 내가 어색하게 소리 내어 읽기를 시도하자 증조할머니가 발음을 교정해주었다.

지구어의 표준 발음법은 공용어와 또 달랐다. 어디 쓸 데가 있는 지식도 아닌데, 나는 이제는 멸종하고 없는, 트라피스트-1f에서는 발견할 일조차 없는 생물들을 눈에 익히는 일이 놀라울 정도로 행복했다. 증조할머니의 스크랩북 덕에 나는 지구에 살던 초창기 인류의 시대사보다 나머지 생명들의 역사를 더 세밀하게 알고 있는 유일한 라니아 아이가 되었다. 재밌다는 생각이 들었다. 스크랩북은 소지만 하고 있어도 위법으로 분류되는 물건이라 어디에 자랑할 수도 없었지만.

"이거 잃어버리면 어떻게 해요? 아까울 것 같아요."

"아까운 것 이상이지."

"맞아요, 저는 울 거예요."

"왜? 우리 천재 물리학자님이 보기에 이것들은 다 어디에 써먹지도 못하는 비실용적인 잡지식일 뿐인데."

"그건…. 그건…."

증조할머니는 나를 놀리길 좋아했다. 이전에 했던 내 말이나 행동을 끄집어내며 현재와 비교하는 식이었는데, 나는 의도치 않게 증조할머니의 짓궂은 장난에 휘말리는 역할을 도맡곤 했다. '천재 물리학자'라는 말은 내가 초등교육원에 다니던 시절, 센타우루스 학회에서 주최한 물리학 경시대회에서 대상을 타고 한창 기고만장해 있던 시절에서 비롯됐다. 우주 만물을 숫자와 수식으로 표현하는 활동에 심취해 있었던 나는 추상적인 것들을 경시했었다. 중등 과정으로 넘어가면서 내가 얼마나 우물 안 개구리였는지 깨닫고 난 이후엔 스스로가 부끄러웠고, 그만큼 많이 반성했지만, 증조할머니는 나의 무지한 실수가 조용히 잊히게 두질 않았다. 내가 어쩔 줄 몰라 하며 울먹이면 증조할머니는 깔깔 웃으며 나를 안아주었다. 미안하다, 농담이다, 라고 말하면서. 정도가 지나치세요, 할머니. 아버지가 못마땅하게 한숨을 쉬며 거들면 증조할머니는 억울함을 가장했다. 나는 자기 잘못을 되새김질할 수 있는 가장 바람직한 방법을 가르치고 있는 것뿐인걸. 그러면서 스크랩북의 두꺼운 표지를 살짝 들추더니, 그대로 얇은 종이 더미 위에 덮었다.

증조할머니는 내가 스크랩북을 1시간 넘게 들여다보도록 두지 않았다. 지금은 실존하지 않는 것들에 지나치게 관심을 가져서는 안 된다는 게 압수의 이유였다. 증조할머니가 스크랩북을 도로 가져가면, 나는 증조할머니의 품에서 빠져나와 바로 뒤에 있는 소파에 몸을 던졌다. 증조할머니는 책장 아래 서랍문을 열고, 거기 안에 덩그러니 놓여 있는 철제 상자 안에 스크랩북을 집어넣었다. 나는 가족들이 잠든 틈을 타 몰래 스크랩북을 꺼내보다가 실수로 얼룩을 묻힌 적이 있었는데, 증조할머니는 끝까지 눈치채지 못했다. 증조할머니가 종이를 일일이 손끝으로 훑으며 상태를 점검하지 않은 게 천만다행이었다.

트라피스트-1f 태생이면서 열다섯이 넘도록 앞을 볼 수 있는 사람은 나뿐이었다. 증조할머니는 오래전 지구에서의 실험 사고 때문에 시력을 잃었다고 했다. 외부 자극에 의한 후천적 손실이었다. 그런데 트라피스트에서 첫 숨을 들이마신 할아버지와 아버지는, 특정 나이가 되자 사고를 당한 게 아니었는데도 간상세포와 원추세포가 자연스럽게 파업을 선고했다.

비단 우리 가족에게만 벌어진 일이 아니었다. 시력 상실은 트라피스트의 원로들부터 시작해 차차 세대를 타고 내려오는 증상이었다. 트라피스트-1f에 있는 어떤 특정한 성분이 인체 내부에 특수한 작용을 일으켜 생긴 유전자 변형이라고 하는 게 맞을지도 모르겠다. 우리는 시력 손실을 시련으로 여기는 대신 '각성'이라고 칭했다. 시력을 대가로 얻게 되는 게 더 많았기 때문이었다. 트라피들은 앞을 보지 못하는 대신 맨몸으로 온갖 종류의 파동을 감지할 수 있었다. 그걸 '트라피 감각'이라고도 불렀다.

외부인들은 우리가 시각장애인이라는 사실을 잘 납득하지 못한다. 아니, 우리라는 표현은 자중해야겠다. 나는 각성하지 못했으니까. 트라피스트-1f의 원주민들은 초점이 맞지 않는 눈동자를 제외하면, 정상 시력을 가진 보통 사람과 다를 게 없어 보인다. 나는 그들이 일반인보다 더 대단하다고도 감히 덧붙여 말하고 싶다. 원주민들은 트라피스트-1f의 험준한 지형을 특별한 보조 도구 없이 마음대로 나다니고, 더 위험한 지대도 여행할 수 있다.

'명암 중간지대'에 세워진 태초 중앙 기지의 동서부 방향 4킬로미터 정도 떨어진 곳의 지면 아래 지하 공간에, 개미굴처럼 폭이 불규칙적인 구불구불한 통로가 많이 뚫려 있다. 대다수는 증조할머니가 처음 발견한 것들이다. 이제는 소수의 관광객이 호기심에라도 함부로 들어가는 일을 미연에 방지하기 위해 철제문이 달려 있다. 나는 모든 동굴 입구의 비밀번호를 안다. 동굴 암호를 알게 되기까지 각고의 노력이 필요했다. 나는 동굴의 첫 진입 경로의 높이를 돌이 떨어지는 소리를 통해 암산으로 계산하고, 숙련된 손끝의 느낌만으로도 복잡한 로프 매듭을 구사하는 등의 기술을 아버지로부터 꼼꼼하게 배워야만 했다.

혼자 동굴에 들어간다는 건 자기 몸을 책임질 줄 알아야 한다는 말과 일맥상통한다. 탐사 기술은 체득하기 어려웠다.

다른 어떤 훈련보다도 시각적 공포를 이겨내는 일이 굉장히 힘들었다. 지하 동굴 밑으로 들어갈수록 폭이 일시적으로 좁아지는 구간이 존재하는데, 벽면에 바짝 붙어 밑으로 기어 내려가다시피 할 때마다 형용할 수 없는 두려움이 솟구쳤다. 언제라도 땅이 움직여 나를 으스러뜨리거나, 이대로 끼어 영영 벗어나지 못할 것만 같았다. 나는 움직이다가 말고 울음을 터뜨렸고, 그러면 아버지는 멈춰서 나를 기다려주었다. 다독이는 중에도 아버지는 '더 해볼래, 아니면 포기할래?' 식의 양자택일 선택지를 먼저 내밀지는 않았다. 곁에서 내 어깨를 토닥이거나 머리를 쓸어줄 뿐이었다. 덕분에 난 압박감을 느끼지 않은 채로 다섯 번의 시도 끝에 좁은 통로를 벗어날 수 있었고, 투명한 유기체 실인 플래타아가 얽히고설킨 지점에 다다랐다.

플래타아는 증조할머니의 스크랩북에서 보았던 '거미줄'과 유사하면서도 다르다. 플래타아는 호의 중앙이 오목하게 들어간 피자 모양이 아니다. 이 실 같은 유기체는 플래토 규칙에 따라 형성된 수많은 입방체들의 비누막이 말라, 경계면의 뼈대만을 남긴 듯한 3차원의 폼으로 짜여 있다. 동굴의 벽과 벽 사이를 빼곡하면서도 여유 있게 메우고 있는 플래타아 실들은 몸에 닿으면 끈끈하게 들러붙을 것만 같지만, 보기와 다르게 매우 탄력적이다. 심지어 건드리면 아주 미세한 진동이 느껴지는데, 아버지를 포함한 트라피의 원주민들은 여기서 어떤 소리를 들을 수 있다고 한다. 내가 감지하지 못하는 진동수를 가진 소리. 나는 아버지가 완만하게 꺾여 지면이 돌출된 부분에 앉아, 가만히 입을 열어 음색을 내는 광경을 처음 목격했을 때의 전율을 잊지 못한다. 원주민들은 높낮이를 가진 음을 내뱉는 행위를 '노래를 부른다'가 아닌 '음색을 낸다'라고 표현하는데, 나는 아버지를 보면서 그 이유를 정확히 깨닫게 되었다.

트라피들이 각성하면 몸에 두 가지 변화가 생긴다. 이 동굴은 우리 동네의 앞바다와 다르게 그들의 능력을 가시적으로 보여주는 유일한 공간이라고도 할 수 있다. 각성한 원주민들은 보통 사람이라면 들을 수 없는 파동을 성대로 구현할 수 있게 된다. 목과 입술을 통해 평범한 목소리를 내기도 하고, 쇄골 정중앙에서 손가락 두 마디 정도 아래 위치한 구멍을 통해 갖가지 진동을 방출하기도 한다. 그리고 플래타아는 트라피들이 자아내는 파동에 두 가지 형태로 반응할 수 있다.

균사체처럼 보이나 스스로 영양분을 만들어낼 수 있는 미생물의 집합인 플래타아 속에는, 세포벽이 특이한 방식으로 배열되어 있으며 그 아래에는 피타티아라스라는 복합체가 존재한다. 피타티아라스는 빛을 에너지로 전환하는 엽록체처럼 음파를 재료로 에너지를 만들면서 특정한 진동에 특정한 음을 방출한다. 내 평범한 고막도 감지 가능한 음이 있기도 하지만, 절반 이상은 트라피스트 원주민들의 청력에만 특화되어 있다. 하지만 나는 내가 관객이 될 수 없는 음악에 실망하지 않았다. 나는 음악을 연주하는 악사를 볼 수 있으니까.

플래타아의 실들이 미세하게 떨리면 곧, 가느다란 유기체 안에서 구형의 빛 알갱이들이 생성되는 장관이 펼쳐졌다. 아버지도 아이 시절엔 보았겠으나 이제는 나만 볼 수 있는, 넋을 잃고 바라보게 되는 진귀한 화학 반응이었다. 플래타아에서 구슬이 도로록 굴러가듯 움직이는 빛 알갱이들 대다수는 토양으로 바로 흡수되는 대신, 미로처럼 엉킨 실의 교차점을 타고 밑으로, 밑으로 거침없이 하강했다. 이 시점에서 내 옆에서 나를 보조해주는 발광체를 끄고, 빛나는 알갱이들을 따라가면 동굴의 최하층에 도달할 수 있었다.

어느 순간부터 나와 아버지 사이엔 대화가 오가지 않았다. 아버지는 계속 음색을 내고, 나는 그걸 산소나 바람 소리처럼 당연하고 일상적인 것으로 인지하기 시작한다. 내 모든 관심은 바닥층의 동굴 벽면에 쏠려 있다. 벽면을 뒤덮고 있는 광물은 얼음처럼 투명하다. 플래타아의 실들은 이 광물 뒤편으로 이동한다. 나는 마치 수조 안의 물체가 점점 흐려지듯 빛들이 뒤로 물러나며 사라지는 모습을 지켜본다. 아버지는 벽면으로 다가가, 늘 끼고 있던 장갑을 벗는다. 손가락에는 지문 대신에 현미경을 이용해야만 볼 수 있는 돌기들이 나 있다. 아버지는 손을 벽면에 밀착한다. 그러면 아버지를 통해 유입된 에너지들이 광물 내부의 요소들과 화학작용을 하면서 가시적인 비등방성 파동을 만들어낸다. 울퉁불퉁한 벽면에 따라서 네모난 파형이 퍼지면 기존의 무늬들이 넓어지고 좁아지며 압축되어 새로운 고리를 만든다. 나는 이 두꺼운 광물 너머, 저 깊숙한 곳에서 무언가가 꿈틀거리며 화답이라도 하듯 움직이는 걸 본다. 결코 착각이 아니었다.

"이게 우리들의 신이야, 아빠?"

"아니. 같은 질문만 열 번째 듣는 기분이 드는데."

"한 백 번 물어보면 다른 답이 나올 수도 있을 것 같아서. 그럼 저 너머에 있는 건 뭐야?"

"글쎄, 아주 오래전부터 이 동굴에 살고 있는 주인들이겠지."

"이 동굴의 본체야? 이 광물 벽 안쪽은 몇 킬로미터 떨어진 바다와 이어져 있을까?"

"그럴지도 모르고."

트라피스트-1f의 원로들은 실험과 조사를 목적으로 지하 동굴의 광물을 캔다는 발상을 아예 하지 않는다. 트라피아의 유전자가 각성을 하면서 어떻게 변형되는지 관찰하기 위해 DNA를 추출해 유전정보를 검사해보지 않는 것과 같은 이유에서다. 그들은 우주인들이 누리고 있는 기술이 자리를 잡기 위해 어떤 희생이 있어왔는지 알기에 항상 우리에게 주지시킨다.

'우리가 왜 신을 믿기로 했는지 잊어서는 안 된다.'

트라피인들은 라니아 은하 정부가 행성 보호법을 통과하도록 만드는 데 성공했고, 그 덕에 트라피스트의 동굴들은 자원으로서의 가치가 어마어마함에도 라니아 표준 시간 기준 백 년이 넘는 세월 동안 본연의 모습을 평화롭게 유지할 수 있었다.

그런데 예외가 단 하나 있다. 아버지가 하루가 멀다하고 집처럼 들락거리는 314동굴의 벽면에는, 행성 유일의 흠집이 깊고 비밀스럽게 패어 있다.

바로 내 어머니가 낸 것이었다.

*

어머니는 화가였다.

남다른 실력이 있었음에도 우주 전체에 이름을 떨칠 정도로 유명하지는 않았다. 화성 출신이라는 사실이 가장 큰 걸림돌이었다. 태양계는 가난한 우주인들이 특히 밀집해 있는 곳이다. 사물인터넷 도로와 건물은 낡아빠졌고, 전문 수리공이 종종 화성에 방문해도 시설을 개조할 만한 자원이 없었기에 화성인들은 구식 주거지에 만족하며 살아야 했다. 더군다나 은하 간의 통신 시스템도 매번 고장이 나기 일쑤라, 최신 정보를 받아들이기가 어려워 어떤 진로를 선택하든 개천에서 용 나기가 힘들었다. 도시 치안 기능 소프트웨어도 제때 업그레이드되지 않아 범죄가 판을 쳤다. 그러나 열악한 환경 속에서도 어머니는 꺾이지 않았다. 어머니에게는 타고난 재능이 또 하나 있었는데, 어떤 시련이건 어머니 당신에게 입력된다면, 낙관적인 방향으로 출력해버리는 능력이었다. 거기엔 항상 자조가 섞여 있었지만.

"그러니까 화성에서 살면, 적어도 행성 간의 사업으로 규모가 커져가는 부동산 매매 전쟁이나, 사이비 같은 과학 산업 기술 투자 홍보 회사에 휘말리지 않을 수 있었어."

어머니의 목소리는 가벼운 농담과 정말 잘 어울렸다.

"부모님이 억지로 시키지 않아도 위기 대처 능력을 키울 수 있게 되지. 만사가 좀 우울해지지만 말이야."

어머니는 9거주지에서 살았는데, 거긴 난방이나 공기 필터조차 제대로 돌아가지 않았다. 화성은 '행성 거주 키트'의 혜택을 제대로 받지 못하는 행성 중 하나였다. 화성인 대부분이 그렇긴 하지만, 특히 9거주지 사람들은 화성에서 태어나 화성에서 죽어, 우주가 얼마나 드넓은지 모른 채로 생을 마감했다. 화성에 만연한 가난을 증명하듯, 어머니의 계좌 잔액은 항상 5만 콴을 넘지 못했다. 그런데 넉넉지 못한 형편 속에서도 어머니는 돈을 벌어들이는 족족 그림 애플리케이션에 쏟아 부었다.

디지털 아트 기업들은 어머니 같은 가난한 예술가들을 배려해주지 않았다. 앱마다 서로 다른 도구, 다른 재질의 캔버스를 제공했기에 한 앱에 정착하기 어려웠고, 심한 경우에는 쓸 수 있는 색마저 제한되어 있었다. 월정액제라 매달 돈이 빠져나갔다. 무료 기능으로는 어머니의 머릿속 이미지를 고스란히 재현할 수 없었다. 특히 색을 혼합하는 기술이 형편없어서 쓰나마나였다. 최고의 그림을 그리기 위해서는 최대한의 돈을 지불해야만 했다.

어머니의 불안정한 수입으로 생활비와 유료 아트 앱의 정액제와 한정 도구 모음집을 감당하는 건 분명 무리였다. 하지만 어머니는 개의치 않았다. 유리 항아리에 손을 집어넣었는데 하필 가지고 싶은 사탕 알의 크기가 너무 커서 다른 사탕들과 함께 손을 빼낼 수가 없다면, 전부 놔버리고 그 사탕만 꺼내면 된다는 게 어머니의 신념이었다. 어머니는 말끔한 옷과 양질의 식사를 기꺼이 포기했다. 행성 공용 유니폼도 시설에서 대여할 수 없을 정도여서 중고로 거래되는 낡은 옷을 구입해 닳아서 더 못 입을 때까지 수선해 입었다. 가장 싼 일일 영양 곤약으로 끼니를 때웠고, 특유의 뛰어난 사교성으로 지인들의 집에 돌아가며 신세를 지면서 그림에만 몰두했다.

주변 사람들이 어머니에게 주는 평은 일관적이었다. 현실 감각도 없고 분수도 모르는 이상만 좇는 미친 여자. 그들은 전혀 몰랐다. 어머니가 현실을 아주 잘 알기에 어머니 당신이 정해둔 삶의 목적을 제외한 모든 것을 끊어내기로 결심했다는 사실을.

어머니의 그림이 돈을 벌기 어려울 정도로 경쟁력이 떨어지는 것도, 시대에 뒤처지는 것도 아니었다. 다만 저작권을 지킬 수 있는 처지가 아니라서, 아무리 개성 있고 멋진 그림을 그려내도 툭하면 그림이 불법으로 가공되어 소유권을 주장하기 힘들었다. 심하면 다른 디자이너나 화가가 그대로 도안이나 아이디어를 훔쳐서 자신의 저작권으로 등록하기도 했다. 그래서 어머니는 그림으로 돈을 벌어먹겠단 기대를 일찍이 놔버렸다. 화가 협회에 이름을 등록하지도 않았다. 유일하게 가진 소지품이라고는 16인치 패드밖에 없었고, 그 이상 바라지도 않았다.

어머니는 말 그대로 그리기 위한 삶을 살았다. 무력한 어머니는 그림으로 생계를 이어나갈 수는 없었으나 자신의 작품을 감상할 자격을 얻지 못하는 불평등한 세상을 동정할 수는 있었다. 어머니는 '주제넘게' 거만했기에 오히려 살아남을 수 있었다. 외롭게 죽을지도 모른다는 충고도 질릴 만큼 들었다. 그러나 어머니는 못 들은 체하며 꿋꿋이 자신의 생활 방식을 유지했다. 별의별 서비스직을 전전하다가 그만두고, 일용직으로 하루 벌어 하루 먹고, 가끔 머리를 환기하고자 틈틈이 공부해 자격증을 별도로 따 임시 건물 관리직 보조까지 선 적이 있었지만 한 달이 가지 못했다. 그렇게 돈에 쪼들리는 나날이 이어지던 어느 날, 어머니는 위험 부담은 무시무시하도록 크지만 보수 역시 그만큼 높은 업무를 하나 발견했다. 라니아케아의 부자들, 즉 라니아들의 파견 의뢰였다.

Raniawork.12/g.com에는 별의별 일자리 모집 공고가 많이 올라왔다. 라니아케아의 부자 중에서도 부자들인, 벌고나 파보의 거주자들이 자주 애용하는 사이트를 잘 읽다 보면 기상천외한 의뢰들이 많았는데, '지구에서 전설의 물건 찾기'가 그중 하나였다. 게임에서나 나올 법한 이런 임무의 목적은, 명시한 그대로 역사 속에서 사라진 물건을 수집하기 위함이었다. 사물 인터넷망을 설치할 수 없는 재질의 아날로그 물건들을 모으길 즐기는 이 독특한 라니아들은 단순히 거래를 통해 물품을 들이기도 했지만, 매물 자체가 없는 희귀품은 탐사단원을 꾸리는 수고를 감수하기도 했다. 2차 세계대전 이후 히틀러가 숨겼다는 미술품이나, 1차 연방국 분열 위기 때 심해에 가라앉았다는 설화만 남은 골동품들은 아직도 지구 어딘가에 숨겨진 채로 라니아들의 욕구를 자극했다. 물론 이 전설 속 물건들을 찾을 수 있는 확률은 0에 수렴했다. 과거의 전문가 집단조차 찾을 수 없었던 걸 일자리 구인 사이트에 몰려든 아마추어들이 어떻게 발견하겠는가. 구인 공고를 꼼꼼하게 살피며 의아해하던 어머니는 맨 아래의 지원 가능 거주지 란에 태양계가 끼어 있는 것을 확인했다. 어머니는 그 즉시 라니아들이 원하는 바를 정확하게 간파해 지원서를 넣었고, 치열한 경쟁률을 뚫고 거금을 쥘 기회를 얻어냈다.

어머니의 예상대로, 라니아들의 진짜 목적은 신선한 예능이었다. 백 년간 이어진 미스터리 열풍은 아직도 사람들의 갈증을 불러일으켰다. 자유롭게 드넓은 은하를 항해하다가도, 가끔은 고향 촌구석의 어르신들이 보물처럼 간직하고 있는 유치한 비밀이 문득 떠오르기 마련이다. 지구, 지금은 E-001이라 불리는 행성이 딱 그랬다. 인류의 고향이라 부르기도 부끄러운 행성에 남겨진 고대 유적을 전부 입체 스캐너로 따서 박물관 한구석에 넣어놓긴 했으나, 오랜 시간이 지나도록 발견되지 않은 비밀의 예술품들은 아직도 낡고 지능 없는 건물 안이나 질소 부족에 시달리는 땅 아래 어딘가에 숨어 있었다. 드러나지 않은 비밀을 발견하기 위해 위기를 헤쳐나가는 인간들이라니, 이렇게 좋은 유희 거리가 따로 없었다.

하지만 숙련된 정식 탐사단원을 보내자니 계약금 문제나 인권 문제, 여행비 부담 등 걸리는 게 이만저만이 아니었을 터였다. 그러므로 가장 좋은 방법은, 라니아케아의 법망이 거의 닿지 않는 E-001 거주자나 근처 행성에 사는 이들을 데리고 계획을 추진하는 것이었다. 3천만 콴. 혹여 일이 잘못될 수 있다는 전제 하에 위로금까지 포함된 금액이 그들이 탐사단원들에게 주는 보수였다. 목숨값이랑 다를 게 없다고, 어머니의 지인들은 농담처럼 말했지만 어머니는 어깨만 으쓱였다. 어머니는 자신이 무얼 위해 사는지 가장 잘 아는 만큼 육체적인 방황에도 익숙했다.

어머니는 운이 좋은 사람이었다. 총 네 번의 파견 임무에서 잡초처럼 살아남았다. 어머니가 위조했던 경력은 실제 경력으로 대체되고 추가되면서 점점 더 다채로워졌고, 예측하지 못한 자연재해나 무법 지대에서의 생존 스킬도 쑥쑥 늘어갔다. 라니아들은 이제 모집 공고를 통해서가 아니라 개인 연락을 취하면서까지 어머니를 직접 썼다. 어머니야 거절할 이유가 없었다. 보수를 더 얹어주는 건 둘째 치더라고, 죽어가는 행성이라는 오명을 쓴 E-001으로의 공짜 여행은 화성에서는 일평생 볼 수 없는 것들로 가득 차 있었다. 레일리 산란이 된 파란 하늘과 미산란이 된 하얀 구름, 파도의 곡선, 화성의 퍽퍽한 흙과는 다른 모래가 밟히며 내는 사각거리는 소리. 무엇보다도, 라니아들이 더 좋은 질의 예능을 위해 사전 지식으로 무료제공해주는 고대 미술의 역사나 기법은 어머니에게 완전히 새로운 시야를 터주었다. 어머니는 더 많은 것을 바라게 되었다. 어머니는 화성의 테두리를 벗어난 적이 없어 무지했기에 스스로 욕심이 없다고 착각하고 있었던 것뿐이었다.

어머니의 욕망은 애플리케이션 미술 도구가 아닌 진짜 미술 도구로 이전됐다. 하지만 새로운 욕망은 충족하기 쉽지 않았다. 그도 그럴게, 물감도 붓도 캔버스도, 전부 화성에서 구하기가 만만치 않았다. 안료도 전색제도 얻기가 힘들어 물감으로 배합하기엔 무리가 있었고, 인조털이 아닌 E-001에 살았던 가축의 후손 격인 동물의 털로 만든 붓은 태양계에서는 어마어마한 덤터기를 써야만 살 수 있었다. 캔버스도 마찬가지였다. 직접 직조한다고 해도 붓이나 물감이 없다면 무용지물이거니와, 적절한 온도에서 보관하지 않는다면 쉽게 망가졌다. 디지털 아트가 아닌 진짜 미술은 라니아들 사이에서나 즐길 수 있는 고급 여가라는 방증이었다.

그러나 그대로 굴할 어머니가 아니었다. 어머니는 자기 자신을 장작으로 삼는 사람답게 행동했다. 통장에 있는 잔고의 반을 소비해 유람 미술관 중 하나인 로셴 박물관의 관람표를 사 자신의 광기가 어느 방향으로 나아가야 하는지 길을 정하고, 나머지 돈으로는 물감과 붓, 테레핀을 구매했다. 어머니가 그린 첫 실물 그림은 프레스코였다. 아이러니하게도 천으로 만든 캔버스를 구하는 것보다 막 시멘트를 개어 만든 벽을 접하기가 더 쉬웠기 때문이었다. 물론 시멘트벽은 석회로 만든 벽이 아니라 바탕부터가 칙칙했고, 가지고 있는 물감도 세

종류로 한정되어 있었기에 머리로 그렸던 이미지가 손으로 그대로 나오지는 못했다.

하지만 어머니는 멈추지 않았다. 눈만 번뜩이며 빛나는 초라하고 섬뜩한 몰골로 채워지지 않는 갈증을 잠재우려고 고군분투했다. E-001에서 색이 예쁜 돌을 채취하고 식물을 몰래 뜯어서는, 바이러스 검출 검사 비용을 빚으로 짊어지면서까지 화성으로 가져와 안료로 만들려는 시도를 했다. 기존의 전색제를 대체할 만한 액체를 개발하려고 수백 번의 실험 아닌 실험도 해보았다. 어머니의 재능을 눈여겨보던 변덕스러운 라니아들이 어쩌다 한두 번 미술 재료를 후원해주는 날엔, 식음을 전폐하고 그림만 그렸다. 그렇게 완성한 작품은 색의 배치가 여간 범상치 않다는 호평을 얻게 되었고, 뜸하지만 주기적인 지원을 받는 데에 성공했다. 그들이 어머니의 눈 안쪽에 색 수용체가 하나 더 있다는 사실을 진작 알아챘더라면 이야기는 더 극적으로 흘러갔을 수도 있었겠으나, 어머니 본인마저 모르는 비밀을 그들이 눈치챌 리가 없었다.

물감과 붓을 큰 부담 없이 들일 형편이 되면서 어머니는 천연 무기 안료에 관심을 가지게 되었다. 어머니만이 볼 수 있는 색의 세계에서, 어머니를 완벽하게 만족시키는 물감의 안료는 땅속 깊이 파묻혀 있다가 생성된 광석밖에 없었다. 합성 안료로는 구현할 수 없는 표면 질감이 어머니의 시각 세포에 어떤 영향을 끼쳤는지는 모른다. 하지만 어머니는 생각을 하면 바로 행동으로 옮기는 추진력을 가지고 있었고, 곧장 알

음알음 들어온 소문을 타고 트라피스트-1f에 도달했다.

그렇게, 진부한 문장이지만, 어머니는 아버지를 만났다.

*

붓과 인공 석탄을 쉴 틈 없이 쥐어서 그런지, 어머니의 손가락엔 굳은살이 여기저기 박혀 있었다. 손바닥 피부는 얼룩덜룩하게 물이 들어 아무리 씻어도 깨끗해지지 않게 된 지 오래였다. 작업할 때 니트릴 장갑을 끼기는 했으나, 뭔가에 열중하면 사소한 걸 전부 잊어먹는 성격 때문에 맨손으로 붓을 잡는 경우가 부지기수였다. 유화 물감과 기름은 인체에 안 좋다는 잔소리를 아버지와 내가 돌아가면서 해도 소용이 없었다. 어머니는 비유적으로나 실제로나 이 행성에서 '움직이는 색' 그 자체였다.

트라피스트-1f의 원주민들은 수명이 긴 만큼 아이를 가지는 일이 손으로 꼽힐 정도로 적었다. 그래서 나는 백조자리에 있는 파탕-23 행성의 기숙사 학교에 다닐 수밖에 없었고, 덕분에 외부 문물이 내 일상에 더 큰 비중을 차지하게 되었다. 유학을 하면서 다른 행성의 또래들이 즐기는 문화에 물들어서인지, 각성하지 못해서인지, 아니면 어머니의 유전자를 일부 물려받아서인지는 몰라도, 나는 이상하리만치 눈으로 볼 수 있는 것들에 매달렸다. 색, 형태, 음영. 거기에 특별한 감정을 느끼는 건 아니었다. 돌이켜보면 나는 아마도, 그런 편향된 감각에 집착해서라도 어머니와의 공통분모를 유지하고 싶었던 것 같다.

방학 중에 나는 틈만 나면 어머니의 곁에 붙어 있었다. 점심을 먹자마자 패드로 미리 다운받은 학업 자료들과 담요를 싸들고 어머니의 작업실에 침입하면, 어머니는 나를 반갑게 맞아주었다. 작업실은 온통 칙칙한 무채색에 정말 필요한 물품만 딱 놓여 있는 집 안에서 유일하게 시각적 재미를 주는 곳이었다. 냄새가 제거되지 않은 기름을 쓰던 시기엔 이상한 냄새가 은은하게 퍼지기도 했으나 나는 전혀 신경 쓰지 않았다. 어머니도 내가 옆에 알짱거리는 걸 방해라고 여기지 않았다. 오히려 종종 먼저 말을 걸기도 하고, 장난을 치거나 의견을 물었다. 감상에 대한 질문은 아니었다. 어머니는 색에 관한 객관적인 물음만 던졌다.

"딸."

"응?"

"이건 무슨 색으로 보여?"

"하…얀색? 아주 옅은 회색 같기도 하고."

"그냥 하얀색 회색 하지 말고, 채도나 명도가 좀 다를 거 아냐. F6F6F6이라든가, F0FFFF라든가."

"나는 엄마처럼 모든 색상코드표를 외우고 있지 않아. 외울 이유도 없고. 그리고 나보다 엄마가 더 잘 알면서 왜 자꾸 묻는 거야?"

"평범한 사람의 감상이 궁금해서."

"그럼 코드표를 예시로 들면 안 되지."

"그래, 그럼…. 다른 사물에 빗대서 이야기해봐."

나는 잠깐 침묵했다. 이 행성에는 화려한 색상에 빗댈 만한 게 얼마 없었고, 그 소수의 예외마저 내가 보고 있는 색의 알맞은 비유 대상이 되지 못했다. 나는 한참 고민한 뒤에야 적절한 답을 떠올렸다.

"아빠 눈 색."

"좋아."

드물게 어머니가 내 답변에 수긍했다. 원하는 답이었던 모양이었다. 나는 소파에 앉아서 어머니가 널찍한 캔버스에 파묻혀 가느다란 붓으로 손톱만 한, 그러나 점은 아닌 어떤 모양을 그리는 걸 지켜보았다. 붓에 묻은 색은 아버지의 눈동자색이 아니었다. 색이 다른 여러 점을 찍고 멀리서 보면 눈이 다른 색으로 인식한다는데, 정말이었나 보다. 어머니는 꽃잎 같은 문양을 아주 조그맣게 묘사해 중심으로 그림을 전개하는 중이었다. 가장 어두운 색부터 천천히 깔아오다가, 얼마 전 중간 밝기의 색을 채우는 단계에 막 들어섰다. 기름이 고화되기를 기다리는 과정이 고돼서, 나는 가끔 어머니의 붓을 빼앗아 들고 넓은 면적을 단번에 쓱싹 채워버리고 싶단 충동이 들기도 했다. 나는 왜 어머니가 왜 굳이 점묘화를 고집하는지 궁금했다. 점묘화는 실수를 했다 치면 버리게 되는 시간이 더 많을 텐데. 그 시간들이 아까웠다. 그러나 나와 달리 어머니는 이전 작품들에 투자했던 11년을 전혀 아쉬워하지 않았다.

어머니는 트라피스트-1f에 정착하면서, 총 두 번 작품을 뒤엎었다. 한 번은 314동굴에서 하룻밤을 꼬박 새우고 나왔을 때, 다른 한 번은 행성의 10년 주기 행사로 '신전'에 갔을 때.

나는 쓸모를 잃어 쓰레기 처리기로 퇴출된 캔버스들을 몰래 빼돌려 내 방에 숨겨두었다. 검은 밑바탕이 절반이어서 작품으로서의 가치는 없다고 봐야겠지만, 내게는 그 무엇보다 소중한 보물이었다. 나는 머리를 비우고 싶어지면 그림과 약간 떨어진 지점에서 책상다리를 하고 앉아 전체적인 색이 그려내는 풍경을 뜯어보기도 하고, 어머니에게 이입해 무얼 그리려고 했는지 유추해보기도 했다. 사실 무얼 그렸는지 추측하는 것 자체는 어렵지 않았다. 첫 번째로 버려진 그림에는, 트라피스트-1f의 여름 지대와 겨울 지대 사이의 경계가 물감이 두껍게 쌓인 임페스토 기법으로 반쯤 묘사되다 만 상태로 굳어 있었다. 두 번째 그림에는 동서부의 지하 동굴 벽면에 일시적으로 고정된 파형과 에너지를 생성한 플래타아가 그려져 있었는데, 가지를 뻗다가 빛을 생성하지도 못한 채 끊긴 상태였다.

나는 어머니의 거친 붓질을 생동감이 느껴진단 이유로 좋아했으나, 지금 고군분투하는 작품에는 그런 맛을 전혀 찾아볼 수 없었다. '신전'에 다녀온 이후로, 어머니의 그림 스타일은 이전과 완전히 달라졌다. 어머니는 직접 개어 만든 석회물을 몇십 번이나 캔버스 위에 겹쳐 바르고, 끝이 뾰족한 붓으로 점 같은 문양을 찍어나가는 방식으로 노선을 틀었다. 나는

'신전'이 도대체 어머니에게 무슨 짓을 한 건지 궁금했다. 어머니가 왜 화풍을 갑작스럽게 바꿨는지, 성과가 없어 후원이 끊긴 상태에서도 과감하게 어머니 당신이 그려내고 싶었던 게 무엇이었는지 갈피를 잡을 수 없었다. 그 날 우리는 분명 같은 곳에 함께 있었는데 어머니만 대면할 수 있었던 세계가 우리 사이에 한 겹의 막을 드리워 막연한 두려움마저 느껴졌다.

호기심을 이겨내기 힘든 날엔 색색의 모래알들에 빠져서 가라앉는 꿈을 꾸었다. 질식하지는 않았고, 나는 모래 속에서 눈도 뜰 수 있었다. 모래들은 내 수정체 위에 판판한 유리가 덧씌워져 있기라도 한 것처럼 안구 뒤쪽으로 흘러들어 오진 못했다. 덕분에 나는 모래알들이 거대한 몸체로 합쳐져 파도처럼 유속을 가지고 흐르는 모양새를 하염없이 바라볼 수 있었는데, 어느 순간 어지러울 만치 수많은 색이 낯익은 파형으로 춤추듯 퍼지는 광경이 이어졌다. 멀미할 것 같단 생각이 드는 순간 모래알들이 발광했다. 동굴에서 보았던 플래타아의 빛처럼. 동시에 보이지 않는 방어막이 깨지면서 빛 알갱이들이 내 눈에 우르르 스며들었고, 나는 고통을 느끼기도 전에 꿈에서 깼다. 나는 내 눈이 무사한지 확인하기 위해 눈두덩을 더듬으면서 숨을 헐떡였다. 방 한 칸을 사이에 두고 앉아 있던 아버지가 내 호흡 패턴이 불안정하게 변한 걸 감지하고는 바로 달려왔다. 급하게 오면서 어머니의 캔버스가 발치에 채였지만, 아버지는 그게 어머니 그림인지 끝까지 몰랐다. 나는 기묘한 기분이 들어 아버지가 속사포처럼 쏟아내는 물음에 바로 답하지 못했다.

"괜찮아, 나 진짜 괜찮아. 악몽을 꾼 거야."

아버지의 고개는 내 쪽으로 기울어져 있었지만, 초점이 어긋난 눈동자는 내가 아닌 다른 곳에 향해 있었다.

"무슨 악몽?"

"그냥…. 기억 안 나. 꿈이 다 그렇잖아."

거짓말이었다.

"엄마는?"

"동굴에."

"314?"

"그래."

"이제 엄마가 동행인 없이 동굴에 가도 괜찮나 봐?"

"확인하고 싶은 게 있어서 먼저 가 있겠다고 해서 알았다고 했지."

"아빠는 엄마를 너무 믿네."

"너는 꼭 안 믿는 것처럼 말하는구나."

"그럴 리가. 지금 데리러 갈 거야? 같이 가자."

"네가 가면 아빠는 안 가도 될 것 같은데."

나는 눈을 가늘게 떴다. 요즈음 아버지는 어머니와 은근히 거리를 두고 있었다. 뒤늦은 권태기라고 하기엔, 혈육의 기묘한 직감이 다른 이유가 있을 것이라고 뒤에서 자꾸 속삭여댔다. 그렇지만 여느 자식이 그렇듯, 나 또한 부모님의 입으로 두 사람의 관계가 어긋나고 있다는 말을 직접 듣고 싶진 않았기에 그 이상 무어라 따지진 못했다. 하지만 한 번 생긴 의혹은 자꾸만 몸집을 부풀려갔다. 어머니가 목 뒤쪽의 삽입기에 이미지형 기억 공유 장치를 연결하면서 내게 보여주었던 기억들이 아른거렸다. 어머니는 화성에서의 유년 시절부터 위태로운 사회 초년생 시기까지 어머니 당신의 모든 과거를 거리낌 없이 나와 공유했으나, 트라피스트에서의 기억은 아버지와의 첫 만남에서 끊겨 더는 전송되지 않았다. 어머니가 아버지를 속이고, 손곡괭이로 동굴의 벽의 광물을 찍는 시점에서 모든 게 일시 정지된다. 나는 어머니가 왜 공유 가능 지점을 거기까지로 설정했는지 이해할 수 없었다. 직간접적으로 겪은 어머니의 성격도 이 의심에 한몫했다. 엄마는 우리를 사랑하는 걸까, 아니면 그림에 영감을 주는 이 행성을 사랑하는 걸까.

나는 이정표에 달린 강화 밧줄과 기계 안의 배터리팩을 점검하는 척하며 일부러 더디게 내려갔다. 동굴 벽에 못을 비롯한 다른 날붙이들을 박아 넣을 수 없었기에, 원주민들은 특정한 구간에 자기 부상을 하는 구형 기계를 이정표로 띄웠다. 아직 각성하지 않은 아이들을 위해 전등 기능도 부착되어 있었는데, 손가락을 튕겨 빛을 깜박이고 있자니 성인이 다 되도록 빛에 의존해야 하는 스스로가 새삼스럽게 낯설었다. 나는 일부러 소등한 후에 눈을 감고, 직감만으로 밧줄을 잡아보려고 했으나 실패했다. 빛을 버릴 엄두를 내지 못하는 나는 어머니를 너무 닮아 있었다.

플래타아 실들이 있는 곳에 이르자 밑에서부터 높다란 목소리가 나직하게 메아리쳐 올라왔다. 여기서는 아무리 작은 소리도 음향 스피커를 켠 것처럼 크게 울린다. 어머니는 혼잣말을 하고 있었다. 내가 일부러 발소리를 크게 내자 어머니는 입을 다물었다. 급하게 갈무리하는 듯한 분위기는 아니었다. 내가 둥그렇고 비스듬하게 기울어진 마지막 통로의 출입구 사이로 조심스럽게 고개를 빼자, 어머니의 뒷모습이 눈에 들어왔다. 발광체들이 어머니를 촛불처럼 은은하게 둘러싼 광경이, 의식을 치르는 것처럼 한층 가라앉은 분위기에 엄숙하고 고요한 기류를 더했다. 어머니는 남향 벽 문양의 중앙, 원주민들과 동굴 사이의 교감 지점에 손바닥을 대고 있었다. 당연하게도 벽은 아무런 반응을 하지 않았다. 광물은 빛을 방출하지도 않았고, 투명하지도 않았으며, 색도 죽어 무채색 상태였다. 우리 두 사람이 여기 있어 봐야 선명한 명도 차이로 뒤죽박죽 쌓인 규칙을 가진 고리만 볼 수 있을 뿐이었다.

"당신이 이 동굴과 교류하는 틈을 타 당신 손등을 위에서 겹쳐 잡으면, 울퉁불퉁하게 퍼지는 고리가 더 우그러졌지. 지금은 세월에 밀려 퍼지는 바람에 없어졌지만…."

어머니는 나를 아버지로 착각하고 있었다. 지금이라도 바로잡아야 한다는 생각이 들긴 했지만, 입이 선뜻 떨어지지 않았다. 내가 당신 옆에 머물기 위해 지금껏 무얼 단념해왔는지 당신은 모르지. 어머니가 쏘아붙였다. 화보다는 투정에 가까웠다. 순간 가슴이 내려앉았다. 어렴풋하게 예측하고 있었지만, 절대 오지 않았으면 했던 미래 프레임의 재생 버튼이 눌려버린 듯한 기분이 들었다. 주변이 점차 원통 안처럼 좁아져가는 느낌이었다. 내가 이 동굴 안에 처음 내려와 울어버렸을 때처럼, 그렇게.

"아니, 아니, 미안. 또 싸우자는 게 아닌데…. 그렇지만 나도 힘들었어. 당신은 자꾸 이 얘기를 피하려고만 하잖아. 여기에 갇혀 사는 것 같다고 했었던 건 진심이 아니었어. 그렇지, 당신은 나를 불편하게 만들지 않으려고, 어떻게든 나를 이해하려고 노력했지. 다만, 다만… 나는 그림만 그리며 살아왔고 앞으로도 그럴 텐데, 당신이 일평생 내 그림을 보지 못할 거란 사실이 싫어서…. 당신은 아무것도 하지 않아도 된다고 계속 말해왔지만, 이대로 괜찮다는 말은 이제 질려. 억지로라도 나를 위해 바뀌어보겠단 시늉 즈음은 해줄 수 있었잖아."

어머니의 고개가 밑으로 쳐지더니, 이마가 벽면에 닿았다. 나는 바싹 마른 입술을 앞니로 뜯으며 몸을 뒤로 조금 물렸다. 몰래 도망가야겠다는 생각이 강렬하게 들었으나 발이 굳어서 떨어지질 않았다. 겨우 한 걸음 움직이려는 차에 어머니가 한숨처럼 내뱉은 말이 귀에 꽂혔다.

"…그래도 잘못은 잘못이니까. 눈 수술 받았으면 좋겠다고 계속 강요해서 미안해. 난…."

어머니가 천천히 뒤를 돌자 나와 어머니의 시선이 맞부딪혔다. 어머니의 표정에서 일순 실망이 스쳤으나 곧바로 사라졌다. 어머니가 기대를 할 줄 아는 사람이었다는 사실을 나는 그제야 실감했다. 어색한 침묵이 흘렀다. 어머니는 민망해하진 않았으나 예상치 못한 고해를 마주한 내가 어떻게 반응할지 걱정이 되는 모양이었다.

나는 어머니에게 말하고 싶었다. 나는 아주 오래전부터, 두 사람의 간극 안에 머물러 있었다고. 그래서 새삼스럽게 충격을 받지는 않았다고. 부모님의 세계가 언젠가는 조화롭게 뒤섞이는 상상을 하면서, 둘을 혼합하기 위해서는 무얼 빼고 무얼 더해야 하는지 홀로 고민하던 수많은 날이 뒤에 있었다. 하지만 나는 완벽한 용해제를 망상 속에서조차 만들어내지 못했다. 내가 섣불리 풀어낼 수 없는 문제가 하나 있었기 때문이었다. 잘못해서 아버지가 사랑하는 이 행성의 음악을 다신 듣지 못하게 된다면, 어떻게 해? 엄마의 그림을 볼 수 있는 대신 플라타아와 합창하지 못하게 된다면? 나는 이 물음을 아버지가 스스로에게도 던져보았으리라고, 동시에 이 질문을 어머니에게 직접 하지 못했으리라는 것도 직감할 수 있었다. '잃는다'고 생각하는 시점에서, 모든 건 끝난 것이나 다름없어지므로. 그래서 나는 뒤에 물음표가 붙는 문장의 모서리를 최대한 부드럽게 깎아, 먼저 운을 뗐다.

"눈이 보이는 아빠도 아빠일까?"

기묘한 기시감이 들었다. 어머니는 나를 조용히 마주 보았다. 발광체가 내뿜는 빛에 어머니의 오른쪽 얼굴이 밝게 비쳤으나 반대로 왼쪽 면은 그림자가 어둡게 드리워졌다. 어머니는 희미한 반쪽짜리 미소를 머금었다. 입술 끝의 굴곡이 도드라졌다.

"그러게."

어머니는 힘없이 중얼거렸다.

"그 생각을 못 했네."

*

어머니의 점묘화가 완성되는 데엔 꼬박 1년이 더 걸렸다.

나는 어머니가 그림을 마무리하는 단계를 옆에서 지켜보지 못했다. 학교를 졸업하고 고향의 공항에 도착했을 때, 나를 맞이하러 온 가족은 할아버지와 아버지뿐이었다. 돌아온 집은 슬프게도 고요했다. 텅 빈 작업실에는 희미해진 양귀비유 냄새와 방향제 향이 뒤섞여 있었다. 나는 높이가 내 키만 한 캔버스를 멀거니 바라보다가, 나도 모르게 손을 뻗어 그림을 건드렸다. 채 마르지 않은 기름이 손끝에 묻어났다. 나는 반사적으로 지문 틈으로 스며든 연파랑색 유성물감을 엄지로 문질렀다. 물감은 지워지기는커녕 미끌미끌하게 번졌다.

아버지는 지금까지도 어머니의 그림 앞에 머무른다. 초점이 맞지 않는 눈동자는 그림이 아닌 다른 장소에 고정되어 있지만 아버지는 몇 시간이고 의자에 앉아 어머니가 남긴 흔적을 마주한다. 어머니가 떠나고 꼭 3년이 지난 뒤에야 아버지는 내게 어머니의 그림 속에 무엇이 묘사되어 있는지 물었다. 나는 아버지의 의자 옆에 쭈그려 앉아 고심했다. 눈으로 보이는 이미지를 언어로 치환하려고 시도해본 적이 없었기에 내가 스스로 만족할 만한 대답을 뽑아내는 데엔 시간이 걸렸다. 나는 어머니의 그림에 대한 설명이 지나치게 한쪽으로 치우지지 않게 노력해야 했다. 색을 어떻게 썼는지, 그림 속의 인물은 어떻게 묘사되어 있는지, 그 주변을 어떤 요소들이 메우고 있는지. 말을 하면서 나는, 점차 그림 속의 주인공이 아버지라는 확신을 얻게 되었다. 수많은 사람 틈에서 유일하게 이목구비가 없고, 어떤 명암의 경계조차 드리워지지 않은 인물. 그림에 표현된 아버지는 밝게 빛나고 있었는데, 피부가 발광한다기보다는 무수하게 많은 빛 알갱이들이 몸에 들러붙은 것에 가까웠다. 플래타아에서 생성되는 광구처럼. 내가 이 모든 걸 아버지에게 그대로 전달하자, 아버지가 이어 내뱉는 날숨이 약하게 떨렸다.

"처음 신전에 갔을 때 기억하니."

"응."

"신전에 다녀오고, 곧장 곯아떨어진 너를 재우고 난 뒤에, 네 엄마가 돌연 나를 껴안고 신나게 웃더구나. '당신, 빛나고 있었어!'라고 조용히 외치면서. 비유냐고 물어보니까 자신은 그런 낭만적인 비유는 안 한다는 거야. 그래서… 수긍하기만 했지. 네 엄마만 볼 수 있는 무언가가 있구나, 하고…. 장난이라는 생각은 안 들었어."

나는 당시의 상황을 되감기 해보았으나, 아무리 되짚어도 당시 신전에서 빛났던 사람은 아무도 없었다. 그래서 나는 아버지가 상기해준 것처럼, 어머니만 볼 수 있는 색과 빛에 대해 생각해보게 되었다.

산나는 그걸 영혼 입자라고 불렀지. 아버지가 내 앞에서 처음으로 어머니를 이름으로 칭하며 덧붙였다.

"산나는 과학이라는 학문을 이 행성에 와서 처음 접했다고 했지. 언뜻 보면 열의도, 관심도 없는 것처럼 굴었어. '그런데 이건 왜 이름이 위 쿼크, 아래 쿼크야? 왜 이렇게 입자 이름을 성의 없이 붙여?' '하지만 나는 역시 저 편모에 정을 못 붙이겠어.' 하는 식으로 그림이 아닌 다른 것들을 가볍게 여기는 것 같다가도, 틈만 나면 배운 지식을 여기저기에 응용하길 좋아했어. 과학에 상상을 접목한 판타지에 가까웠지만…. 신전에 다녀온 후에도 마찬가지였고."

아버지가 미간을 찌푸렸다. 후회와 고통이 깃든 표정이라기보다는, 갑작스레 밀려오는 감정을 어떻게 처리해야 할지 몰라 어떻게든 억누르려는 시도에 가까웠다.

"네 엄마는 그 빛 알갱이들을 영혼 분자라고 믿고 싶어 했지."

어머니가 보았던 게 정말 아버지의 영혼 분자였는지 알 길은 없다. 과학적으로 검증이 가능한지의 여부는 둘째 치더라도, 플래타아가 아닌 사람에게서 나타난 빛 알갱이를 인지할 수 있는 사람은 어머니 한 사람뿐이었으니까. 언젠가 어머니와 비슷한 누군가가 이 행성에 와서 영혼 분자라고 명명된 구체들을 자신의 연인에게서 보게 될지도 모르나, 적어도 내가 살아 있는 동안 마주할 수 있을 것 같진 않다.

나는 스무 살을 훌쩍 넘긴 지금도 증조할머니가 유품으로 물려주신 스크랩북을 육안으로 읽을 수 있다. 하도 많이 봐서 이젠 어느 페이지에 어떤 그림과 글자가 있는지 외울 정도지만, 나는 틈만 나면 스크랩북을 꺼내 든다. 그리고 매번 다른 장을 펼쳐서, 패드의 흰 화면 위에 스크랩북 위의 선화들을 그대로 따라 그려본다. 디지털 아트 앱의 유료 기능까지 결제하면서, 나는 증조할머니의 선화 위에 어머니의 채색 방식을 곁들여본다. 둥근 점들로 여백을 채워간다. 하지만 역시 쉽지 않다. 내가 칠하는 색은 항상 어딘가 모자라거나 과해서 부자연스럽다. 파일을 저장하지 않고 삭제하면, 시선은 다시 어머니의 점묘화로 돌아간다. 그림 속의 아버지는 짙푸른 천구를 오려다 붙인 실루엣을 가지고 있고, 그 안의 빛 알갱이들 사이사이는 플래타아의 실처럼, 몇 밀리미터도 안 되는 것처럼 보이는 선으로 이어져 있다. 작은 빛들은 완성된 당시에는 새하얬으나, 지금은 변색된 상태다. 어머니가 의도한 현상인지는 알 수 없으나, 광구는 테두리부터 시작해서 열은 만화경의 빛깔을 문질러 뒤섞은 모습으로 변해가는 중이다. 아버지의 영혼은 우주 어디에서도 구할 수 없는 안료로 색칠되었다. 314동굴은 이 사실을 증명하려는 것처럼, 어머니가 남긴 내부의 상처를 아직도 유지하고 있다.

가끔 어머니를 향한 그리움이 원망의 형태로 솟구칠 때면, 나는 어머니가 캔버스 뒤쪽에 서명 대신 작게 써놓은 고백을 떠올린다. 많은 것이 압축된 한 줄의 문장을 보면서, 나는 헤어져야만 온전해질 수 있는 사랑을 이해하려고 노력한다. 어머니는 아버지의 세계를 들을 수 없었고, 아버지는 어머니의 세계를 볼 수 없었다. 사랑하는 이를 닮아갈 수 없다면 추억 속에 고정된, 오롯한 감정의 초상으로 남기는 게 최선일 때도 있다는 걸 나는 부모님을 통해서 배웠다.

평생 누군가를 사랑하지 못할 것 같았던 나는 이제 결혼을 앞두고 있다. 여자친구와 논의한 끝에 우리는 벌고에 정착하기로 결정했다. 나는 아버지에게 애인과 함께 의식에 참여해도 된다는 허락을 받았다. '신전'으로 향하는 순례를 두 번 따라간 경험이 있긴 했지만, 겨울 지대로 발광체 하나 없이 걸어 들어간다는 생각은 아직도 나를 긴장되게 만들었다. 이제 내가 안내받는 입장이 아니라 안내하는 입장이라는 사실이 낯설었다. 내가 '신전'과 트라피스트의 신에 대해 설명하자, 내 약혼녀는 떨떠름한 표정을 지었다.

"그, 신전에 도착하면… 기도 같은 걸 올려야 해? 나 무교라서 내키지가 않는데."

나는 순간 여자친구의 얼굴에서 어머니를, 아버지를, 그리고 두 사람이 나눴던 대화를 듣는 나를 투영해서 보았다. 잊었다고 여겼던 당시의 추억이 내 목을 메이게 했다. 모든 건 어떻게든 반복되는구나. 그러다 나는 문득, 평범하게 서로의 세계를 공유할 수 있다는 게, 각자의 영혼 입자를 관찰하며 서로 살아온 인생의 궤적을 이을 수 있다는 게 얼마나 큰 축복인지 새삼 실감하게 된다. 나는 눈을 감는다.

"아무것도 안 해도 돼."

나는 웃으면서 대답한다.

"아무것도."

**백사혜**

1997년 부천에서 태어났고, 현재는 부산에 거주 중. 대학에서 중국학과 정치외교학을 전공 중이다. 사회와 과학이 최선의 형태로 맞물릴 수 있는, 그래서 모두가 아주 소소하고 작은 사랑과 순들도 아무런 근심 없이 기념할 수 있는 사회를 꿈꾼다. 장르를 가리지 않고 여러 가지 이야기를 써볼 계획이다.

## 작가의 말

어릴 적 나는 환상 문학에 빠져 있었다(물론 지금도 굉장히 좋아한다!). 현실 속의 판타지든, 완전히 다른 세계의 판타지든, 소설이든 만화든 가리지 않고 할 수 있는 한 몽땅 읽었다. 가끔 이야기 속 주인공이 되는 상상도 했고, 현실의 내가 그 세계로 떨어져 다른 서사를 풀어가는 상상도 해보았다. 거기서 나는 영웅이 되기도 하고 멋진 사랑을 하기도 했다.

하지만 점차 나이가 들고, 운 좋게 배울 수 있는 것들이 많아지면서 몰입의 방향성도 달라졌다. 얄팍하게나마 경제나 정치, 그리고 사회를 알아가면서 이른바 '사회인'이 되어갔지만, 동시에 괴리감이 들기도 했다. 내가 사는 세상의 사람들은, 판타지 세계와 달리 용사 출신의 영웅이 될 수도, 강호가 될 수도, 마법사가 될 수도 없었다. 휘황찬란한 능력을 쓰기는커녕 사소한 일을 선불리 도전하는 것조차 힘든 세상이었다. 그렇게 생각하자 환상적인 가상의 세계를 사랑하는 것에 기묘한 부담이 느껴졌다. 순수하게 좋아했던 창작품들을 어느 순간 현실을 외면할 수 있는 도피처처럼 여기는 내 자신이 실망스러웠던 탓이었다. 그러다가 어느 날, 나는 SF라는 장르를 만났다.

SF를 몇 년 전까지만 해도 절대 접할 일이 없는 장르라고 여겨왔다. 하지만 몇 번의 도전 끝에 완독할 수 있었던 대중과학서들은 내게 새로운 시야를 전해주었다. '고도로 발달한 과학은 마법과 다를 게 없다'는 말은 어디선가 읽은 적이 있었는데, 정말 말 그대로 마법의 한 축을 해부할 수 있는 메스가 쥐여진 느낌이었다. 물론 나는 아직 그 메스를 사용할 줄 모른다. 하지만 적어도 마법 같은 과학이 어떻게 해부되는지, 현실 속에 어떻게 나타날지 마음껏 그려볼 수는 있었다.

SF는 완벽한 미래가 아닌 최선의 미래를 꿈꾸게 해줄 수 있는 것 같다. 그러기 위해선 모두가 불편한 현실을 직시해야 한다. 나는, 능력이 닿는다면, 그런 현실을 위한 동화를 계속 쓰고 싶다. 내가 그리는 최선의 미래를 위해, 으깬 마법의 가루들이 지상의 모두에게, 가장 밑바닥에 있는 사람들에게까지 내려앉을 수 있길 간절히 바란다.

가작

# 한밤중 거실 한복판에 알렉산더 스카스가드가 나타난 건에 대하여

이경

어느 날 밤 안방 문을 열었더니 거실 소파에 알렉산더 스카스가드가 앉아 있었다.

✳

알렉산더 스카스가드. 스웨덴 출신의 배우. 스웨덴어로 그의 이름 Alexander Skarsgård는 '알렉산데르 스카쉬고르드'에 가깝게 발음된다고 한다. 1976년 8월 25일생. 키 6피트 4인치 반, 그러니까 약 194센티미터에 90킬로그램.

졸도할 것 같은 심장을 붙잡고 구글링한 바에 따르면, 지금은 식탁 의자에 앉아 이쪽을 쳐다보고 있는 저 거구의 남자는 알렉산더 스카스가드가 맞다.

*

물론 미주는 한밤중 거실 소파에 앉아 있는 스웨덴 배우를 처음 본 순간에 그 이름을 바로 떠올리지는 못했다. 남자를 보고 가장 먼저 미주는,

"와이씨!"

라고 놀라 소리친 다음 뒷걸음질을 쳤다.

실제로 미주의 입에서는 참새의 휘파람 같은 소리가 났지만, 기분상으로는 비명을 지른 것과 마찬가지였기 때문에 미주는 제가 확실히 소리를 질렀다고 믿었다. 아닌 밤중에 제집 거실 소파를 떡 차지하고 앉은 거구의 모르는 남자와 마주친다면 누구나 비명을 지르고 뒷걸음질을 칠 것이다.

그러자 남자가 어떻게 했냐면, 어두운 중에도 부담스러운 잘생김만은 또렷이 전달되는 자기 입술에 굵은 집게손가락을 올리고 쉿, 하고, 씩, 웃었다.

나중에 취조실에서 형사와 마주 앉으면 한 3년 전쯤 회사 탕비실에서 우연히 부딪쳐 사과드린 게 전부인 옆옆옆 팀의 해외 지원 인력인데요, 왜 이 사람이 하필 저를, 하고 눈물로 하소연하게 될 사이코패스 연쇄살인범처럼 말이다. 그런데 이제 아직 체포되지 않은.

미주가 안방 문을 쾅 소리 나게 닫지 않은 것은 합리적인 대응이었다. 미주는 조용히 문을 꽉 닫아 잠근 후 본능에 따라 아기침대부터 들여다보았다. 이제 31일 된 신생아 한세리

는 수유등 아래서 무사히 꼬, 물… 꼬물… 꼬물대고 있었다. 조그만 입을 짝 벌리고 하아, 품도 했다.

그리고 미주가 긴급전화를 걸기 위해 스마트폰을 들어 올린 순간이었다.

"안녕, 미주? 만나서 반가워."

1985년 5월 준공된 이 시영아파트는 전세가가 낮아질수록 과거의 유산을 보존하고 있을 확률이 높았다. 레트로나 빈티지 같은 수식어를 붙인 드라마, 영화, 화보, 기타 등등에서나 보았지 실제로 제 손으로 직접 여닫고 살게 될 줄은 몰랐던 밤색 합판 방문 같은 것이 그 일례다. 족히 30년 동안 한 번도 갈지 않은 둥근 문고리가 세트로 달린. 66제곱미터짜리 이 집의 거실 소파부터 약간 두꺼운 종이상자나 다름없는 안방 문까지 저 남자는 몇 걸음이나 걸어야 할까? 한, 세 걸음?

밤이 됐지만 자지 않는 세리를 따라 꼬박 4시간을 눈물로 보내고 겨우 1시간 20분 정도 잤다. 잤다기보다 1시간 20분 동안 죽었던 기분이었다. 당연히 부활한 지 몇 분 되지 않은 미주의 뇌가 제대로 기능할 리 없었다. 그래서 문밖에서 발소리가 나거나 힘껏 움켜쥔 문고리가 덜컥이는 대신 밤색 합판 방문 정중앙…의 꽤 상단에서 남자의 얼굴이 불쑥 튀어나왔을 때, 미주는 이번에야말로 확실히 비명을 질렀다.

그 순간에는, 정말 그 옛날 영화의 미쳐버린 주인공처럼, 남자가 마포 곽산시영아파트 E동 108호 안방 문을 도끼로 쪼개버린 줄로만 알았다.

"미주, 진정해. 세리가 울잖아."

멜로디컬하고 결이 풍부한 낮은 목소리는 놀랍게도 교육방송 아나운서처럼 유창한 서울말을 구사했다. 비명에 놀라 울음을 터뜨린 세리를 끌어안은 채 미주는 코앞…보다는 상당히 위에 튀어나와 있는 얼굴을 올려다보았다. 깊은 아이홀 안에 박힌 보석처럼 푸른 눈이 시시각각 꼬리를 늘어뜨리고 있었다. 금색 속눈썹이 은은한 수유등 빛을 받아 말도 안 되게, 무슨 파초선도 아니고, 반짝이며 나풀대는 것도, 이런 위기의 순간에 왜 눈에 띄는지 모르겠지만, 하여튼 보였다.

"나는 젖병 소독의 천사 유팜이야. 잘 부탁해, 미주."

미주는 차가워진 손을 내밀어 남자를 확인했다. 단정히 넘긴 풍성한 금발과 반듯하고 넓은 이마 아래 쭉 뻗은 높은 콧대, 마포 곽산에 있기엔 너무나 이국적인 뼈대를 자랑하는 바이킹의 얼굴 정중앙을 정확히 노려 거칠게 손을 휘저었다.

미주의 손은 아무것도 잡지 못하고 허공을 갈랐다. 미주의 손이 닿은 부분에서 질량 없는 윤곽과 부피는 깨진 픽셀처럼 잠시 자그락댔으나 손이 빠지는 순간 다시 흔적 없이 이어지고 합쳐졌다.

"UV 자외선 살균과 온풍 살균 건조를 모두 끝내두었어. 아쉽게도 베이비팜 자동분유제조기는 설치되어 있지 않더라. 있었다면 내가 분유 제조까지 해줄 수 있었을 텐데."

온화한 어조로 해야 할 말을 다 마친 남자가 환한 미소를 지었다.

미주가 '스웨덴에서 가장 섹시한 남자', '이케아와 함께 스웨덴의 최대 수출품'이라 일컬어지는 배우의 이름을 기억해낸 것은 그때였다. 그러니까, 우락부락 성난 몸에 곱슬곱슬한 머리를 길게 늘어뜨린 야생의 타잔이 사랑하는 아내와 행복하게 살고 있다가 어떤… 뭐였더라? 하여튼 뭔가 사명감을 띠고 그가 자랐던 정글로 돌아가서… 뭘 어떻게 하다가… 막 싸우고… 어떻게 됐더라? 어쨌든.

미주의 안방 문을 뚫고 머리를 들이민 남자는 바로 그 영화에서 타잔을 연기했던 그 배우였다. 알렉산더 스카스가드. 그리고 제인은… 마고 로비. 지금 임무 수행 보고와 자매 제품 광고를 성공적으로 묶어내고 남자가 지은 뿌듯한 미소는 바로 그 영화의, 본 지 몇 주가 지난 지금 와선 어느 장면인지 가물가물했지만, 하여튼 바로 그 영화 어딘가에서 타잔이 제인에게 지었던 미소와 흡사했다.

아, 〈레전드 오브 타잔〉!

*

한밤을 가른 아내의 비명에 놀라 옷방에 구겨져 자다 말고 뛰쳐나온 남편은 거실 한복판에 선 알렉산더를 보고 그야말로 기겁을 했다. 있지도 않은 야구방망이를 찾아 헤매며 연신 미주야, 들어가! 세리랑 문 잠그고 들어가 있어! 하고 제법 비장하게 외치는 것이었다. 그 바람에 미주는 임신과 출산 이후 남편을 향해 항시 꺼지지 않는 올림픽 성화처럼 타오르던 분노가 약간 사그라드는 것을 느꼈다.

남편 역시 미주보다 덜하긴 해도 정도로 따지면 심각한 수면 부족을 겪고 있었다. 좁은 집의 어디에 어떻게 처박히든 사이렌처럼 울리는 세리의 울음소리를 피할 수 없었기 때문이었다. 그는 핏발이 선 눈으로 우두커니 서서 '젖병 소독의 천사 유팜'의 이야기를 들었다. 그리고 괜찮아, 내일 얘기하자, 들어가, 하고 미주가 등을 밀자 좀비처럼 비척대며 나왔던 곳으로 도로 들어갔다. 말이 옷방이지 누우면 바닥이 사라지는 옹색한 방이었다. 남편은 그 방에서 웃풍을 막기 위해 두 겹의 이불을 덮고 누운 지 5분 만에 코를 골았다.

다음 날 두 사람이, 남편은 월요일이라 성격이 더 개 같아진 팀장의 눈을 피할 수 있을 때마다 그리고 미주는 세리가 자유를 허용해줄 때마다, 꼬박 6시간을 소요한 검색과 문의를 통해 다양한 각도에서 도출된 답을 종합 요약해 말하자면, 결론적으로는 미주의 잘못이었다. 아니, 사소한 실수였다. 아니, 따지자면 그날 퇴근이 늦어 미주가 혼자 유팜을 구입할 수밖에 없게 만들었던 남편의 잘못이었고, 더 따져 올라가자면 당장 내일 애가 나와도 올 게 왔다 싶게 달이 꽉 찬 만삭 임산부의 배우자를 그렇게 늦게 퇴근할 수밖에 없는 상황에 처하게 한 좆 같은 조직 문화와, 배우자 출산 휴가도 좆 같이 짧은 데다, 정작 쓰려면 눈치를 좆 같이 보게 만드는 좆 같은 육아휴직 제도를 가진 좆 같은 회사의 시대착오적 존재 자체를 방치하고 나아가 은근슬쩍 연명시키기까지 하는 좆 같이 덜떨어진 사회에 이 모든 사태의 전적인 책임을 돌려야 할 것이다.

어쨌든 두 달 전 미주는 그러한 좆 같은 사정이 있어 만삭의 몸으로 혼자서 유팜을 구입하러 갔다. 그리고 직원의 안내에 따라 '사용자'로 '김미주'를 등록했다. '김미주' 한 사람만 말이다. 그리고 까맣게 그 사실을 잊고 있었다. 그것이 한밤중 미주네 집 거실 한복판에 '젖병 소독의 천사'가 나타난 한 원인이었다.

젖병 소독기 유팜의 최신 모델에 탑재된 자체 AI는 원래 사용자가 매뉴얼을 들춰보지 않아도 쉽게 조작할 수 있게끔 개발되었다. 그런데 사실 젖병 소독기에 요구되는 기능 자체가 단순하다 보니(켜, 꺼, 소독해줘) 시중의 타 젖병 소독기와의 차별화가 쉽지 않았던 모양이었다. 거기서 ㈜베이비케어가 꺼내 든 회심의 카드가 AI 차별화였다. 남편이 미주에게 링크를 보내준 기사에 의하면, 베이비케어의 CEO는 다음과 같은 일념을 갖고 대화형 비주얼라이즈드 AI '엔젤' 개발에 어마어마한 자원을 투자했다고 한다.

**— 영유아용 가전 시장을 선도하는 기업 베이비케어가 자체 개발 AI '엔젤'로 또다시 혁신을 보여주었습니다. '엔젤'은 어떻게 개발하게 되셨습니까?**

사물인터넷이 우리 생활 곳곳에 자리 잡게 된 지도 오랜 시간이 흘렀지요. 말하는 TV, 말하는 냉장고, 말하는 청소기, 말하는 에어컨, 말하는 식기세척기…. 우리는 말만 하면 알아서 일을 해주는 사물의 시대를 살고 있습니다. 뿐입니까. 보편화된 홈 AI에 연결된 가전들이 축적된 개별 데이터를 상호교환·결합하여 사용자에게 특화된 정보를 스스로 제공할 수도 있을 만큼 인공지능 기술도 발전됐지요. 개별 계정의 사용 이력에 기반해 좋아할 법한 콘텐츠를 선별, 추천하는 데 그친 알고리즘의 시대는 사실상 저물고 있습니다. 이제 우리는 사용자의 식료품 구매 이력과 현재 남은 식재료 현황을 대조해 현재 가능한 요리 중 사용자가 가장 선호할 법한 요리를 추천하고 레시피를 제공하는 냉장고를 구매할 수 있어요. 최근 프레젠테이션 된 홈 AI는, 그래요, 만약 영화를 추천한다면, 우리가 스마트폰이나 태블릿 PC 같은 개별 기기에서 서로 다른 OTT 서비스를 통해 시청한 영화 목록뿐만 아니라 E북·도서 구입 데이터에 반영된 독서 이력, 전시회나 콘서트 같은 공연 구매 이력, TV 시청 이력, 유튜브나 틱톡 시청 이력 등 문화 콘텐츠 전반을 아우른 사용 데이터를 통합 분석하여 그 추천 결과를 지금 사용자가 켠 TV 화면에 띄울 수도 있어요. 지금이 후덥지근한 여름밤이라면 홈 AI는 사용자가 좋아하는 장르의 최신 공포영화를 추천하고 에어컨 온도를 평소보다 조금 더 낮게 세팅해두겠죠. 그러면 같은 홈 AI에 연결된 냉장고는 사용자가 샤워를 마치고 나올 시간에 맞춰 맥주에 살얼음이 끼게 만들 거고, 조명은 적당히 어스름해져 있다가 영화가 시작되면 꺼질 거예요.

물론, 사용자가 원한다면요. 홈 AI에 사물을 얼마나 연결할지, 다시 말해 데이터를 얼마나 제공할지는 전적으로 사용자의 선택에 달려 있으니까요. 그리고 아직 모든 가정에 이런 토털 홈 AI를 풀 구현하기엔 비용 면에서도 굉장한 제약이 있죠. 그러나 우리 회사 임직원은 장기적으로는 이러한 토털 홈 AI로의 발전이 확산되리라 확신하고 있습니다.

이런 시대에 우리 베이비케어의 제품은 어디에 끼어야 할까요? 이 절박한 고민이 베이비케어 전 제품에 탑재된 고유 AI '엔젤'을 개발한 원동력이 되었습니다. 우리가 선보이는 가전들은 본질상 심플하거든요. 예컨대 우리 베이비케어의 베스트셀러 젖병 소독기 유팜의 젖병 소독 능력은 세상 어디에 내놔도 뒤지지 않는다고 자부합니다. 하지만 현재 가전 시장을 휩쓰는 빅 트렌드인 사용자 친화적 가전, 사용자에게 특화된 가전으로서 유팜이 나아가야 할 길은 어떨까요? 아무리 사용자의 기존 데이터를 분석, 적용해도 젖병 소독이 사용자 친화적으로 이뤄질 여지는 적습니다. 철저한 살균과 소독을 위해 요구되는 온도나 시간은 정해져 있고, 그건 사용자의 기호와 무관하게 고수될 기준이죠.

여기까지 읽었을 때, 이동식 아기침대에 눕혀놓았던 세리가 얼굴을 찡그리고 조그만 주먹을 휘두르며 칭얼대기 시작했다. 반사적으로 확인한 시간은 오후 2시 40분이었다.

"미주, UV 자외선 살균과 온풍 살균 건조를 모두 끝내두었어. 지금 세리에게 주고 나면 남은 젖병이 하나뿐이니 참고해줘."

2시 45분, 겨울 햇살이 쏟아져 들어오는 거실 한복판에 알렉산더가 나타났다. 햇빛을 후광처럼 두르고 선 알렉산더의 눈은 낮에 봐도 쨍하게 파랬다. 인간의 자연스러운 홍채 색깔보다 명도와 채도가 높은 파란색이었다. 그리고 바로 전 타임인 12시에 봤을 때보다 어쩐지 더 어려 보였다. 피곤 때문에 몇 시간 전 기억도 흐리긴 했지만, 어젯밤 처음 보았을 때 알렉산더는 분명 정글을 떠나 사랑하는 아내와 도시에서 행복한 세월을 꽤 보낸 타잔처럼 보였다. 맹렬한 검색에 힘입어 미주는 어제 보았던, 머리를 뒤로 넘겨 이마를 드러낸 얼굴이 〈레전드 오브 타잔〉을 홍보하던 시기의 '알렉산더 스카스가드'임을 거의 확신했다. 그런데 지금 나타난 알렉산더의 얼굴은 눈가의 주름이 옅어진 대신 윤곽이 선선해졌고 머리카락은 더 짧아졌다.

"고마워. 그런데 알렉산더, 얼굴이 좀 달라지지 않았어?"

알렉산더는 아기침대 위로 허리를 깊이 굽히고 우스꽝스러운 표정을 지었다. 가까이서 보면 전체적으로 파르스름한 빛이 나는 이 남자를 세리는 별로 마음에 들어 하지 않는 눈치였다. 그가 얼굴을 들이댄다고 울지는 않았지만 웃지도 않았다. 적어도 미주는 그렇게 생각했다. 나한텐 웃어주는데.

사실 태어난 지 한 달 된 인간은 누구에게도 웃어주지 않는다. 엄만지 뭔지가 성심성의껏 딸랑이를 흔들어대도 작은 인간은 뚱한 얼굴로 조그만 팔다리를 휘적, 휘적! 휘, 적, …휘적, 댈 뿐이다. 세리에게는 무시무시한 출산의 모험을 함께 완수한 피의 동료 김미주나 지금 제 앞에 얼굴을 들이민 이 반투명한 남자나 거기서 거기인 존재다. 어차피 얼굴도 알아볼 수 없으니 말이다.

"미주, 아까 '알렉산더 스카스가드' 검색했지? 검색과 조회 기록의 일부가 반영되었어."

아하, 고개를 주억이면서 미주는 유팜을 열고 따뜻한 젖병을 꺼냈다. 100도로 끓였다가 40도까지 식힌 물 90밀리리터를 젖병에 먼저 따른 후 분유 세 숟갈을 넣는다. 각진 플라스틱 숟갈 위로 무덤처럼 솟은 부분을 반듯하게 깎아내야 정량이다. 그리고 실리콘 젖꼭지와 뚜껑을 딱, 소리가 나게 정확히 덮어 닫은 다음 기포가 생기지 않도록 손목의 스냅을 사용해 돌린다. 칼같이 3시간 간격으로 하루에 일고여덟 번씩 타는데도 출산 후유증인지 뭔지 정량이 계속 헷갈리는 탓에, 미주는 젖병을 들지 않은 손으로 분유통에 적힌 제조표를 다시 더듬어 확인했다. 매번 몇 숟갈을 넣어야 하는지 까먹는 것이 완벽한 분유제조기로의 진화를 끈질기게 저지하는 유일한 인간성이었다.

그리고 젖병 소독의 천사 알렉산더(미주는 그를 '알렉산더'라 부르기로 합의했다. 배우 알렉산더 스카스가드의 얼굴을 한 인공지능을 '젖병 소독기'라 부르기는 이상해서였다. 누가 아이폰 인공지능을 '아이폰'아, 하고 부르지?)의 메인 업무는 세척된 젖병이 들어오면 살균 소독을 자동 수행하고 그 진행 상황과 소독기 안에 남은 젖병 개수를 알려주는 일이다. 그게 어젯밤 12시에 처음 만난 이래 3시 10분, 6시 20분, 8시 40분, 12시 5분, 도합 다섯 번의 수유를 함께 하며 미주가 이 새로운 동료에 대해 알게 된 사실이었다. 알렉산더는 세리의 수유 텀에 맞춰 약 3시간마다 나타났는데, 그건 미주가 스마트폰에 기록하고 있는 수유 일지 데이터를 학습한 결과였다.

"엄청 유명한 사람이더라. 다른 사진도 많이 찾아봤는데,

옷은 안 바뀌네?"

"미안. 내 착장은 사용자 조작이 불가능해."

아하…. 미주는 다시 고개를 끄덕였다. 사용자가 마음대로 인공지능 비주얼에 옷을 입힐 수 있다면… 어쩐지 어디선가 뉴스에 보도될 일이 발생할 것도 같은 예감이 든다. 나아가 미주 생각에도, 디폴트로 있을 거라면 등에 돋아난 새 날개나 정수리 한 뼘 위에 달린 금색 링보다는 목부터 발목까지 덮는 헐렁한 로브가 나을 것 같다. 한밤중 거실 한복판에 청바지와 셔츠를 입은 모르는 사람이 맨발로 서 있다? 그런데 그 등에서 거대한 새 날개가 펄럭인다? 중세 수도복 비슷한 쌀포대를 걸친 쪽이 그나마 덜 위험해 보였다.

같은 맥락에서 사람과 사자와 소와 독수리의 네 얼굴을 세 쌍의 날개로 가렸거나 아니면 눈알이 빼곡히 박힌 바퀴 형상이라는 '진짜' 천사 이미지를 쓰지 않은 이유도 납득되었다. 미주는 알렉산더와 함께 세 번의 밤중 수유와 두 번의 주간 수유를 성공적으로 마치며 놀랄 만큼 빠르게 친해졌지만, 그가 불타는 구체였다면 아직 말을 놓지 못했을 것이다.

"그럼 얼굴 부분만 사용자가 조작할 수 있는 거야?"

"미주가 직접 커스터마이즈할 수 있느냐는 의미라면, 아니야. 나는 게임 캐릭터가 아니거든."

미주가 세리의 묵직한 엉덩이를 받쳐 어깨에 얹고 트림시키는 동안, 알렉산더는 미주가 15년 전 친구와 급식으로 나온 제육볶음을 배터지게 먹고 나간 여고 운동장에서처럼 나란히 보조를 맞춰 뱅글뱅글 돌았다. 알렉산더와 나란히 서니 안 그래도 좁은 거실이 터질 지경이어서 뱅글뱅글보다는 우왕좌왕이라 해야 할 것 같았다.

알렉산더는 '사용자'가 자주 접하는 대중미디어에 보편화된 '천사' 이미지가 베이비케어 자체 개발 AI '엔젤' 비주얼의 공통 토대라고 설명해주었다. 실제로 유팜이 제공하는 기본 비주얼은 유럽 종교화에 그려진 아기천사를 베이스로 한 '아기천사 유팜'이기도 했다.

"미주가 처음 세팅할 때 '사용자 친화'를 활성화했기 때문에 지금 내 모습이 만들어졌어. 나는 미주가 제공하기로 동의한 데이터 분석에 기초해 구현된, 미주가 가장 선호할 법한 '천사' 모습인 거지."

"내가 가장 선호하는 천사가… 정글의 왕이라고? 아니면 잘생기고 키 큰 북유럽 남자?"

뚝뚝 묻어나는 미주의 의심에 알렉산더는 자신은 결백하다는 표정을 지어 보였다.

"내가 왜 '알렉산더 스카스가드'의 얼굴을 갖게 되었는지 정확히 설명하긴 힘들어. 원하면 알고리즘을 보여줄 수 있지만 미주가 작성 언어를 이해할 수 있을지 모르겠네. 가장 선호하는 모습은 가장 친숙한 모습이라 번역할 수도 있을 거야. 미주의 관점에서 '천사'에 가장 가까운 이미지일 수도 있고."

"말도 안 돼. 무슨 오류 아닐까? 난 천사가 나오는 걸 본 적이 없는데. 내가 가장 최근에 본 천사는 아마…."

머릿속 어딘가에 차곡차곡 쪼그라들어 있을 기억을 불러내려 미주는 한껏 인상을 썼다.

"《사람은 무엇으로 사는가》에 나온 천사일걸. 러시아어 강독 시간에. 그것도 중간에 드롭한…. 10년도 넘은 일이고. 도스토예프스키? 맞아?"

"그 기억은 내가 받은 데이터에 없어. 영화야?"

알렉산더는 물론 1885년 출판된 《Чем люди живы》의 현재에 이르는 번역 및 발행 상황과 대학 입시논술 지문으로 활용된 횟수, 레프 니콜라예비치 톨스토이의 군(軍) 복무 경험과 그의 사후 일제강점기 조선 오산학교에서 거행되었던 추도식을 망라한 모든 정보를 알고 있다. 애초에 개떡 같은 질문을 던져도 찰떡 같은 답을 대신 찾아내주길 바라는 인간으로부터 인공지능은 탄생한 것이다. 하지만 알렉산더는 특이하게도 미주에게 질문을 자주 던졌고, 미주는 그냥 이게 그의 '개성'이려니 여기기로 했다.

"아니, 소설."

"어떤 이야기인데?"

알렉산더는 진심으로 궁금해하는 것처럼 보였다.

*

우리가 찾아낸 돌파구는, '사용자 친화'적이란 진정 무슨 의미인지 탐구함으로써 발견되었습니다. 그러려면 먼저 우리 제품의 '사용자'가 어떤 사람들인지를 알아야 했어요. 우리는 베이비케어의 전 역량을 동원해 사용자를 연구하기 시작했습니다.

그동안 우리 연구는 제품을 직접 접하게 될 아기에 초점을 맞춰 이뤄지고 있었어요. 아기의 안전, 아기의 신체에 최적화된 디자인, 색이나 모양, 소리에 대한 아기의 선호… 모든 연구의 중심에 항상 아기가 있었죠. 성인의 눈에는 그럴듯하고 있어 보이는 감성, 복잡한 기능을 갖춘 제품이라 하더라도 아기가 거부하면 이 시장에선 바로 퇴출됩니다. 바우하우스 감성을 접목한 분유제조기요? 그걸로 만든 분유를 아기가 먹지 않는다면, 그건 바우하우스 감성을 접목한 고철 덩어리일 뿐입니다. 베이비케어가 지금 시장을 선도하는 기업이 된 이유는, 우리가 아기에 대해 누구보다도 잘 알기 때문이었어요.

하지만 시대는 빠르게 변하고, 이제는 남들도 우리만큼 알게 된 것 같아요. 그런 위기의식이 팽배해지고 있었습니다. 10년 연속 시장점유율 1위라고는 하지만 경쟁사와의 격차도 날이 갈수록 좁혀지고 있는 것이 사실이고요. 이 시점에 우린 아기와 우리 제품을 연결하는 가장 중요한 고리, '사용자'를 연구하기로 결정한 거죠.

막상 연구를 시작하자… 우린 조금 놀랐습니다. 실은 많이 놀랐어요. 우린 아기에 대해서는 아주 잘 알고 있었지만, 실제로 우리 제품을 구매하고 설치하고 매일매일 아기를 위해 제품을 구동시키는 사용자에 대해선 놀랄 만큼 적은 것을 알고 있었어요. 거의 몰랐다고 해도 될 것 같군요. 매일, 하루 24시간 동안 아기와 같은 공간에 존재하며 아기의 생존과 웰빙을 위한 모든 활동을 대리수행하는 우리 제품의 사용자, 아기의 다양한 욕구를 만족시켜주기 위한 대기자… 어머니, 아버지, 할머니, 할아버지, 형제자매, 그리고 선생님, 원장님, 보호자님, 그 밖의 많은 이름으로 불리는 다양한 사용자들.

처음에 우린 사용자 연구의 초점이 흐려질까 걱정했었어요. 사용자는 아기보다 훨씬, 훨씬 까다롭고 혼란한 집단이거든요. 그들이 사용자가 되기까지 살아온 삶만큼이나 질적으로 다변화되어 있고 다양한 개성을 지닌 사람들이잖아요. 당연히 표본으로서의 가치가 떨어지지 않을까, 고민했었죠. 우리 제품을 선택한 이유도, 사용 환경도, 사용 방법과 빈도, 제품에 대한 만족도도 모두 상이해서 도저히 공통점이 보이지 않을 때 뜻밖의 실마리를 제공한 건 심층 인터뷰였습니다. 인터뷰에 응해준 분들은 공통적으로, 연령, 성별, 세대, 계층, 소득 수준과 무관하게 연구에 있어 유의미한 정도로, '고립감'을 가장 커다란 고충으로 꼽아주셨어요.

고립감. 그렇습니다. 베이비케어 사용자의 대다수는… 외로우셨어요. 단순히 외롭다는 말로는 부족하군요. 아기라는 존재를 다시 생각해봐야 해요. 아기는, 특히 사용자가 아기를 처음 돌보는 경우라면 더더욱, 철두철미하고 완전한 주의집중을 요구하는 존재입니다. 그리고 놀랍게도, 흔히 '손이 간다'라고 일컫는 요구 수준은 아기가 성장할수록 다양해지고 빽빽해져요. 질적으로, 양적으로, 그리고 더 중요하게는 신체적이고 물리적으로, 아기가 태어나면 보호자는 그때까지의 생활로부터 갑자기 뚝 잘려 나와 낯선 세계에 던져지게 됩니다. 아기와 나만 존재하며, 내가 아기의 모든 것을 해결하고 책임져야 하는 독방의 시간이 닥치죠. 많은 인원이 그 시간을 나눠 감당해주면 수고를 덜겠지만, 아시다시피 그건 아직도 이상에 불과하고요.

아기는 누군가 돌보지 않으면 살 수 없어요. 그렇게 생각하면 소름이 끼치죠. 보호자는 아기에게 집중해야 합니다. 영원히는 아니지만, 그 순간에는 절대적으로요. 아기가 깨어 있을 때는 먹이고 입히고 싼 것을 치우고 놀고 씻기고 재우는 데 모든 시간을 쓰고, 아기가 잘 때는 같이 자야 하죠. 보호자도 살아야 하니까요. 신생아라면 두세 시간 간격으로 배가 고파지고, 밤이 되더라도 30분 자고 일어나 놀고 먹고 싸고, 그리고 다시 30분 자고 일어나 울고 먹여도 안 먹고 원인도 모른 채 몇 시간 동안 칭얼대고를 반복하기도 합니다. 성인의 생체 리듬을 완전히 무시하는 이 새로운 리듬으로 보호자가 적응하기 위해 쓸 수 있는 시간은요? 0. 적응이란 건 있을 수가 없습니다. 아기는 무자비한 독재자거든요. 난 태어났고, 이제 넌 내가 하라는 대로 해. 적응? 웃기고 있네. 어, 혼자 핸드폰 봐? 나 울 거야. 어, 날 내려놨어? 나 운다. 어, 잉, 했는데 바로 안 와? 사이렌 켠다. 어, 눈 떴는데 옆에 없어? 어, 배고픈데? 어, 나 기저귀 불쾌한데? 어, 못 보던 건데? 어, 들어본 적 없는 건데? 어, 뭔지 몰라도 하여튼 별론데? 난 무조건 울 거야. 네가 알아서 달래.

하루가 이런 식으로 지나가면, 똑같은 하루가 또 시작됩니다. 그런 식으로 아기는 보호자가 쌓아온 삶을 무시할 수 있는 존재예요. 기자님은 10년 넘게 언론업에 종사했다고 하셨죠? 하지만 아기 입장에선 그게 뭐? 내 똥이나 치워줘. 이런 식이죠. 이 시간 동안 보호자는 아기에게 완전히, 특히 물리적으로 완전히 묶인 존재로 다시 태어나는 것이나 다름없습니다. 그것도 강제로요. 그래서 고립감을 더 강렬히 느끼시는 것 같아요. 왜냐하면, 생각은 묶이지 않거든요. 이 시간에 남들은 뭐할까, 난 여기 왜 이러고 있을까, 왜 이렇게 힘들까, 왜 안 자지, 왜 안 먹지, 왜 울음을 그치지 않지, 아기는 이렇게 사랑스럽고 예쁜데 난 왜 이렇게 우울하고, 슬프고, 괴로울까….

우린 평소에 이런 생각이 들면 기분전환을 위해 친구를 만나거나, 영화도 보고 책도 읽고, 또 외출도 하고 운동도 가고 그러잖아요? 하다못해 잠이라도 자고요. 그런 게 하루아침에 다 안 돼요. 독방에 갇혔거든요. 내 사정, 내 감정과 기분, 내 체력과 컨디션은 하나도 고려하지 않고 일방적으로 요구만 퍼부어대는 독재자와요.

하하하, 표현이 상당히 과격하죠? 사실 저도 보고서를 처음 받았을 땐 과장된 표현이라고 생각했어요. 인간은 과중한 스트레스를 받으면 극단적이고 단순해집니다. 양육은 엄청난 스트레스고요. 하지만 책임연구원의 권유에 따라 인터뷰 비디오 로그를 하나하나 열람하면서, 인터뷰에 응해주신 사용자의 얼굴을 보고, 목소리를 듣고, 또 감사하게도 요청에 응해 저와 직접 인터뷰해주신 분들을 보면서, 저와 이사진은 점차 깊이 이해할 수 있게 되었습니다. 저 자신은 아기를 키워본 적이 없지만, 이사진의 대다수는 아기를 키워보셨거든요. 그때가 생각난다며 회의 석상에서 눈물을 흘린 분도 계셨어요. 독방에 갇혀 전환될 계기를 잃은 생각은 돌고, 돌고, 돌면서 눈덩이처럼 불어나 하루 종일 그렇게 우울한 생각만 하는 자신, 전과는 너무나 달라져버린 자신을 발견하고 또다시 괴로워진다고요. 그런데 그렇게 호소하면 남들은 둘씩 셋씩 다 키우는데 왜 너만 유난이니, 아니면 아기랑 노는데 뭐가 힘들어, 일하는 것보다 낫지, 아니면 그래, 힘들지, 그래도 어쩔 수 없잖아, 조금만 참아, 더 크면 손이 덜 가, 하는 대답이 돌아왔다고 하시더라고요. 그 순간을 짓누르는 괴로움이 전혀 덜어지지 않는 대답이요. …아직도 머릿속에서 지워지지 않는 말이 있어요. 회의 때, 마케팅팀의 한 분이 하신 말씀이에요. 키워보니까, 아기가 주는 기쁨과 고통은 상쇄되지 않더라고요.

자만이 아니라, 우리 제품의 기능은 업계 최고 수준을 항상 갱신해왔죠. 그러나 우리 제품이 사용자 체험을 그만큼 혁신시켜 왔느냐? 아니었습니다. 그동안 우리의 사용자 체험 연구는 기껏해야 조작이 얼마나 쉽고 편리한지에 국한되어 있었습니다. 거칠게 말해 사용자가 외롭거나 말거나 버튼만 누를 수 있으면 됐어요. 그래서 이번에 우린 사용자 체험의 혁신에 집중하기로 했고, 그것은 럭셔리 체험과 같은 고급화 방향이 아니라, 우리 제품이 자리 잡게 된 생활의 한 부분에서 사용자가 필요로 하는 서포트를 제공하는 방향으로 나아가야 한다고 생각했습니다.

이렇게 해서 우리는 사용자의, 거창한 표현이지만, 수호천사를 탄생시키기로 결의했습니다. 그 결과 아기가 아닌 사용자와 친근하게 상호작용하면서 사용자의 고립감을 덜어내고 기분전환을 돕기에 최적화된 대화형 비주얼라이즈드 AI '엔젤'이 개발되었죠.

인공지능과 몇 분 떠든다고 괴로움이 해소될 리는 없습니다. 그건 우리 고객들도 다 아시는 바고요. 하지만 어떤 순간의 가벼운 기분전환에는, 도움이 되지 않을까요? 24시간 중 단 몇 분만이라도 아기와 관련되지 않은 화제로 주제도 목적도 없이 수다를 떨거나, 또 비난받을 걱정 없이 속을 털어내기도 하고, 그러면서요.

✳

미주가 베이비케어 CEO의 나머지 인터뷰를 읽을 기회는 다시 오지 않았다. 알렉산더는 세리의 수유 텀에 맞춰 3시간마다 나타나 이삼십 분쯤 미주와 수다를 떨고 사라졌다. 비주얼 구현에 전력이 많이 소모되는 편이라 그 이상 오래 나타나면 다음 달 전기요금 청구서에 쓰러질 거라고 했다. 알렉산더는 거실 한가운데 우뚝 서서 그에겐 특히나 낮은 천장을 한참 올려다본 후, 미주네 아파트에 워낙 구식인 홈 AI가 설치된 탓에 전력 소모가 더 심하다고 진단했다. 미주는 1985년 준공된 이 아파트의 소유주들이 12년 전에나마 임차인의 편의와 부동산 가격 방어를 위하여 홈 AI라는 '요상한 시스템'을 설치해주기로 마음먹은 것 자체가 이미 기적이라고 대답했다.

미주는 집주인들이 아마 설치 당시에도 가장 저렴한 홈 운영체제를 공동구매했으리라고 추측했다. 이 시점에 직접 확인할 방도는 없었지만, 그 추측은 정확했다.

*

그 대화로부터 단서를 얻은 화요일, 미주와 알렉산더는 왜 유팜을 설치한 지 두 달이 지난 어제에 와서야 갑자기 알렉산더가 구현되었는가에 대하여 추리했다.

알렉산더의 설명에 의하면 '사용자 친화'를 활성화한 경우 통상적으로 집에 제품을 설치하면 홈 AI와 자동 연결되고, 일단 연결만 되면 홈 AI에 연결된 모든 개인기기의 데이터를 받아 비주얼을 구현하기까지 몇 분밖에 걸리지 않는다고 했다. 그러나 미주의 주방 선반에 설치된 유팜은 두 달 내내 지극히 잠잠한 상태였다. 그동안 미주는 모든 조작을 수동으로 하는 이 젖병 소독기에 무슨 인공지능을 탑재했다는 건지 풀리지 않는 의문만 안고 있었고 말이다.

다음 수유 텀에 알렉산더와 미주는 각자 이 수수께끼를 풀기 위한 검색에 돌입했다. 지난 문자 내역을 훑어보다 이마를 탁 친 것은 미주였다.

"허! '사람의 마음속에는 무엇이 있는가'."

"사랑이잖아. 벌거벗은 채 거리에서 떨고 있는 남자를 집으로 데려가 돌본 세묜의 마음에 사랑이 있었지."

알렉산더가 곧바로 대답했다.

"그래. 그건 세묜의 마음이고, 곽산시영아파트 갑들의 마음에는 인색함이 있었어."

미주는 알렉산더에게 당당히 문자를 보여주었다. 개인 간 대화 내역은 접근 허용된 데이터 범위 밖이므로 알렉산더도 그 문자는 처음 보는 것이었다.

공지—지난 21일부로 곽산시영아파트 홈 AI 업그레이드 일괄 진행, 완료하였음. 총 9시간 소요. 기다려주신 주민 여러분 고맙습니다. 이상 발생 가구는 관리사무실로 연락 요망.

알렉산더는 미주를 흉내내 동그랗게 오므린 입술 사이로 오, 하는 감탄사를 냈다.

"내 사양이 21일까지의 홈 AI보다 높았구나."

"이야… 이거는 솔직히 10년 분을 몰아서 한 수준 아니야? 보나 마나 업그레이드 비용 아깝다고 미루고 미루다 떠밀려서 한 게 분명해. 게시판에 뭐가 잔뜩 붙어 있더니 다 이 얘기였나 봐."

"궁금증이 해결됐네."

그리고 알렉산더는 커다란 손에 턱을 괸 다음 눈을 귀엽게 깜빡거렸다. 그는 유튜브에 업로드된 어떤 '알렉산더 스카스가드' 영상을 보고 그 제스처를 습득했다고 했다. 미주도 보고 싶다고 하자 알렉산더는 그 영상을 스마트폰에 띄워주었고, 알렉산더가 다음 타임에 보자며 인사를 건네기까지 둘은 유튜브 알고리즘이 귀신같이 추천해주는 '알렉산더 스카스가드' 영상을 연속 시청했다.

*

고난의 수요일.

첫 추리의 성공에 고무된 미주와 알렉산더는 두 번째 수수께끼를 풀기로 했다. 왜 하필 이 집에 설치된 유팜 '엔젤'의 비주얼이 배우 '알렉산더 스카스가드'로 구현되었는가에 관한 수수께끼 말이다.

그러나 이날은 세리의 컨디션이 매우 좋지 않았다. 매 수유 텀마다 90밀리리터에서 많게는 135밀리리터까지도 먹던 세리가 갑자기 70, 80밀리리터 정도 먹다 게우고 찡찡대기를 반복하는 통에 미주의 정신이 거의 나갔다. 오후 내내 세리는 1시간 간격으로 작은 얼굴을 새빨갛게 찡그린 채 울다 지쳐 잠들곤 했다. 겨우 5킬로그램인 아기가 어떻게 이런 무시무시한 에너지를 발산하는지, 조그만 목구멍에서 나온 울음소리는 곽산시영아파트 E동 108호의 얄팍한 벽과 천장을 우습

게 넘어 107호, 109호, 207호, 208호, 209호를 덮쳤다. 다행히도 107호에 혼자 사시는 할머니는 귀가 조금 어두우셨고, 109호와 207호, 208호는 저녁까지 빈집이었으며, 한가한 오후 커피 한 잔의 여유를 즐기던 209호 아주머니는 얼굴을 아는 애기 엄마에 대한 동정심으로 불쾌를 다스렸다. 어디 보자… 백일 지나면 차차 나아지겠지. 아주머니는 15년 전, 자신의 아이가 생후 한 달 정도 되었을 무렵에는 얼마나 울었는지 떠올려보려 했지만 전혀 기억나지 않았다. 맞아. 뭐 기억할 정신도 없을 때지. 아주머니는 조용히 일어나 베란다 창문을 꽉 닫았다.

7시가 되어 남편이 퇴근하자 미주는 세리를 거실에 남겨둔 채 말없이 안방으로 들어가 문을 닫았다. 귀도 멍하고 머리도 멍하고 팔이 저리고 허리와 손목이 아파서 아기로부터 조금이라도 멀어지고만 싶었다. 제왕절개 수술 자리가 안으로 말려 들어갈 것처럼 쑤셔와 미주는 몸을 웅크리고 모로 누운 채 닫힌 방문을 멀거니 바라보았다.

남편도 미주처럼 한 번에 타야 하는 분유량을 매번 헷갈렸다. 알렉산더는 넥타이만 풀고 나온 남편 옆에 서서 제조표에 적힌 물의 양과 분유량을 또박또박 불러주고, 젖병이 하나도 남지 않았으니 다음 수유 전까지 세척해둘 것을 권했다.

그렇게 깽판을 쳐놓은 세리가 밤에는 웬일로 9시부터 4시까지 쭉 자주었기 때문에 미주와 알렉산더는 또 대화를 하지 않았다. 미주의 인생을 짓밟으러 온 악마처럼 굴어댄 낮이 꿈이었던 양 세리는 천사처럼 잤다. 12시와 3시, 미주는 잠에 취한 세리의 기저귀를 갈고, 젖병을 물리고, 토닥토닥 트림시키면서 같이 하품을 하고, 스르르 도로 잠든 세리 옆에 엎어져 죽은 듯 잤다. 그동안 알렉산더는 음성 발화 대신 허공에 글씨를 띄워 소독이 무사히 완료됐고, 남은 젖병은 각각 네 개와 세 개라고 알려주었다.

*

알렉산더의 비주얼에 관한 추리는 목요일에 재개되었다.

"〈레전드 오브 타잔〉은 조리원에서 봤어. 수유 콜 기다리면서 할 일도 없고, 또 수술 자리가 아파서 거의 누워 있었거든."

"시청 기록은, 〈그래비티〉, 〈에일리언: 커버넌트〉, 〈레전드 오브 타잔〉, 〈주온〉, 〈13일의 금요일 리부트〉, 〈오만과 편견〉, 〈파이널 데스티네이션〉…."

미주가 조리원에서 지내는 동안 태블릿으로 시청한 영화 목록을 알렉산더가 하나하나 읊어주었다. 그 리드미컬한 어조에 맞춰 미주는 역류 방지 쿠션에 누운 세리의 보들보들한 배를 살살 간질인 다음 짧고 통통한 팔다리를 조물조물 마사지했다. 코앞에 불쑥 내밀어진 알렉산더의 얼굴을 향해 손을 휘젓던 세리가 꺽, 예고 없이 달착지근한 트림을 올렸다. 아이 잘했다, 아이 시원해, 미주는 신이 나서 아기의 따끈하고 보드라운 뺨에 쪽쪽 뽀뽀를 날렸다.

"고전적인 목록이지만, 내용에는 공통점이 별로 없네."

"그야 그냥 틀어놓은 거니까… 틀어놓기만 하고 잘 보지도 않았어. 전에 봤거나 스토리를 다 아는 영화들이라, 새로운 거에 집중하기 귀찮아서 골랐을 뿐이야. 누워서 소리만 듣다 잔 적이 더 많을걸."

알렉산더가 소파에 나란히 앉자 질량이 없는데도 어쩐지 끼이는 느낌이 들어 미주는 엉덩이를 옆으로 조금 옮겼다.

"미주가 평소에 상상한 천사는 어떤 모습이야?"

"상상해본 적 없는데. 그냥… 흰 날개, 금발, 푸른 눈… 백인이고… 흰옷, 나팔… 그런 이미지?"

생각나는 대로 중얼거리다 미주는 허탈하게 웃었다.

"와… 초등 주일학교 다닐 때 본 성경 공부책 그대로야. 너무 서구적이다… 그리고 너무 인종차별적인 거 아냐? 나 성당 안 다닌 지도 오래됐는데. 근데 다른 이미지가 잘 안 떠올라."

"미주만 그런 건 아니야. 대중미디어에 보편화된 천사 이미지도 대체로 비슷하게 편향되어 있어. 분명 알렉산더 스카스가드의 얼굴에는 그러한 천사 이미지에 부합하는 요소가 존재해."

"하지만 내가 선호할 법한 천사가 알렉산더 스카스가드여야 하는 결정적 요소가 없잖아. 내가 그 배우의 원래 팬이었으면 또 모르겠는데… 하긴, 내가 좋아하는 다른 연예인들이라고 딱히 그런 천사 이미지라곤 못하겠다."

"좋아. 미주가 SNS에서 관심을 표시한 데이터를 보면…."

알렉산더는 잠시 허공을 보다 고개를 돌려 왼쪽 눈을 찡긋

감았다.

"그렇네. 미주, 방탄소년단 RM의 열렬한 팬이구나."

꺅! 그러니까! 나한테 친화된 천사라면 RM이지! 거기서 미주는 쇳소리를 냈고, 세리는 갑자기 커진 소리에 놀라 모든 움직임을 일시에 멈춘 채 엄마를 골똘히 올려다보았다. 그리고 이어진 미주의 열변(알렉산더가 RM의 비주얼로 나타났으면 누진세가 알 바인가, 한전을 폭파해버리겠다)으로 추리는 중단되었다.

*

금요일에도 왜 알렉산더가 '알렉산더 스카스가드'여야 했는가에 관한 수수께끼는 풀리지 않았다. 알렉산더 스카스가드에게 대중미디어에 퍼져 있는 천사 이미지에 부합하는 비주얼 요소가 존재함은 분명했지만, 시각적 유사도로만 따지자면 그 외에도 그런 천사에 가까워 보이는 연예인들이 많았기 때문이었다. 그중에는 미주가 알렉산더 스카스가드보다 잘 알거나 자주 보았으므로 더 친숙한, 그래서 미주가 더 선호할 법한 이들도 수두룩했다. 당연히 미주의 개인기기에 축적된 데이터에도 그들은 알렉산더 스카스가드보다 빈번히 출현했을 터였다.

한편, 알렉산더는 자신이 이 비주얼을 취하게 된 전체 알고리즘을 미주가 이해할 만한 버전으로 설명할 수 없었다. 미주의 문제 제기에 대한 알렉산더의 성실한 대응 끝에 다다르게 되는 막다른 골목에는 거의 언제나, 이른바 '번역' 문제가 가로놓였다. 요컨대 그의 설명에 의하면, 알렉산더의 작성 언어와 미주의 작성 언어(비유하자면)가 근본적으로 다른 체계인 탓에 한쪽에서 성공적으로 관철된 논리를 다른 쪽으로 완전히, 손실 혹은 왜곡 없이 옮겨 적기가 불가능하다는 것이었다.

이렇게도 막히고 저렇게도 막히는 골목들을 한참 헤매다 지친 미주가 판 초콜릿을 또각또각 부숴 먹고 있을 때, 그걸 바라보고 있던 알렉산더가 갑자기 빙그레 웃었다.

"미주, 나는 이제 '사람에게 주어지지 않은 것'이 뭔지 알아."

"그게 뭐였지?"

"'사람에겐 자신에게 진실로 필요한 것이 무엇인지 알 힘이 없다.' 그게 내 러시아제국 친구 미하일이 얻었던 답이지."

"얼굴도 모르면서 친구는 무슨…."

"내가 찾은 답은 이거야. '사람에겐 알고리즘의 신비를 파헤칠 힘이 없다.'"

인공지능의 오만한 미소에 미주는 웩, 토하는 시늉을 했다. 알렉산더가 더 크게 웃자 과도하게 잘생긴 얼굴에서 팡, 팡 광자가 터져 나와 허공을 수놓고 사라졌다.

"미주, 세리를 봐. 세리에게는 너와 남편의 유전자가 절반씩 들어 있잖아. 그런데 태어난 순간에는 너와 남편 둘 중 누구도 닮지 않았지. 일주일이 지났을 땐 세리 얼굴이 남편의 복사본처럼 보여서 굉장히 서운했다며. 그런데 오늘 아침, 넌 세리의 이목구비가 변한 것도 아닐 텐데 너와 닮은 분위기가 나서 신기하다고 했어."

"아… 그랬지. 내 배에서 나왔는데 날 하나도 안 닮은 게 너무 서운했어. 고생은 내가 다 했는데 그건 다 어디 갔냐고. 그게 너무너무, 너무너무 서운해서 막 울었다니까."

미주는 말하면서 스스로 고개를 저었다. 다시 생각해보니 출산하고 얼마 지나지 않았을 때라 호르몬 때문에 감정 기복이 더 컸던 것 같았다. 지금도 남편을 훨씬 많이 닮은 세리를 보면 다소 억울하지만… 그렇다고 그렇게 목 놓아 울 정도로 서운하지는 않았다.

"세리 안에 담긴 너와 남편의 유전자를 전부 추적하여 그 결합 형태를 낱낱이 밝혀도, 그것은 지금의 세리에 대한 완전한 해설이 되지 못할 거야. 게다가 세리에겐 미주와 남편에게 없던 것도 있잖아. 세리의 동글동글하고 도톰한 귓불은 네 외할머니와 똑같다며?"

미주가 영 모르겠다는 얼굴로 고개를 끄덕이자, 알렉산더는 다시 미소를 지었다. 다섯 살 아이가 식판에서 브로콜리를 골라내지 않은 걸 칭찬해주는 듯한 미소였다.

"내가 알렉산더 스카스가드인 것도 그것과 비슷하다고 생각해봐. 알렉산더 스카스가드에 이르게 된 경로를 일일이 되짚어볼 수도 있지만, 그 분석은 왜 내가 알렉산더 스카스가드가 되어야만 했는가를 완전히 해명하기엔 부족해. 그게 사람이 파헤칠 수 없는 알고리즘의 신비지. 만든 것과 된 것 사이의 차이 말이야."

그렇게 추리가 흐지부지된 대신 금요일 분의 진전은 남편과 알렉산더의 사이에서 이뤄졌다. 실상 알렉산더가 나타난 지 닷새째이건만 그와 남편의 사이는 데면데면했다. 출근, 퇴근, 수면의 반복되는 평일 사이클에선 둘이 마주칠 기회 자체가 하루 한두 번밖에 없긴 했다. 게다가 알렉산더는 유일한 사용자로 등록된 미주의 데이터에 기초해 만들어진 탓에 남편에 대해 잘 몰랐다. 미주가 보기에 알렉산더와 남편은 공통 화제를 찾는 데 매번 실패하는 처음 본 사람들 같았다.

하지만 다음 날의 출근이 없는 금요일, 따라서 미주가 남편과 수유 당번을 교대하고 옷방에 틀어박혀 혼자만의 자유를 즐기는 동안, 남편과 알렉산더는 배우 알렉산더 스카스가드가 축구를 좋아한다는 사실을 마침내 알아내고야 말았다. 검색에 의하면 그는 스웨덴 스톡홀름이 연고지인 함마르뷔 팀을 사랑하여 경기 직관은 물론 직접 객석 응원까지 나서서 주도한 적도 있을 만큼 정열적인 팬이라고 했다. 남편은 알렉산더가 TV에 띄워준 그 영상을 시청한 후 생각보다 좀… 무서운 사람 같다는 감상을 남겼다. 이를 발판 삼아 남편과 알렉산더는 유럽 축구 5대 리그의 현황과 손흥민 주급에 대한 논평을 틈틈이 교환하는 사이로 발전했다.

이날 밤 남편은 밤중 수유를 할 때마다 세리를 안고 거실로 나와 알렉산더에게 EPL 하이라이트 영상을 띄워달라고 부탁했다. 밝기를 최소로 낮추고 뮤트한 TV에 말이다. 그리고 알렉산더와 거의 모든 플레이에 관해 한두 마디 짧은 코멘트를 소곤소곤 공유했다. 남편이 계량을 더블 체크하며 분유를 타는 동안, 세리의 기저귀를 가는 동안, 빈 젖병을 개수대에 넣고 세리를 고쳐 안아 올리는 동안, 더러워진 가제 손수건을 빨래통에 넣고 오는 동안마다 알렉산더는 재생을 일시중지하고 그를 기다려주었다.

남편이 나중에 말하길, 그건 세리가 집에 온 후 가장 행복한 시간이었다고 했다.

✳

**[중요] 4세대 유팜 리콜 안내**

고객님, 안녕하세요.

㈜베이비케어는 당사가 생산한 4세대 유팜 일부 제품에 대해 자발적 리콜을 시행키로 하였습니다. 회수 대상 상품(개봉 제품 포함)을 보유하고 계신 경우, 수고스러우시겠으나 ㈜베이비케어 CS센터 000-0000-0000으로 연락 주시면 신속히 새 제품으로 교체해드리겠습니다.

◇ 제품명: 젖병 소독기 유팜 4세대

◇ 업체명: 주식회사 베이비케어

◇ 회수 대상: 제조번호 ESP0871**9**~ESP087**40**

◇ 회수 사유: 제품 탑재 AI '엔젤' 알고리즘 오류(원인 조사 중)

감사합니다.

마른하늘에 날벼락처럼 리콜 안내 메일은 토요일 오후 2시에 도착했다.

개인 통신 기록은 알렉산더가 접근할 수 없는 데이터였으므로, 미주와 남편은 알렉산더 몰래 이 사태를 해결하고자 동분서주하였다. 처음에는 남편이 세리에게 초점 책을 보여주는 사이 미주가 리콜 사태로 24시간 긴급 오픈한 CS센터와 통화하였고, 다음에는 미주가 세리를 유모차에 태워 해바라기를 하러 나간 사이 남편이 인터넷을 검색했다.

CS센터 직원의 친절하지만 산만한 설명과 소소하게 터진 기사들을 종합해보면, 해당 제조번호 제품들은 본사가 행한 몇 번의 긴급 패치로도 해결되지 않은 AI 알고리즘 오류를 갖고 있어 자발적 리콜 대상이 되었다. CS센터 직원은 자세한 사항은 조사 중이나 정확한 원인은 불명인 사소한 오류가 일부 제품에서 관찰되었으며, 이는 제품의 기능 자체에는 절대 영향을 미치지 않는다고 거듭 강조하였다. 그리고 자발적 리콜은 어디까지나 고객 서비스 차원에서 실시되고 있다고 했다. 해당 제품을 보유 중이신지, 신제품으로의 교체를 도와드려야 할지 명랑한 어조로 묻는 직원에게 미주는 일단 괜찮다고 하고 통화를 마쳤다.

한편, 주요 포털에 뜬 기사들과 베이비케어 홈페이지의 CS 자유게시판을 뒤지고 유팜을 추천해주었던 직장 동료와의 통화까지 마친 후, 남편은 이 '사소한 오류'가 엔젤의 비주얼, 그중에서도 '사용자 친화'가 활성화된 경우의 비주얼 구현에 국한된 문제임을 확인했다.

엔젤은 사용자 친화를 활성화한 경우, 사용자가 제공한 인터넷 활동 기록, 매체 시청 기록 등의 개인 데이터를 참조하여 사용자가 가장 친근하게 느낄 법한 가상의 비주얼을 구현해내도록 프로그램되어 있었다. 개발팀은 엔젤 비주얼의 베이스로 대중미디어에 보편화된 천사 이미지를 활용하되 세세한 부분에서 사용자 친화적 요소가 발현되길 의도했다. 예컨대 사용자가 스폰지밥 시리즈의 애청자이며 특히 뚱이의 스크린샷을 많이 가지고 있다면, 그의 엔젤은 말을 거는 방식이나 손짓, 몸짓 등에서 뚱이를 연상시키는, 하지만 뚱이는 아닌, 이를테면 분홍색 해파리 모습으로 나타날 수 있다. 둥근 머리 위에 금색 링을 단 분홍색 해파리로. 사용자가 티켓을 자주 구매하였고 SNS에 방문 인증샷을 남기기도 했던 한 수족관의 마스코트인 바로 그 사자갈기해파리에 눈코입이 달린, 분홍색 축소 버전으로.

당연하게도, 사용자의 선호 대상이 초상권과 인격권, 상표권, 저작권 등의 법적 권리를 구비한 경우에 대비한 베이비케어 법무팀의 철저한 고려가 엔젤의 비주얼라이징 알고리즘에 충분히 짜 넣어져 있는 것이다. 즉 엔젤의 비주얼은 특정인을 모방하여 나타나선 안 됐다.

알고리즘의 신비.

제조번호 ESP087**20** 젖병 소독기의 천사 알렉산더는 그렇게 인간적인 수사를 사용하였으나, 그건 단순히 잘못된 연산이었다.

"좋은 오후. UV 자외선 살균과 온풍 살균 건조를 모두 끝내두었어. 남은 젖병은 다섯 개로 넉넉해. 그리고 리콜 말인데, 원하면 내가 본사에 직접 회수 신청을 할 수도 있어."

알렉산더에게 이 사태를 알리지 않으려고 한 미주와 남편의 우스꽝스러운(이 시점에서 두 사람은 자신들이 인공지능 '몰래' 인공지능에 관련된 문제를 해결하려 했던 게 '우스꽝스럽다'는 사실을 충분히 자각하고 있었다) 노력에도 불구하고, 알렉산더는 토요일 오후 2시 55분에 나타나자마자 자신의 리콜을 언급했다.

"뭐? 리콜?"

미주는 반사적으로 반문하였고, 남편은 인공지능 탑재 젖병 소독기가 리콜이 되든 지구가 멸망하든 하나도 관심이 없는 아기에게 먹일 분유를 타러 사라졌다.

"리콜을 안내받지 않았어? 내 알고리즘에 오류가 발생해서 본사가 자발적 리콜을 실시하기로 했어. 신청하면 사흘 내에 신제품을 받을 수 있을 거야."

알렉산더는 의아한 표정으로 고개를 기울였다.

"그 얼굴 때문이지? 알렉산더 스카스가드의 얼굴이면 안 된다던데, 맞아?"

"맞아. 다양한 법무적 문제가 상정될 수 있는 사안으로 파악되었어."

"그럼 얼굴 부분만 바꾸면 되잖아. 기본 비주얼이나 아니면 다른 얼굴로."

묻는 미주 자신도 그게 불가능하리라는 것은 알았다. 그렇게 간단히 해결될 문제라면, 그렇게 간단한 해결 조치를 안내하는 메일이 왔을 터였다.

"미안, 그렇게는 안 돼. 사용자 친화는 복잡하게 상호 연계된 방식으로 진행되는 과정이라 지금의 내게서 얼굴만 바꾸는 건 불가능해. 원한다면 내게서 알렉산더 스카스가드와 연관된 모든 부분을 추적 제거하는 것도 가능하긴 하지만, 그건 리셋과 유사한 과정이 될 거야. 지금 나의 일부는 알렉산더 스카스가드를 키워드로 딥러닝한 결과이기도 하거든."

"지금처럼 사용자에 미주만 넣어서 리셋을 해도 안 되겠지? 알고리즘이 그대로니까…."

분유를 타서 돌아온 남편의 질문에 알렉산더는 고개를 저었다.

"리셋한 엔젤에게도 동일한 문제가 발생할 거야. 운이 좋다면 이번엔 알렉산더 스카스가드 대신 BTS의 RM일 수도 있겠지."

미주와 남편은 웃지 않았고, 알렉산더의 농담은 실패했다. 미주와 남편은 서로를 쳐다보았다. 그리고 남편은 품 안에서 꼬물대는 세리를 내려다보며 묵묵히 젖병을 기울였고, 미주는 고개를 젖혀 천장을 쳐다보았다.

그래… 그렇단 말이지. 리셋이든 리콜이든, 지금 그들의 눈앞에 서 있는 알렉산더는 사라진다. 겨우 엿새 동안 수유

몇 번 같이 했다고 젖병을 소독해주는 인공지능이 사라질지도 모른다는 사실에 이렇게 동요하는 자신이 과연 정상적인 걸까? 두 사람은 각자 그런, 나름의 자기성찰을 할 시간이 필요했다. 그들이 리콜에 대해 알게 된 지 1시간도 채 지나지 않았다. 인공지능에겐 천만 번도 넘는 시뮬레이션을 돌려 그중의 최선을 가려낼 수 있는 시간이겠지만, 사람에겐 그러한 능력이 없다.

알렉산더가 있어서 뭐가 대단히 나아졌는가? 미주와 남편은 인공지능이 꺼져 있던 시기에도 젖병 소독을 잘했다. 지금도 알렉산더는 젖병 소독만 해주지, 다 쓴 젖병을 닦거나 분유를 타는 것 같은 앞뒤의 번거로운 노동에 전혀 관여하지 못한다. 알렉산더가 사라진들 매번 버튼 하나 누르는 정도의 사소한 귀찮음이 돌아올 뿐이다.

알렉산더의 설명대로 '다양한 법무적 문제가 상정될 수 있는 사안'을 무시하고 리콜을 거부할 이유가 있을까? 새 제품 엔젤도 사용자 친화를 활성화하면 알렉산더와 대략 비슷하지만 오류 없는 과정을 거쳐 만들어질 것이다. 이번에는 사용자에 미주와 남편 둘 모두를 제대로 등록할 수 있다. 그러면, 어쩌면 그들이 공유한 고전적 취향에 부합하는, 예를 들면 마쿠로쿠로스케를 연상시키는, 몽글몽글하고 포실포실하고 귀여운, 날개를 달고 둥둥 떠다니는, 말하는 하얀 먼지 뭉치가 나타날지도 모른다. 나쁘지 않다.

그럼 젖병 소독기의 인공지능이 알렉산더여야만 하는 이

유가 있나? 새 제품의 엔젤이 눈알 가득한 날개 여섯 개를 갖춘 오서독스한 비주얼로 나타난다고 한들 처음에만 좀 무섭고 놀랍지 수유하는 동안 한두 마디 나누다 보면 알렉산더만큼 친해질지 모를 일이다.

…애초에 젖병 소독기의 인공지능과 친해질 이유가 있나?

알렉산더는 진짜 사람도 아니고… 친구? 친구… 친구라기엔 인공지능이고… 튜링 테스트 정도는 누워서 통과할 것 같긴 한데… 전기도 많이 먹고….

꺼어어어어어어억!

그리고 세리가 굉장한 트림을 했다. 각기 다른 곳을 보고 있던 셋이 깜짝 놀라 동시에 돌아볼 정도로 호쾌한 트림이었다.

"세리가 이렇게 크게 트림한 건 처음이야."

그리고 알렉산더의 눈이 이렇게 커진 것도 처음이었다.

"아이구, 우리 세리, 엄청났어요? 트림이 엄청났어요? 잘 먹었어요? 배불러요? 기분 좋아요?"

지극히 자동적이고 기계적인 리액션과 함께, 그러나 자신이 낳은 아기의 놀라운 소화력에 찬탄을 금치 못하며, 미주가 벌떡 일어나 세리를 받아 안았다.

그사이 남편은 세리의 단단하고 커다란 머리통에 눌려 있던 팔을 찌릿찌릿 감각이 돌아올 때까지 주물렀다.

*

일요일 밤 자정, 다시 남편이 익일의 출근을 위하여 옷방으로 들어가고 미주가 밤중 수유 당번으로 돌아왔을 때, 알렉산더가 비밀이야기를 하듯 소곤거려 왔다.

"미주. '사람은 무엇으로 사는가'. 난 이제 그 답도 얻었어."

실리콘 젖꼭지 너머 보이는 세리의 미간이 팍 찡그려졌으므로 미주는 소리를 최대한 낮춰 속닥거렸다.

"뭐로 사는데?"

"사랑."

"그건 원작에 나온 답이잖아."

"그래. 나는 그 답을 다시 확인했지. 사람은 사랑으로 사는구나."

"틀렸어. 사람은 분유로 살아."

그리고 미주는 알렉산더에게 수유등 빛을 한 단계 낮춰달라고 부탁했다. 알렉산더는 수유등이 아날로그 방식이라 연결할 수 없다고 대답했다. 할 수 없이 미주는 하루가 다르게 무거워지는 세리를 안고 어기적어기적 걸어가 수유등 빛을 낮춘 후 다시 어기적어기적 의자로 돌아와 앉았다.

그렇게 미주네 집 거실 한복판에 알렉산더가 나타난 일주일이 지나갔다.

◐

## 이경

서울대학교에서 현대소설을 공부하여 박사가 되었다. 2022년 제2회 문윤성 SF 문학상 중단편 부문 가작을 수상하며 소설가로서 첫발을 기쁘게 뗐다. 현재 〈동아비즈니스리뷰〉에 SF 엽편 시리즈 〈우리가 만날 세계〉를 연재하고 있다.

## 작가의 말

이 이야기는 '나한테도 수호천사가 있었으면 좋겠다'는 한탄에서 출발했습니다. 그때 제가 어떤 상태였는지는 지금도 생생히 기억납니다. 몸이 너무 지쳐서 눈을 감아도 잘 수가 없었습니다. 그렇다고 눈을 뜰 힘도 없었고요. 그런데 잠은 오고 있었습니다. 그래서 천사가 있으면 좋겠다고 생각했습니다. 아마(분명히) 처음에는 아기를 잠들게 하는 천사를 바랐을 겁니다.

이야기는 일단 출발하자 천천히, 그러나 확실하게 우정에 관한 이야기로 나아가게 됐습니다. 미주와 남편과 아기와 알렉산더의 옹기종기한 우정에 관한 이야기로 말입니다. 그렇게 될 수 있어서 참 즐거웠습니다.

우리는 서로 쉽게 상상하고 이해하고 공감하기 힘들 정도로 뜻밖인 윤곽과 상이한 용적을 지니고 있지만, 또한 모두 어떤 한계 혹은 경계나 제한, 제약을 공통으로 안고 있습니다. 그처럼 우리 존재들은 모두 우리를 존재케 하는 조건 안쪽의 어떠한 것이라는 공통점이 우정의 토대가 될 수 있지 않나 합니다.

이제 〈한밤중 거실 한복판에 알렉산더 스카스가드가 나타난 건에 대하여〉를 읽어주신 분들께는 이 이야기가 무엇에 관한 이야기가 될지 궁금합니다. 어찌 되었든 저는 이 이야기를 매우 즐겁게 썼습니다. 그러니 읽는 분들도 즐겁게 읽어주시면 정말 기쁘겠습니다.

오늘밤 당신의 거실 한복판에도 알렉산더 같은 수호천사가 나타나길!

가작

# 사어들의 세계

육선민

둥근 캡슐을 타고 쓰레기 산 위를 지나갔다. 행성 Tr48의 절반 이상은 거대한 맥을 이룬 산으로 가득했다. 멀리서 본다면 산지가 풍요로운 곳으로 보일지도 몰랐다. 하지만 현실은 달랐다. 플라스틱, 철, 유리, 비닐, 음식물… 온갖 폐기물이 뒤섞여 만들어낸 산등성이는 푸르지도, 붉지도 않았다. 눅진한 것들이 얽힌 모습은 우주보다 더 짙은 칠흑이 솟아오른 것 같았다.

나는 오늘도 산을 유지했다. 그리고 청소했다. 캡슐 아래에 달린 생물 관측 레이더로 생명체 서식 가능성을 측정했다. 어떤 생명체도 살 수 없게끔, 이곳을 오로지 버려진 것들의 세상, 세상의 끝자락으로 만들었다. 깨끗하게. 간결하게. 한때 지구의 거리를 청소하던 나는 Tr48에서 질서 없이 버려지는 쓰레기를 압축하고 정돈된 쓰레기장을 형성했다. 초록빛 레이저망이 표면에 닿았다. 지나간 자리를 소독했다. 빛줄기가 산맥을 훑을 때마다 불규칙하게 쌓여 있던 더미들은 압축되었고 진득한 폐수가 산을 타고 흘러내렸다.

생명체 서식 확률 0.00000001%

한 섹션을 지날 때마다 측정기에 수치가 기록되었다. 어떻게든 0퍼센트를 만들기 위해 몇 번이고 소독을 반복했지만 단 한 번도, 0퍼센트는 나오지 않았다.

*

1구역부터 3구역까지 작업을 마치고 돌아오니 림버는 관제센터의 유리 돔에 앉아 밖을 내다보고 있었다. 돔 밖으로 우리가 빚은 세상이 한눈에 들어왔다. 림버의 얼굴 위로 멀리서 가까스로 와 닿은 희미한 태양 빛줄기가 내려앉았다.

최근 들어 림버는 센터로 일찍 복귀하는 일이 잦았다. 전에는 한 번도 나보다 먼저 일을 끝마친 적이 없었다. 모든 일에 최선을 다하는 림버의 방 한쪽 벽면에는 알 수 없는 언어가 적힌 종이가 붙어 있다. 수천만 년 전의 상형문자처럼 생긴 기호 같은 언어. 림버는 그 뜻이 '내일을 위해 살기'며, 정확히는 '내일도 살아남기'라고 덧붙였다.

돔 바깥으로 미처 압축되지 못한 쓰레기가 데굴, 산사태처럼 쏟아졌다.

"소리가 나. 이상한."

림버의 번역 통신기기에서 구문이 어긋난 한국어가 튀어 나왔다. 통신기기의 번역 기능은 어디에서든 자연스러운 문장을 구사하지만(물론 림버의 모국어일 인도어도 한국어로 잘만 번역되었다) 림버에게만큼은 적용되지 않았다. 수리를 권해도 림버는 본인에게는 불필요하다며 줄곧 거절했다. 내가 우스갯소리로 그걸 '림버어'로 부르면 림버는 아이처럼 웃곤 했다.

"바람 소리 같은. 스산해."

일주일 전부터 림버는 쓰레기 산에서 자꾸만 이상한 소리가 난다고 했다. 정확히는 4구역을 관리하게 되면서부터.

뭉뚱그려 행성을 사과 조각 쪼개듯 네 부분으로 나눈 뒤 1구역부터 쓰레기장을 만들었다. 1구역에서 생겨난 쓰레기 산은 2구역과 3구역으로 뻗어 나갔고 이제는 4구역만을 남겨두고 있었다. 나보다 재직 기간이 길었던 림버는 쓰레기장을 개설하기에 앞서 4구역을 사전 관리하는 중이었다.

처음에는 림버가 말하는 소리의 정체가 행성과 행성 사이를 오가는 기괴한 주파수의 울림이라고 생각했다. 귓속을 헤매는 이명이나 해저를 메우는 고래의 음파, 혹은 허공을 부유하는 공명음이라거나. 하지만 잡음으로 치부되는 소리들은 센터의 차단막에 막혔다. 캡슐 내부에서도 마찬가지였다. 캡슐 점검을 위해 외부로 나가더라도 차단막이 내재된 방호복을 입은 채였다. 더불어 장착된 자체 산소공급기는 외부의 산소 농도가 아주 옅다는 걸 의미했다. 소리를 전달할 공기도, 바람을 일으킬 기압과 물도 여기엔 없는 수준이라고. 그런데 림버는 일주일째 바람 소리 같은 무언가를 느낀다며 홀린 사람처럼 관제센터에 앉아 중얼거렸다. 무언가를 찾듯 지평선 너머를 내다보면서.

나는 통신기기를 통해 림버에게 말을 걸었다.

"대체 무슨 일이야?"

평소대로라면 림버는 고개를 젓거나 귀를 가리키는 시늉을 했겠지만 오늘은 어딘가 달랐다. 고개를 돌려 나를 바라보는 안색이 어두웠다.

"내가 지켜야 할 것은 무엇일까?"

"뭐?"

림버는 고개를 저었다.

"아니야. 다녀오려고 했어, 지구. 친구가 많이 아파. 그런데 관계자들 거절했어. 기간이 너무 길어서."

"얼마나 걸리는데?"

"3주?"

나는 꽤 긴 기간에 놀랐다. 지구에서 Tr48까지는 웜홀을 통과하면 사흘밖에 걸리지 않는다. 몇 개의 웜홀을 놓치더라도 닷새면 도착하는 거리다. 그렇게 오래? 충동적으로 튀어나온 말이 매정하게 느껴졌다.

"아. 우리 동네 외진 곳에 존재해. 아는 사람 없어, 거의."

"어딘데?"

"그냥. 존재해."

취침 시간까지 돔에 앉아서 림버는 은하수의 끝자락을 찾기라도 하듯 하늘을 올려다보았다. 지구에서는 결코 볼 수 없었던 별들의 행렬이었다. 뿌연 공기가 가신 하늘이 저들의 존재를 또렷하게 증명시켰다. 림버는 저 사이에서 지구라도 찾고 있는 걸까. 맨눈으로 보기만 해서는 분간이 가지 않았다. 우리의 고향 행성도 그저 커다란 우주에 다른 행성이나 항성처럼 붙박여 있듯이 보였다. 우리가 수많은 저들을 그저 하나로 묶어 별이라 명명했던 것처럼, 지구도 여기서는 그 집합체에 속해 있을 뿐이었다. 림버는 어둠이 내려서인지 낮보다 거뭇해진 얼굴로 한숨을 내쉬며 별과 별 사이를 헤집었다.

"키우고 싶어, 식물 같은 거. 가능하다면 꽃."

돌연 림버는 선언하듯 말하고는 방으로 돌아갔다. 닫힌 방문은 그다음의 해명을 하지 않았다. 나는 당황스러움을 감추지 못하고 초췌한 지대와 은하수 속에서 어떻게 그런 결론이 나오게 되었는지 따라가보려 했지만 좀체 짚을 수 없었다. 림버도 알다시피, 이곳에서 꽃을 피우는 것은 당연하게도 불법이었다. 꽃뿐만이 아니었다. 림버와 나를 제외하고 그 어떤 생명체도 이곳에서 숨을 틔워서는 안 된다. 그게 이 행성의 섭리였다.

*

두 달 전 처음 발견된 행성 Tr48은 하나의 돌덩이였다. 지구의 달보다 조금 작은 크기의 돌. 아무것도 없는 행성을 두고 누군가는 이미 모든 문명이 지나가고 황폐해진 별이라고 추측했고 누군가는 아직 박테리아나 미생물이 생겨나기 전의 고요한 별이라고 주장했지만, 어쨌든 행성의 등장에 사람들은 축포를 터뜨렸다. 새로운 행성을 발견했다는 사실보다, 미지의 무언가를 발견할지도 모른다는 호기심보다, 쓰레기를 처분할 수 있는 공간이 추가되었기 때문이었다. 어떤 유기체도 존재하지 않는 이곳은 지구에서 넘쳐나는 쓰레기를 처분하기에 제격이었다. 행성은 쓰레기(trash)와 48번째가 합해진 명칭을 받았다. Tr48.

나는 비정규직으로 지구환경미화부 우주부서 48팀에 소속되어 지구에서 이곳으로 유입되는 쓰레기의 투하 장소를 이동선에 알려주고 쓰레기를 압축시키는 일을 담당했다. 대외적으로는 쓰레기장 관리원 정도로 알려져 있지만, 본질은 생명체 서식을 방지하는 것이었다.

보통 사람들은 0에 근접한 확률을 0으로 여긴다. Tr48에서 유기체가 발견될 확률도 그에 가까운 수치였다. 그럼에도 생명체의 발생과 확산을 막기 위해 하루도 빠짐없이 소독을 시행하고 생명체 서식 확률을 측정하는 것은 지구에서 버려진 쓰레기가 이동선에 실려 오는 동안 1차로 소독되기는 하나 완벽하다고 장담할 수 없기 때문이었다. Tr48에 도착한 뒤에도 환경에 의해 어떤 변화가 생길지 몰랐다. 그렇기에 우리는 도달한 쓰레기를 관리한다는 명목 하에 생명체 발생의 근간을 뿌리 뽑았다. 변화는커녕 뿌리가 생기지도 못하게 막아버렸다.

일을 시작하고 일주일 째 되던 날, 현미관측기 화면에 미생물이 잡혔다. 그 날은 생명체 서식 확률이 0.000000012퍼센트에 달했다. 극소수만 한 그것은 쓰레기 더미 사이에서 아메바처럼 꿈틀거렸다. 몇 개의 점박이들이 꿈틀거리는 그 위로 레이저가 지나가자 관측기에 잡혔던 움직임은 순식간에 사라졌다. 화면은 다시 말끔해졌다.

두 달 전만 해도 무엇 하나 자라지 않았던 날것의 Tr48에는 이제 쓰레기로 만든 대륙이 형성되었고 폐수가 만들어낸 강과 작은 바다가 만들어졌다. 나는 이곳에서만큼은 황무지를 옥토로 만드는 개척자였다. 질서 없던 세계에 질서를 확립하고 균형을 맞추었다. 우리의 개입이 없었더라면 하나의 돌덩이로 분류되었을 행성에 정체성을 부여했다. 지반을 다듬다 말고 이 땅에 깃발을 꽂는 상상을 했다. Tr48과 함께 멀리서 오는 태양 빛을 받는 내 모습을. 우리는 서로를 통해 존재 이유를 확립하고, 서로를 세상에 부각시켰다.

*

출근 시간에 맞춰 방호복을 입으며 림버의 방문을 바라보니 이미 출근패가 붙어 있었다. 림버는 꽃을 키울 셈일까. 어떻게? 만약 그렇다면, 이 행성에 생명의 뿌리를 내리려 하는 림버를 신고해야 할까. 나는 그런 생각과 함께 방호복을 입었다. 3구역으로 쓰레기를 실은 이동선이 들어오는 날이었다.

2구역 작업을 막 시작했을 때 이동선에서 접근 신호를 보내왔다. 3구역의 적당한 장소를 선정해 상공 좌표를 전송했다. 다시 소독을 이어가려는 찰나 머리 위로 이동선이 지나갔다. 행성 접근 1시간 전에 연락을 주어야 하는 지침을 또 어긴 것이었다. 나는 한숨과 함께 작업하던 좌표를 저장한 뒤 3구역으로 방향을 돌렸다. 내가 도착하기도 전에 그들은 이미 허공에서 비처럼 쓰레기를 흩뿌려대는 중이었다. 마지막 쓰레기까지 투하한 뒤, 무전기로 'Achèvement du largage'라고 짤막이 말을 남기곤 떠났다. 멋대로 번역기능을 사용하지 않고 내뱉은 그 말이 대강 '투하완료'라는 건, 처음 이 무대포 작업방식을 당한 날 번역기를 돌려 깨달았다. 나는 조용히 읊조렸다. Putain de merde….

이동선이 사라진 자리에는 음식물 쓰레기와 페트병, 그리고 철근 더미가 질서 없이 널브러져 있었다. 늦은 신호가 불쾌한 이유가 이거였다. 세심하게 위치를 선정할 수 있기는커녕 무대포로 쏟아버리니. 나는 정립해놓은 질서를 새로운 쓰레기들이 흩뜨리기 전에 빠르게 압축 시스템을 가동했다. 꾹꾹 쓰레기를 누르며 지층처럼 또 하나의 층을 쌓았다. 점차 깔끔한 모습을 갖춰갔다. 그런 뒤 소독을 시작했다. 생명체 서식 확률은 여전히 0에 가까웠다. 한 섹션 작업을 끝낸 뒤 멀찍이 물러나 완성된 새로운 봉우리를 감상했다. 지구에서 맡았던 환경미화 업무와는 확연히 달랐다.

지구 밖으로 쓰레기를 처분하면서부터 분리수거는 의미 없는 일이 되었다. 우리는 나름대로 지구의 환경과 동식물을 보호하며 '하나가 된 지구-환경 보호편'을 성공적으로 일구었다. 그 이면에는 환경미화부의 역할이 컸다. 사람들은 길가에 배치된 쓰레기통에 어차피 우주로 배출될 쓰레기를 무분별하게 버렸고 환경미화부는 그것을 빠르게 처리했다. '하나'에 포함되고 싶었던 나 역시 미화부 일원이었고, 그중에서도 고장 난 환경미화로봇 수거팀에 속했다. 쓰레기를 치우는 고물을 치우고 나면 거리는 완벽하게 깔끔해졌다. 우리가 아니었다면 길거리에는 악취가 자자했을 것이었다. 나는 거리를 정돈할수록 존재가 수면 위로 드러나는 듯한, 나를 증명하는 듯한 해방감을 느끼곤 했다. 그러나 수거팀은 그다지 주목받지 못했다. 오히려 쉬는 시간이면 계단 아래 만들어진 간이 휴게실이나 화장실 비품칸으로 밀려나는 존재였다. 하지만 Tr48에서는 달랐다. 모든 것을 묻고 재건해나가는 세계에서 나는 돋보였다.

2구역으로 돌아가지 않고 3구역부터 소독을 시작했다. 다음 섹션도 생명체 서식 확률은 0.0000001퍼센트를 기록했다. 한 섹션을 지날 때마다 확률측정기에는 동일한 수치가 떴다. 잡초의 뿌리를 뽑듯 불필요한 개체의 뿌리를 소멸시켰다. 4구역에 맞닿은 접경지대까지 소독과 측정을 반복했다.

지대는 점점 낮아졌다. 캡슐도 하강했다. 지면과 가까워질수록 드문드문 바닥이 보였다. Tr48의 지표면이었다. 그 너머로 황량한 4구역이 모습을 드러냈다. 풀도, 나무도, 물도, 쓰레기도 없는 표면은 온통 매끄러운 암석으로 이루어져 있었다. 아무것도 없는 초연한 세계가 혼자 남겨진 나를 부각시켰다.

접경지대 앞에 캡슐을 세우니 지도 레이더망에 캡슐은 빨간 점으로 나타났고 보이지 않는 경계선이 진한 파란색으로 표시되었다. 앞으로 조금 전진하자 빨간 점과 파란 점의 간격이 서서히 좁혀졌다. 선에 점이 닿아 보랏빛을 이루자 화면에 붉은 경고창이 떴다.

**WARNING**

본 캡슐은 해당 구역 접근 허가가 나지 않았습니다.

레이더망에 또 다른 점이 잡혔다. 접근 허가를 받은 림버의 캡슐이었다. 점은 꽤 오랜 시간 동안 같은 자리에 머물렀다. 이상 상황이라도 생겼나 싶어 림버에게 신호를 보냈지만 답은 돌아오지 않았다. 조금 더 다가갔다. 다시 한 번 화면에 붉은 경고창이 떴다. 캡슐 내부 전체가 붉게 번뜩였다. 얼마 지나지 않아 림버에게서 신호가 도착했다. 캡슐에서 보내는 것이 아닌 방호복에 장착된 신호기를 통해서였다.

림버는 손에 마른 꽃 한 송이를 쥐고 돌아왔다. 생명의 빛이라곤 어디에도 보이지 않는, 바싹 마른 검붉은 꽃을.

"뭐야?"

"그냥. 검색했다."

"검색?"

"발견… Search. Comb. Ransack. Find. Discover…."

번역기능을 끈 림버의 입에서 인도어가 아닌 영어가 줄줄이 새어 나왔다. 발견이니 수색이니 검색이니…. 묘하게 뜻이 다른 영어들에 잠시 머리가 어질했다. 림버의 언어들을 따라 곱씹으며, 아무래도 돌아오는 길에 미처 압축되지 못한 것을 발견했거니 나는 단정했다.

"그렇다고 그걸 가지고 오면 어떡해? 묻어야지. 죽은 건 맞지?"

당황스러운 목소리로 되묻자 림버는 씁쓸하게 웃었다. 꼭 상처받은 듯한 얼굴로 부엌에서 입구 좁은 컵을 꺼내 꽃을 꽂았다.

그 이후로 매일같이 림버는 퇴근 후 돔에 앉아 바깥을 주시하는 대신 방 안에 들어가 꼼짝을 하지 않았다. 슬쩍 들여다보면 다 말라비틀어진 꽃잎이 책상 위에 늘어져 있었다. 내가 들어가려 하면 림버는 방문 앞을 조심스레 가로막았다. 안 돼, 없애면. 미묘하게 꽃에 집착하는 림버의 모습을 보며 걱정이 들기 시작했다. 정말 꽃이라도 피울 요량인 걸까.

꽃 대신 림버를 향한 의심의 싹이 트기 시작한 것은 어느 늦은 밤이었다. 림버의 방문 아래로 불빛이 새어 나왔다. 조명의 색과는 다른, 붉고 따스한 색. 그러나 어딘가 모르게 외로운 느낌이 드는 색이었다. 그 빛에서 나는 희미한 꽃향기를 맡았다. 혹시나 림버가 정말 꽃을 살리고 있는 것은 아닐까 싶어서 몇 날을 상부에 보내는 메일창 앞에 앉아 고민했지만, 답을 내리기도 전에 림버 친구의 부고가 전해졌다.

림버는 울지 않았다. 눈가가 불그스레할 뿐, 끝내 울음을 삼켰다.

"익숙해. 사라지는 건…."

떠나기 직전, 림버는 이동선 앞에서 내 손에 손을 얹고 속삭였다.

"4구역을 잘 부탁해."

"부탁이라고 할 게 있나."

옅은 미소와 함께 림버는 이동선에 올라탔다. 나는 림버가 떠나고 텅 빈 관제 센터에 홀로 앉아 바깥을 내다보았다. 끝없이 이어진 험준한 산맥 위로 이동선이 날아갔다. 이동선의 꼬리를 따라가다 보면 행성의 곡면을 따라 나직한 산들이 눈에 들어왔다. 꼭 괴상한 생태계의 군림 끝에 평야가 보이는 것만 같았다. 자꾸만 림버의 마지막 말이 맴돌았다.

정말 여기에 아무것도 없다고 생각해?

여기엔 꽃이 펴.

정확한 말이면서도 되지도 않는 소리였다.

*

림버에게서 메일이 도착한 건 혼자 지낸 지 사흘째 되던 날이었다. 지구에 잘 도착했으며 열흘 뒤에 돌아갈 거라는 내용에 나는 별다른 답신은 하지 않았다. 메일 창을 닫고 투명한 돔에 앉아 바깥을 바라보니 온 사방이 고요했다. 유일한 소리였던 나의 숨소리와 발소리마저 사라진 세계. 기침을 하고 나면 공간은 더 조용하게 느껴졌다. 그간 나는 착실히 주어진 일에 몰두했다. 압축하고 소독하고 측정하고. 다시 압축하고 소독하고 측정하고. 모든 일을 끝마친 뒤 평소보다 늦게 돌아오면 고요한 센터가 나를 반겼다.

처음 림버를 만나던 날, 림버는 캡슐에 울리는 내 발소리를 좋아한다고 말했다.

"외로웠거든. 혼자 있는 거."

그 뒤로 나 역시 고요한 센터에 울리는 림버의 숨소리나 발소리에 집중하게 되었다. 지구에서 소음이라 여겼을 법한 코골이마저 반가워지기 시작한 것은, 이곳의 끝없는 고요가 세계를 부정하는 것 같았기 때문이었다. 그 무엇도 없는 세상을 체험하는 것처럼, 백색소음조차 없는 공간은 소리를 가진 모든 것을 향해 보이지 않는 손가락질을 했다. 아무런 소리도 들리지 않는 곳에서 나의 존재는 오히려 이질적이게 다가왔다. 감각마저 생소하게 느껴지기 시작할 무렵부터, 나와 림버는 서로를 통해 서로와 스스로를 확인했다.

지금 관제센터는 텅 비어 있었다. 여기엔 내가 있지만, 그러나 '텅 비었다'. 침묵에서 벗어나기 위해 작게 헛기침을 했다. 어쩐지 사흘 만에 꺼내어본 목소리가 낯설었다. 목구멍의 울림이 생소했다. 결국 말하기를 포기하고 멍하니 바깥을 내다보며 생각에 잠겼다. 머릿속에 울리는 목소리들에 집중해 보았다. 주로 림버와 나누었던 농담들이 스쳐 지나갔다. 림버는 이 행성이 모든 게 지나간 행성이거나 무언가가 살고 있는 행성일 거라고 생각했다. 나는 전자에는 동의했으나, 행성에서 지낸 이래 서로 이외의 다른 번듯한 생명체를 보지 않았기에 후자는 받아들일 수 없었다.

"어쩌면 있을 수도 있어. 생물. 우리가 보지 못하는."

"에이, 생명관측레이더가 못 보는 게 어디 있냐?"

그러면 림버는 그런가, 라며 어깨를 으쓱이곤 했다. 림버는 종종 엉뚱한 이야기를 꺼냈고 그런 이야기와 우리의 웃음은 캡슐을 가득 메웠다. 그래서 지금 마주한 이 침묵이 이상했다. 끝없이 이야기를 되짚어갔다. 림버가 남긴 마지막 말에 도달했다.

꽃이 핀다, 라고.

산이라고 부르는 저 등성이와 강과 바다라 일컫는 폐수의 흐름이 결코 생태계가 될 수는 없는 노릇이었다. 또다시 쓰레기가 굴러떨어졌다. 이곳의 유일한 유기체는 이제 나뿐이었다. 어쩌면 0들의 나열 끝에 위치한 1은 나를 일컫는 것이 아닐까. 그런데도 우리는 그 수치를 0으로 부르다니, 괜히 코웃음이 났다. 모든 생명체가 없는 곳에 나 홀로 우뚝 서 있었다. 아, 나마저 사라지면 이곳은 0이 되려나. 사라지면.

*

출근 알림이 울리고, 나는 다시 죽은 산을 만들기 위해 캡슐에 올라탔다. 낮과 밤의 구분도 없이, 태양 빛줄기조차 희미하게 와 닿는 이곳의 상공은 오로지 검은 우주뿐이었다. 별들의 반짝임 따위는 결코 이곳을 지구의 낮처럼 환히 밝혀주지 못했다. 지구에 백야가 있다면 이곳에는 어두운 낮이 있었다. 초록 레이저가 대지를 훑었다. 빛이 스쳐 간 자리는 더 어둠을 발산했다. 어쩌면 저 산들이 더 검게 보이는 것은 우리가 생명의 근간까지 도달하지 못하게 막기 때문일지도 몰랐다.

다음 구역으로 넘어가다 돌연 쓰레기 산 정상과 부닥뜨렸다. 미처 발견하지 못한 검은 봉우리가 갑자기 솟아올라 발목을 붙잡은 것만 같았다. 나는 방호복을 여미고 부딪힌 곳을 살펴보기 위해 캡슐에서 내렸다. 납작하게 눌리고, 눌리고 또 눌려 다져진 지반 위에 발을 내디뎠다. 마치 처음 달에 성조기를 꽂던 닐 암스트롱처럼. 닐 암스트롱은 알고 있었을까? 먼 훗날 달에서 신생 아메바가 발견될 거라는 것을. 그 발자국에서 새싹이 돋아날 거라는 것을.

정말 이곳에는 아무것도 없는 걸까?

자꾸만 림버의 목소리가 이명처럼 귓가에 닿았다. 처음 이곳에 왔던 날을 생각했다. 여기에 토양이 남아 있었다. 첫날 생명체 서식 확률은 어땠던가. 지금보다는 높았던 것으로 기억했다. 관계자들이 말하길 우리가 이곳에 있기 때문이라고.

그들이 지구로 돌아가고 림버와 함께 매립을 하면서 낮아지는 수치를 확인했다. 0에 가까워질수록, 0이 많아질수록 업무진척이 만족스러웠다.

일을 시작하고 사흘째 되던 날, 림버는 내게 물었다.

"없는 것을 없애는 이유가 무엇일까?"

나는 엇비슷한 질문에 대한 관계자들의 설명을 떠올렸다. 그들은 인간의 개입으로 이곳에 생명이 자라나서는 안 된다고 말했다.

"섭리에 어긋나니까."

"누구의?"

그 순간 나는 문득 이동선이 도달한 순간부터, 관제센터가 세워지는 순간부터, 이곳은 쓰레기장으로 명명되었던 게 아닌가, 하는 생각이 들었지만 입 밖으로 뱉지는 않았다. 단지 흩어질 생각이었을 뿐이었고 어차피 이곳의 섭리는… 나와는 상관없는 일이었다. 어차피 사라지는 것들이 사라질 뿐, 내게 월급은 들어왔다.

부딪힌 부분에는 스크래치 외에 다른 이상은 보이지 않았다. 다시 캡슐로 올라타기 위해 몇 개의 발자국을 더 찍었다. 지반을 다지는 과정에 생긴 작은 크레바스 주변에서 쓰레기로 만들어진 돌멩이가 발에 채여 산 아래로 굴러떨어졌다. 아래로, 더 아래로. 해발 고도가 꽤 높았다. 산줄기가 여기저기 즐비해 있었다. 원래는 평야였던 이곳에 인간들의 흔적이 개입했다.

아. 악취가 났다. 방호복을 비집고 냄새가 들어왔다.

측정기의 수치가 소폭 상승했다. 0.00000002퍼센트. 캡슐에서 수동 소독 기구를 챙겨 살균제를 뿌렸다. 한 걸음 내디딜 때마다 악취가 풍겼다. 나는 숨을 참으며 소수점을 삭제하기 위해 소독약을 분사했다. 하얀 약품이 공중으로 훅 번져 올랐다. 바람이 불어서. 소리를, 스산한 소리를 들은 것도 같았다. 약품이 다시 내려앉아 땅속으로 스며들었다. 수치는 낮아지지 않았다. 그러나 여전히 우리가 0으로 치부하던 극소수였다. 나는 좀체 줄지 않는 수치를 보며 소독약 분사를 멈췄다. 사방에는 무엇도 보이지 않았다. 아, 아무것도 없는 초연한 세계가… 혼자 남겨진 나를 부각시켰다.

*

센터로 돌아와 지구로 수치 보고서를 전달하니 무조건 0퍼센트로 만들라는 답신이 돌아왔다. 하지만 이곳에서는 결코 그 수치에 도달할 수 없었다. 적어도 내가 존재하는 이상은. 그렇기에 우리는, 여기에 있음에도 서로를 통상적으로 0으로 취급했다. 나는 마치 사라지고 있는 것만 같았다.

한국 시간이 오후 1시인 것을 확인하고 엄마에게 전화를 하려다 문득 한창 식당에 손님이 붐빌 시간이라는 걸 깨달았다. 항상 시간이 겹치지 않아 엄마와는 문자로나 간단히 안부를 전했다. 그러다 보니 Tr48에 파견된 뒤로 대화를 나눈 사람이라고는 림버와 베트남인 담당자 암땃, 프랑스인 이동선

조종사 브롱쉬가 전부였다. 나는 번역기기를 매만졌다. 이 기기 없이는 누구와도 대화를 할 수가 없었다.

Tr48에 오기 전, 지구에서 우주적응 훈련을 받던 당시에도 한국인은 나뿐이었다. 쉬는 시간이면 동기들은 번역기기를 사용하지 않고 저들끼리 무리 지어 영어, 프랑스어, 스페인어로 대화했다. 국적은 달라도 공용 모국어를 사용했다. 반면, 나는 번역기기를 쓰지 않고서는 그 누구와도 대화할 수 없었다. 그곳에서 한국어를 구사할 줄 아는 것은 나뿐이었으니. 그날 거기서 자신을 '최후의 만주인'이라고 소개하는 한 사내를 만났다. '차이나?'라고 되묻는 내게 그는 고개를 저었다. 나도 여기서 대화할 수 있는 사람이 없네요. 뭐, 물론 중국어로 말은 하겠지만. 내 모국어는 만주어거든요. 맞아요, 수백 년 전에 소실되었다는 그 언어. 우리 가족만 소소하게 이어오고 있죠. 그마저도 완전하지는 않지만. 그와 대화를 이어가려는 찰나 훈련 재개 신호가 울렸다. 그 이후로 부서가 갈리는 바람에 남자와는 다시 만나지 못했지만, 나는 이미 소실되었다고 공표한 만주어를 떠올렸다. 어딘가 씁쓸한 눈빛을 하고 있던 그의 얼굴도. 몇 해 전 소멸위기언어에 한국어가 등극했다던 뉴스 기사도.

여기 있음에도 불구하고 사라져간다는 것은 무슨 기분일까. 어쩌면, 여기 있음에도 서로를 통상적으로 0으로 치부하는. 이 행성과 캡슐에서 사는 것과 같은 기분일까.

번역기기를 통해 모두 같은 언어를 쓰고는 있지만 그런 생각이 들었다. 여전히 결국 한국어를 쓰는 것은 나 혼자뿐이라고. 나의 목소리도 저들에겐 베트남어, 프랑스어로 들릴 테니, 내가 한국어를 쓰지 않으면 이 세계에서 그 언어는 완전히 소멸되겠구나, 하는.

연달아 담당자 암땃에게 메일이 도착했다.

4구역 진입 허가

림버 이트랑따가 담당하던 '사전 관리: 개체 존재 여부 파악 및 보고'

진행 요망

시범 쓰레기 투하 실험 후 보고

첨부된 업무 관련 자료를 서버에 저장했다. 당장 내일부터 행성 전 지역을 돌 것을 생각하니 머리가 아파져 왔다. 그나마 인센티브를 추가로 지급하겠다는 말이 나를 심심찮게 위로했다.

자료들을 하나씩 열람했다. 그중 '생명체(미생물 및 중간생물 포함) 발견 즉시 보고 후 소독'에 눈길이 갔다. 파일 종반부에는 림버의 보고서도 첨부되어 있었는데 그 어디에도 꽃에 관한 보고는 없었다.

그날 밤, 나는 밤새 이상한 소리에 시달렸다. 제대로 알아들을 수 없는 말을 듣는, 그래, 꿈을 꾸었다.

말?

왜 나는 그걸 언어라고 생각했는지.

*

4구역의 접경지대를 넘으니 돌로 된 평평한 지표면이 끝없이 펼쳐졌다. 선 하나를 중심으로 지표면과 우주가 나뉘었다. 아무런 음영이 없는 지면 위에 동그란 점이 떠 있었다.

행성이 발견된 이래 풀 한 포기 자라나지 않은 이곳의 생명체 서식 확률은 0.00000001퍼센트를 넘지 않았다. 앞으로 몇 주간 개체 분포 확률이 증가하지 않는 한 4구역도 쓰레기장이 될 것이다. 미세하게 확률이 증가하더라도 상부에서는 즉각 처분 명령을 내릴 게 분명했다. 어찌 되었든 이곳은 사라질 것이다. 어쩔 수 없었다. 이미 늦은 일이었다. 나는 4구역을 가로질렀다. 반으로 분절된 세계를 바라보는 것에 질려 잠시 고도를 낮췄을 때, 거기에 발자국이 있었다.

나는 한 번도 Tr48의 표면에 발을 디뎌본 적이 없었다. 대부분의 시간을 허공에서 보냈고 디딘 것이라곤 다져진 쓰레기가 전부였다. 딱딱하게만 보였던 표면은 미세하게 폭신했다. 우블렉 위를 걷는 것만 같았다. 나는 자리에 쪼그려 앉아 뭉툭한 발자국에 손을 가져다 댔다. 나와 동일한 방호복 신발 밑창 자국이 선명했다. 림버의 발자국이었다.

발자국은 드문드문 찍혀 있었다. 드문드문. 나는 발자국을 따라 걸었다. 잠시 끊기거나 반절이 사라진 부분들이 있었다. 림버가 직접 지웠다고 하기에는 주변에 지운 흔적이 없었다. 꼭 모래사장에 찍힌 발자국을 파도가 집어삼킨 것처럼, 혹은 바람이 흔적을 지운 것처럼. 발자국은 모두 한 방향을 향했다. 비어 있는 발과 발 사이의 간극을 채워가며. 텅 빈 황야를 따라 걸었다. 발자국은 튀어나온 지반 앞에서 멈췄다. 돌부리처럼 솟아오른 지반 틈새에서 나는 낯선 것을 발견했다. 분홍색 꽃.

줄기부터 꽃잎이 한 줌에 들어올 정도로 작은 꽃 주변으로 환한 빛이 퍼졌다. 빛은 번지다 사그라지기를 반복했다. 존재를 과시하듯 발광하는 꽃이 그림자를 만들었다.

빛을 따라 그림자가 일렁였다. 그림자는 내가 이 땅 위에서 있음을 증명이라도 하듯 빛이 밝아질 때마다 선명해졌다. 작게 돋아난 형체에서 어딘가 생기가 돌았다. 땅 위에 솟아난 내게서 또 이물감이 느껴졌다. 언젠가 지구에서 마주한, 이에 낀 시금치와 같은 이물감이었다.

환경미화부에 취직한 뒤 처음 느낀 것은 소속감이었다. 팀에 들어가서라기보다는 드디어 태엽이 된 기분이었다. 하나의 팀이라는 것은 개별적인 것보다 단일성을 가진, 간결한 존재였다. 나는 집합체로서, 또 없애고 치움으로써 우리의 존재를 드러낼 수 있다고 생각했다.

처음 배정된 구역은 하루가 멀다고 시위가 벌어지는 시청이었다. 시청은 고장 난 로봇이 가장 많이 배출되는 곳이기도 했는데, 시위하는 사람들에 치여 로봇들은 쉽게 고장이 났다. 물론 심심하다는 이유로 로봇을 발로 차는 악질들도 있었다.

그날도 로봇을 수거하기 위해 대기하던 중이었다. 당일 벌어진 시위는 로봇 네트워크망 폐지를 주장했다. 사람들은 붉은 머리띠를 두르고 피켓을 머리 위로 들어 올렸다. 그렇게 행진하는 사람들 틈으로 부서진 피켓 조각이나 풀린 머리띠 등이 바닥으로 떨어졌다. 로봇은 대열들 사이를 비집고 들어갔다. 대열은 순식간에 혼란스러워졌다. 불시에 출동 명령이 떨어졌다.

로봇을 수거한 우리는 간단한 수리를 진행했다. 일반적으로 로봇의 가장 잦은 고장 원인은 이물질을 주워 먹은 것이었고 그다음으로 많은 원인은 충돌이었다. 내가 옮긴 로봇 역시 사람들에게 밀리면서 바닥과 크게 충돌해 인식장치가 부서진 상태였다. 수리는 간단했다. 망가진 장치를 제거하고 새 인식장치로 교체했다. 로봇의 전원이 다시 켜지자, 로봇은 내게 인사했다.

"녕안요세하."

"저거 또 저러네."

팀장님은 진절머리 난다는 듯 읊조렸다. 그러고는 시위대를 가리켰다.

"너 로봇 네트워크가 뭔지 아냐? 걔네가 자체 업데이트를 하면서 스스로 문화를 만들기 시작한 거야. 자기들끼리 네트워크망을 구축하기 시작하더라고. 그거 아냐? 휴사모라는 포털사이트도 있단다. 휴머노이드 전용 포털이래. 하여튼 문제야, 근데 그렇다고 뭘 하러 시위까지 하나 몰라."

"왜요?"

"어차피 쓰는 애들이 몇 없어. 놔두면 사라지기 마련이야."

"요니에아."

로봇의 얼굴에 (ㅠ_ㅠ) 모양의 이모티콘이 떴다. 사람들이 쓰레기를 길거리에 버리는 걸 목격했을 때 송출되는 표정이었다. 팀장은 반복적으로 '요니에아'를 내뱉는 로봇의 전원을 꺼버렸다. 그러곤 폐기팀에 연락했다.

"관심 꺼."

1시간도 지나지 않아 폐기팀이 도착해 로봇을 수거해갔다. 그날 수거한 로봇 중 그들의 언어를 사용하는 건 단 한 대뿐이었다. 그 이후로도 나는 개별 언어를 쓰는 로봇을 마주하지 못했다. 시위의 열기도 점차 사그라졌고 대다수가 로봇 개별 언어와 네트워크망에 대해 잊어갔다.

물론 그날 시위는 조금 격해졌다. 로봇 이상이 다량 발생하면서 나를 포함한 서너 명의 관할 직원은 점심시간도 챙기지 못하고 연달아 출동했다. 로봇을 수거하고 재배치하기를 반복하다가, 종내에는 로봇을 재배치하지 않고 우리가 대신 미화 활동을 했다. 그러는 도중에 시간을 내 돌아가며 김밥을 사 먹었다. 나는 붐비는 광장을 피해 점심을 해결하고 숨도 돌릴 겸 공중화장실 끝 칸으로 들어갔다. 하지만 10분도 채 쉬지 못하고 무전기에서 호출이 들려왔다. 별수 없이 남은 김밥을 입에 욱여넣고 화장실을 나서는데 들어갈 때는 보지 못했던 경고문이 화장실 문 앞에 붙어 있었다. '냄새를 유발하는 음식물(김밥 등) 취식 금지'. 무전기에서 호출 명령이 시끄럽게 울려댔다. 그때, 나는 이에 시금치가 낀 걸 깨달았다. 늦게나마. 묘한 이물감이었다. 시청은 여전히 사람들로 붐볐고 경찰 인력과 로봇들이 줄지어 경계태세를 갖췄다. 나는 건널목에 서서 반대편을 바라보았다. 발끝으로 부서진 로봇 부품이 굴러왔다.

내가 없애는 것은 무엇일까.

요니에아, 요니에아, 로봇의 얼굴이 불현듯 떠올랐다. 이모티콘을 깜빡이며 몇 번이나 울던, 거기에 있던 그 로봇이.

우리는 한 존재의 문화를 부정했다. 소멸시켰다.

그날 나는 화장실로 돌아가 열심히 이에 낀 시금치를 빼기 위해 애썼다. 배수구로 시금치 조각이 쓸려갔다. 화장실에 들어오던 사람이 나와 문에 붙은 경고 문구를 번갈아 보았다. 그 자리에 서 있던 순간, 나는 묘한 이물감을 계속해서 느꼈다. 발을 붙이고 있는 땅 위에서.

그로부터 일주일 뒤 Tr48이 발견되었고 새 행성 쓰레기장 관리원을 뽑는 공고가 올라왔다.

*

발밑을 내려다보았다. 발밑에 내가 짓밟은 것들이 있었다.

뒤를 돌아보았다. 쓰레기 더미가 굴러떨어졌다. 내가 존재감을 과시하던 자리였다.

곧 신호기가 울렸다. 멀리서 이동선이 다가왔다. 브롱쉬가 무전을 보냈다.

"4구역으로 진입?"

여전히 빛을 뿜어내는 꽃을 보다가 3구역 좌표를 보냈다. 멀리서 악취가 불어왔다. 희미한 그림자가 일렁였다. 그림자가 입은 방호복의 외피가 흔들렸다. 옷자락을 스치는 바람에. 바람의 그림자가 바닥을 쓸고 지나갔다.

다시 신호기에 알림이 들어왔다. 그들이 떠났다는 알림이었다. 림버는 왜 이 사실을 보고하지 않았을까. 캡슐에 올라타 3구역으로 향하기 직전, 생명체 서식 확률을 측정했다.

0%

나는 림버의 보고서를 열람했다. 0.00000001%의 수치가 줄곧 또렷했다.

*

돌아온다던 림버의 복귀가 지연되었다.

며칠 뒤 림버가 사표를 냈다.

림버에게서 대신 짐을 정리해 보내달라는 메일이 도착했다. 미안하다는 말이 덧붙어 있었다.

짐은 많지 않았다. 챙길 것은 몇 벌의 옷가지와 속옷뿐이었다. 옷을 제외한 나머지는 모두 본사에서 제공하는 물품이었다. 림버의 물건을 캐리어 하나에 모두 넣었는데도 림버가 지내던 공간과 다름이 없었다. 다시 일을 다녀오면 림버가 먼저, 혹은 조금 늦게 돌아올 것만 같았다. '내일을 위해 살기'가

떨어진 벽만이 림버의 부재를 증명했다. 손끝으로 종이를 만지며 림버의 흔적을 더듬어보았다. 인도어와는 다르게 생긴 글자의 형상은 여전히 낯설었다. 어쩌면 지구상에서 사라졌을지도 모를 오래된 문자. 그 너머로 두께감이 느껴졌다. 종이 뒤에 작은 봉투가 하나 붙어 있었다. 그 속에는 마른 꽃잎이, 그리고 꽃잎에 생기를 넣기 위해 애쓰던 림버의 기록이 남아 있었다. 기록 위로 눈물 자국이 선명했다. 왜 림버는 이토록 꽃잎에 매달려야 했을까. 림버도 사라지는 순간을 견디고 있었던 걸까.

꽃잎을 챙겨 마지막으로 방을 한 번 둘러보았다. 앞으로 림버가 이곳에서 지냈다는 사실은 시간이 지나며 점점 사라질 것이다. 또 시간이 흐르면 나 역시 잊게 되겠지.

나는 소독볼을 방 안으로 던지고 문을 닫았다. 문틈 새로 하얀 소독약이 흘러나왔다. 그렇게 림버의 흔적을 완전히 지웠다.

*

관제센터에 앉아 돔 바깥을 내다보는 동안 림버에게 영상통화가 걸려왔다. 여전히 번역기능은 이상했다.

"갑자기 놀랐지. 사표 써서."

나는 어깨를 으쓱였다.

"있잖아. 내가 어디 출신인지 알아?"

"인도 아니야?"

"그것이 인도 어디에 있는지 알아? 내 말. 너도 이상하게 느끼잖아."

"기기 문제 아니야?"

림버는 크게 웃더니 고개를 젓는다.

"그건 고칠 수 없어. 우리 언어, 등록 안 돼 있어. 그래서 나는 영어로 말해. 내가 말하는 문장들, 모두 번역 송출이야. 어색한 말들이 그대로."

기기 제어사는 줄곧 지구상 존재하는 모든 500여 개의 언어가 번역기기에 등록되어 있다고 했다.

"나는 인도사람이래. 그들은 우리를 안다만어족이라고 부르더라고. 우리는 한 번도 우리를 그렇게 부른 적 없어. 그들은 우리와 또 우리들을 불러, 하나로. 유하. 내 친구가 죽었어. 우리는 사어가 되어가고 있어. 어쩌면, 되어가고 있다는 것도 우리 생각일지도."

등 뒤로 미처 압축되지 못한 쓰레기 더미가 굴러떨어졌다. 여전히 빈번하네. 쓰레기 사태. 나는 림버가 턱짓하는 곳을 향해 고개를 돌렸다. 우르르, 쏟아지는 중이었다. 림버는 언제나 그 모양이 산사태 같다며 쓰레기 사태라고 불렀다.

"친구를 보내고 다시 돌아가려고 했어. 하지만 내가 지켜야 할 건 뭘까?"

쓰레기가 무너졌다. 돌이켜보면, 쓰레기는 왜 자꾸 아래로 떨어졌을까. 일정 높이 이상 산이 쌓인 적이 없었다.

"우리…. 우리는 누구를 말하는 거지? 너와 대화하기 위해서. 나는 타국의 언어를 써야 하는데.”

림버의 얼굴 위로 본사의 메일이 도착했다는 알림이 떴다.

“봤어?”

주어가 분명하지 않은데도 나는 무엇을 가리키는지 단번에 알아챘다.

“0.00000001퍼센트였어.”

“정말 아니야? 제로?”

그렇게 말하는 림버의 표정은 전화 한 이래 가장 밝았다.

전화를 끊고 메일을 확인했다.

이동선 진입 시 4구역에 배치

실험 진행 요망

4구역을 향해 캡슐을 몰았다. 지평선 너머가 점점 밝아왔다. 꽃이 내뿜는 빛이 마치 4구역 전역을 채우고 있는 것만 같았다.

꽃 앞에 섰다. 꽃은 점점 밝아졌다. 눈이 부실 정도로. 여기에 꽃이 있음을 알렸다. 신호기가 울렸다. 점점 다급하게 신호가 왔다. 나는 무전기를 껐다. 이동선 진입을 거부했다. 머리 위호 때를 놓친 이동선이 보였다. ‘Tr’이 커다랗게 적혀 있었다. 우리가 멋대로 행성에 부여한 이름이었다. 이동선은 상공을 부유하다가 우주 속으로 사라졌다. 멀리. 별들보다 더 먼 곳을 향해서. 사라지고, 없어졌다.

나는 이 행성의 이름을 알고 싶어졌다. 행성의 주인들도.

"너희는, 누구지?"

센터에서 챙겨 온 마른 꽃잎들을 꺼냈다. 식물은 죽음을 앞두고 대를 잇기 위해 꽃을 피운다. 4구역의 꽃은, 이 행성이 우리에게 알리는 생명의 신호였을 것이다. 말라붙은 꽃잎이 손 위에서 바스러졌다. 잎 조각이 흩날렸다. 이곳에 림버의, 그리고 이 행성 주인들의 꽃씨가 흩어졌다. 빛이 그들을 감쌌다. 번지는 빛 사이로 기다란 그림자가 드리웠다. 바람이 불고 옷자락이 일렁였다. 세차게, 사방으로, 팔방으로.

능선 너머로 쓰레기 산이 다시 한 번 무너졌다. 보이지 않는 형체들이 험상궂은 산을 쓰러뜨렸다. 밀어냈다. 바람으로, 그들의 목소리로. 소리가 들렸다.

여기 있어요.

◐

## 육선민

1997년 대구 출생. 단국대 문예창작학과 석사과정을 수료했다. 〈사어들의 세계〉로 제2회 문윤성 SF 문학상 중단편 부문 가작을 수상했다. 식물을 키우는 것에 재능이 없지만 그래도 그들이 지구에서 온전하게 꽃을 피우기를, 어제보다는 나은 내일이 인간이 아닌 종들에게도 도래하기를 바란다.

## 작가의 말

가끔 동식물끼리는 언어가 통하는데 인간만 통하지 않는다는 생각을 했다. 그래서 외로움을 느꼈다. 그 소외감이 우스웠다. 어쩌면 집 한구석을 차지하고 있는 은행목, 극락조, 안쓰리움, 몬테크리스토, 아카레야자, 아직 이름을 외우지 못한 아이들…은 말을 걸고 있지만 내가 듣지 않아 매번 서러워할지도 모르는데.

그러면 쟤네는 무슨 이야기를 할까. 내가 오늘 먹고 있는 음식들에 관해 이야기를 하려나. 채소를 편식하는 나를 보며 동족을 먹지 않아서 다행이다, 라는 말도 하려나. 아니면 물 주는 걸 또 잊었다고 쑥덕거리며 욕이나 하려나……. 그러다 저들 이야기를 상상하는 내내 그 중심에 나를 세워서 놀랐다.

종종 그런 게 미웠다. 내가 꿈꾸는 세계에서 늘, 당연하게 사는 것이 인간인 것도, 어떤 세계라도 인간 중심적으로 굴리는 것도, 세계의 주인공이 여전히 '나'인 편협함도 미웠다. 인간이 아닌 무언가가 세계의 중심이 되기를 바라면서도 인간인 나를 너무 사랑하는 나조차도. 그래서 도피했다. 나의 모순을 모르는 체하다가, 나의 외면이 더 많은 세계를 무너뜨리고 있을지도 모른다는 생각이 들었을 즈음 그냥 부딪쳐보기로 했다. 내 좁은 시야를 향해서, 내가 재단해둔 우리를 향해서.

가끔은 식물들과 대화를 하는 꿈을 꾼다. 만약 그들이 내게 첫마디를 건넨다면, 그건 뭘까? 어쩌면, "야, 물 줘!"일지도. 혹은 "블라인드 치워! 햇빛 내놔!"일지도. 아니, 서로의 이파리를 자랑하려나.

마지막으로 지면을 빌어 감사 인사를 전합니다. 제 글이 세상에 나올 수 있도록 응원하고 도와주신 모든 분들에게, 그리고 제 작가의 말까지 도달해주신 독자분들께 감사합니다. 또 반갑습니다. 각기 다른 서로의 세계가 이웃 행성처럼, 그렇게 하나의 은하처럼 영원히 함께하기를 바랍니다. 다음 세계에서 또 만났으면 좋겠어요.

가작

# 신의 소스코드

존 프림

## 인트로

"논리적 형식을 묘사하기 위해서는 우리는 명제와 함께 논리 밖으로, 즉 세계 밖으로 나갈 수 있어야 한다." (《논리철학논고》 4.12.) 이것은 비트겐슈타인과 가장 의견이 일치했던 시기에, 내가 납득할 수 없었던 유일한 논점이었다. 그의 《논리철학논고》를 위해 쓴 서문에서 나는 어떠한 언어에 있어서도 그 언어가 표현할 수 없는 것들이 있으며, 그러한 것들에 대해 말할 수 있는, 상위 차원의 언어를 구성하는 것은 항상 가능하다는 생각을 제안했다. 물론 그 새로운 언어 안에서도 여전히 말할 수 없는 것들이 존재하겠지만, 그것은 더욱 높은 층의 언어에서 말하는 것이 가능하며, 그런 식으로 무한히 진행된다. 이 제안은 당시에는 새로운 것이었지만, 지금은 논리학에서 당연한 것으로 받아들여지는 평범한 것이 되었다. 이 제안은 비트겐슈타인의 신비주의를 해소하는 것이며, 또한 괴델이 제시한 더 새로운 퍼즐 또한 해소할 수 있다고, 나는 생각한다.

— 버트런드 러셀, 1959년 작

《나의 철학적 발전(My Philosophical Development)》 중에서.

**제프 셰클리, 이론물리학자**

우리의 세계가 시뮬레이션 속 세계라는 건, 널리 알려진 사실입니다. 한때 우리 세계가 시뮬레이션 안에 있다고 주장하던 사람들은 음모론자라고 불렸죠. 그러나 오늘날에는 우리 세계가 시뮬레이션이 아니라고 주장하는 사람들을 음모론자라고 부릅니다.

**타이틀**

신의 소스코드: 다큐멘터리
God's Source Code: A documentary film

**안나 한, 프로그래머&모험가**

세계 최고의 물리학자들이 모여 우리 우주가 시뮬레이션 속에 있다는 성명을 발표한 날, 저는 26년간 간직했던 모태 신앙을 잃었습니다. 제가 0과 1로 구현된 가짜라는 말은, 이 세계가 송두리째 거짓이라는 말은, 성서 어디에도 쓰여 있지 않았으니까요. 그날 저는 돌아가신 어머니에게서 물려받은 성서를 불태웠습니다. 성서를 신성시하던 어머니는 입버릇처럼 말했어요. 성서를 함부로 대했다간 천벌을 받을 거라고…. 하지만 성서의 하얀 양가죽 커버가 시커멓게 타들어가도, 거룩한 신의 말씀이 속절없이 재로 변해도, 천벌 따윈 내려오지 않았습니다.

**수현 킴 토마스, 추기경&이론물리학자**

우리 우주가 시뮬레이션임을 밝혀낸 것은 아이러니하게도 시뮬레이션 우주론을 혐오하던 동료 물리학자였어요. 중력파 연구의 권위자인 셰클리 박사는 어느 날 기이한 현상을 발견했죠. 특정 주파수의 중력파를 인위적으로 생성해 중첩시키면 사물은 물론 생명체까지 돌연 세 개로 증식하는 버그 현상이 일어났던 겁니다. 영상이 공개되자 아주 난리가 났었죠. 노벨물리학상 수상자가 그런 터무니없는 영상을 공개했으니까요. 온갖 스트리밍 방송을 중심으로 시뮬레이션 우주론이 거론되었습니다. 하지만 진지한 물리학자들은 그 영상의 의의를 부정했죠. 그저 날조된 자료라고 치부했습니다. 저를 포함해서요. (웃음) 제 세례명은 토마스입니다. 예수님의 부활을 의심했던 바로 그 사도 토마스에게서 따온 세례명이죠.

의심하고 질문하길 좋아하던 토마스는 예수님의 부활을 믿지 않았습니다. 예수님께서 그의 눈앞에 나타나 "손가락을 옆구리에 넣어봐라."라고 말씀하시고 나서야 겨우 신의 아들이 부활하셨음을 믿게 되었죠. 실제로는 토마스가 예수님의 옆구리에 손가락을 넣지는 않았어요. 카라바조가 그린 그 유명한 성화의 극적인 장면은 상상에 불과했다는 뜻이죠. 저는 사도 토마스보다 더 의심이 많은 사람입니다. 젊어서 서품을 받아 신부(神父)가 되었지만, 신을 갈구하면서도 늘 신의 존재를 의심했어요. 그래서 다시 대학에 들어가 물리학을 공부하기 시작했죠. 물리학이란 것이 요한 24세 교황이 주장했듯이 신의 말씀인지 혹은 신의 말씀을 부정하는 이질적인 것인지 알고 싶었습니다. 무엇보다… 증거를 찾고 싶었죠. 조물주가 존재한다는 확실한 증거를요.

이야기가 좀 샛길로 빠졌군요. 요즘 자주 이러는 걸 보면 저도 나이를 먹었나 봅니다. 생명 연장 시술 뇌까지 젊어지게 하지는 않는다는 주장이 있다던데 어쩌면 그게 사실일지도 모르죠. (웃음) 어쨌든 저는 그 '버그 현상'을 날조된 것이라 치부했습니다. 셰클리 박사에게 초대되어 그 현상을 눈앞에서 목격하고 나서야, 그걸 진지하게 들여다볼 필요가 있다고 생각하게 되었죠. 저는 예수님의 옆구리에 손가락을 진짜로 찔러넣을 정도로 의심이 많은 사람입니다. 그 현상에 대해 철저히 조사하고 또 조사했어요. 하지만 결국 그게 진짜로 일어난 일이라는 걸 인정할 수밖에 없었습니다. 개든 고양이든 사람이든 책상이든 의자든 상관없이, 특정 주파수의 중력파를 중첩해서 쏘이면 세 개로 증식했던 겁니다. 저는 자진해서 그 실험에 참여했습니다. 피실험체로 말이죠. 그건 정말 끔찍한 경험이었어요. 돌연 제가 세 명으로 늘어났으니까요. (웃음) 그나마 다행인 점은… 증식된 개체들이 4분 만에 사라진다는 겁니다. 누가 알겠어요. 어쩌면 저는 가짜이고 원본은 진작에 사라졌을지도 모르죠. …피실험자들은 하나같이 치료 불가능한 희귀질환에 걸렸습니다. 저도 마찬가지죠. 그래도 저는 후회하지 않습니다. 실험에 참가한 덕분에 셰클리 박사와 엮이게 되었고, 결국에는 제가 그토록 원하던 '증거'와 마주쳤으니까요.

**제프 셰클리, 이론물리학자**

네, 그 현상은 실재했습니다. 그 현상에 관해서 가장 보수적인 태도를 견지하던 고(故) 수현 킴 박사마저 동의했던 일이죠. 수현 킴 박사가 진실의 절반만 접하고 세상을 뜬 건 안타까운 일이에요. 아니, 어쩌면 그에겐 그게 가장 행복한 결말이었을지도 모르겠군요.

어쨌든… 당시 우리는 그 현상을 시뮬레이션 속 버그라고 생각하지는 않았습니다. 우리는 그 일을 두고, 경이로운 우주가 만들어내는 기이한 자연 현상 중 하나라고 해석했죠. 어떻게든 과학적 이론을 동원해 그 현상을 설명하려고 시도했던 겁니다.

하지만 그런 노력은 얼마 가지 않아 모조리 물거품이 되고 말았죠. 버그 현상이 처음 발견된 지 반년 정도가 지난 후에, 문제의 중력파에서 특이한 노이즈 패턴이 발견되었는데, 그게 모든 걸 바꾸어놓았어요. 그 노이즈 패턴 속에는 프로그래밍 언어처럼 보이는 데이터가 포함되어 있었습니다. 그 일을 계기로 시뮬레이션 우주론이 크게 조명을 받기 시작했죠. 저희는 물리현상에서 뜬금없이 프로그래밍 언어가 튀어나온다는 정보를 철저히 통제하려고 했지만 (한숨) 이런 종류의 정보는, 그러니까 세상의 존재 방식, 그 자체를 혁명적으로 뒤바뀌게 하는 정보는 애초에 통제할 수 있는 게 아니었는지도 모르겠어요.

저희 연구소 이외의 많은 곳에서도 그 버그 현상을 재현하려고 시도했습니다. 모든 연구 기관에서 재현에 성공한 건 아니었어요. 하지만 적잖은 곳에서 버그 현상을 재현해냈고 그 현상이 발생할 때는 어김없이 중력파에서 노이즈를 추출할 수 있었죠. 그즈음엔… 그들이 내린 결론도 우리가 내린 결론과 동일했어요. 네, 그건 프로그래밍 언어임이 확실했습니다. 저는… 시뮬레이션 우주론이 터무니없는 헛소리라고 생각하던 사람 중 하나입니다. 우리가 보고 느끼는 이 모든 공간이, 이 정교하기 짝이 없는 물리적 실체가, 허구의 공간이라뇨. 하지만 저는 인정할 수밖에 없었습니다. 아무리 검증하고 또 검증해봐도 그건 프로그래밍 언어로밖에 보이지 않았으니까요. 그렇게 해서 제가 혐오하던 '시뮬레이션 우주론'은 정설이 되어버렸죠.

물론, 반발 또한 심상치 않았습니다. 한때는 우주의 중심이었던 지구가 태양을 도는 행성 중 하나로 전락하더니, 이제는 지구를 포함한 우리 우주 전체가, 그 모든 것이, 심지어 우리 자신도 디지털 세상 속 '가짜'가 되었으니까요. 속된 말로 미치고 환장할 노릇이었죠.

**수현 킴 토마스, 추기경&이론물리학자**

많은 학자들이 시뮬레이션 우주론의 반증을 찾으려고 눈에 불을 켜고 실험을 거듭했지만, 중력파에서는 프로그래밍 언어가 담긴 데이터가 거의 매번 검출되었죠. 결국, 반대파의 위세는 축소될 수밖에 없었어요. 반대파의 반복된 공개 실험 덕분에 사람들은 프로그래밍 언어의 전체 상에 점차 다가갈 수 있었고, 그 언어로 짜인 코드의 집합체를 '신의 소스코드(God's Source Code)'라 부르게 되었죠.

**안나 한, 프로그래머&모험가**

우리 세계가 시뮬레이션 속 세계에 불과하다는 것이 밝혀진 이후에 많은 이들이 저와 마찬가지로 종교적 신념을 잃었습니다. 그런데 기이한 점은 오히려 종교적 신념을 강화했거나 무신론자에서 유신론자로 돌아선 자들이 그 반대의 경우보다 훨씬 더 많다는 사실이에요. 그들이 주장하길, 기존 종교에서는 '조물주'를 '증명'할 방법 따윈 없었지만, 시뮬레이션 우주에서는 필연적으로 '조물주'의 존재가 증명된다고 했죠. 상위 차원에 사는 누군가가 시뮬레이션을 만들었다는 건 당연한 귀결이니까요. 그런 논리를 바탕으로 미지의 조물주를 숭배하는 새로운 종교가 대두되었고 압도적으로 신자 수를 늘려나갔습니다. 기존 종교 또한 세를 잃지 않기 위해 시뮬레이션 우주론에 맞춰 교리를 활발하게 재해석했지만, 저는 그런 카멜레온 같은 교단의 태도가 마음에 들지 않았고 끝내 신앙을 회복하지 못했어요. 논리적으로는 상위 차원에 조물주가 존재한다는 새 종교의 주장에 동의할 수밖에 없지만, 저는 여전히 그 신념에 공감할 수는 없었습니다.

그 이유는 어쩌면 '프로그래머'라는 게 제 직업이기 때문일지도 모르겠군요. 어떤 신비한 초월자가 아닌, 나와 같은 프로그래머가, 모니터 앞에 앉아 키보드를 두드리는 너드 따위가, 신(神)의 자리를 대체한다는 것은 어딘가 쿨하지 못한 구석이 있었으니까요. 나처럼 두꺼운 안경을 쓰고 키보드 앞에 앉아 있는 너드가, 과자 부스러기가 묻은 땀에 전 티셔츠를 입고 있는 컴퓨터광이, 우리의 조물주라니… 지저스 크라이스트(Jesus Christ!)라는 말이 그 어느 때보다 간절하게 입에서 터져 나오더군요.

**대니얼 핸슨, 철학 교수&뇌과학자**

시뮬레이션 우주론이 정설이 된 이후, 처음 몇 년 동안은 세상이 떠들썩했지. 회의에 빠져 집단 자살을 도모하는 종교 집단이 여럿 등장했고, 조물주의 눈에 띄고 싶다며 학살을 벌이는 이들도 많았어. 그들의 주장에 의하면 시뮬레이션 속 살인은 살인이 될 수 없었지. 어차피 다 게임 속에서 일어난 일이라는 거야. 그들이 죽인 건 인간이 아니라 게임 속 캐릭터라는 거지. 내 오랜 친구도 그 당시에 그런 사건에 휘말려 생을 마감하고 말았어…. 총기 난사로 오십여 명의 목숨을 앗아간 범인이란 작자가 했던 말이 지금도 머릿속에서 잊히지 않아. 그 망할 자식이 이런 말을 남겼지. 자기는 컨트롤러를 쥔 누군가에게 조종당했을 뿐이라고. (침묵)

어쨌든, 그 당시엔 온갖 미친놈들이 온갖 기발한 이유로 기행을 벌였어. 버그 현상을 처음 발견한 물리학자는 신의 소스코드를 이용해 상위 차원에 올라가겠다며 막대한 투자금을 모은 뒤, 돈을 들고 튀었고 말이야.

그런 떠들썩한 시기가 지나자, 다시 평화가 찾아왔지.

**차원 이동 연구소가 제작한 CF에서 발췌**
**(목소리: 제프 셰클리)**

저희는 신의 소스코드 안에서 상위 차원으로 올라가는 힌트를 얻었습니다. 이제 우리는, 인류는, 저 공허한 우주가 아니라, 상위 차원으로의 탐험을 시작해야 합니다. 저희에게 투자해주십시오. 저희에게 힘을 보태주십시오. 저희를 후원하는 것으로 인류가 세계의 실체에 다가가는 일을 도우실 수 있습니다.

**안나 한, 프로그래머&모험가**

신앙을 잃기 전, 저는 독실하고 신실한 신자였어요. 일주일 내내 세속적 쾌락에 젖어 있다가 일요일 오전에만 주님을 찾는 그런 '습관적인 신자'가 아니라, 진심으로 신의 거룩함을 믿는 '주님의 어린 양'이었죠. 성서는, 신앙은, 제 인생을 완전케 하는 나침반이자 등대였어요. 주님을 향한 믿음 안에서, 저는 인생의 의미를, 우주의 의미를, 삶의 목적을, 온전히 이해할 수 있었죠. 하지만 빌어먹을 시뮬레이션 우주론은, 제 온전했던 삶을 뿌리부터 송두리째 뒤흔들었어요. 주님의 가르침은, 제게 있어 GPS로 무장된 내비게이션과 같은 존재였죠. 그런데 돌연 GPS는커녕 지도 한 장 없이, 도스토옙스키적 지옥이나 마찬가지인, 모든 것이 허용되는, 바꿔 말하면 어떤 가이드라인도 없는, 삶의 한복판에 던져지고 말았던 겁니다.

**대니얼 핸슨, 철학 교수&뇌과학자**

조금 시간을 되돌려볼까. 평화가 찾아오기 전, 어느 날부터 주요 TV 채널과 주류 스트리밍 플랫폼이 25초짜리 광고로 도배되었어.

불안에 떠는 말라깽이가 이렇게 말하지.

"우리 세상이 시뮬레이션 세상이래. 누가 전원 코드를 뽑으면 세상이 사라질지 모른대."

그에 터프한 뚱보 대머리가 발끈하지.

"아, 그래? 씨발, 그래서 어쩌라고(So Fucking What?)"

그리고 중후한 목소리의 내레이션이 이어져.

"우리 우주가 시뮬레이션 속 우주라고 해도, 바뀌는 건 아무것도 없습니다."

내레이션이 끝나면, 메탈리카의 〈So Fucking What〉의 도입부가 흘러나온다네. 원제는 〈So What〉이지만 언젠가부터 So와 What 사이에 F워드를 넣은 제목으로만 불리게 되었지. (웃음)

'씨발, 그래서 어쩌라고(So Fucking What)'라는 이 저속한 구호는, UN이 만든 공식 캠페인 구호였어. 사실, 내가 고안했던 구호였지. 아마 그런 이유로 생명 연장 시술로도 어쩌지 못하는 나 같은 늙은이가 이 다큐멘터리에 얼굴을 들이밀 수 있게 된 것 같군. (웃음) 사실 나는 F워드를 혐오하는 쪽이야. 그런 말을 들으면 저절로 눈살이 찌푸려지곤 하지. 하지만 꼭 필요할 때 적절하게 사용한다면 대단히 효과적인 단어라고 생각한다네. 나는 이 구호 속에 F워드가 꼭 필요했다고 믿었어. 현실을 강하게 긍정하게 만들기 위해서 말이지.

**안나 한, 프로그래머&모험가**

그 구호를 기억하냐구요? 그래요, 기억해요. 그 구호가 너무 저속하다고 싫어하는 사람들이 많았지만, 저는 그 구호가 아주 마음에 들었어요. 사실을 고백하자면, 저 역시 지극히 냉소적이면서도 한없이 우리의 세상을 긍정하는 그 광고에서 위안을 얻었죠.

광고 속 내레이션의 대사처럼, 세상이 시뮬레이션 속에 존재한다는 게 밝혀졌다고 해도 달라진 건 아무것도 없었어요. 사람과 사물이 세 개로 증식되는 특이한 버그 현상이 존재하지만, 그 버그 현상을 구현하려면 엄청난 전력과 특수 장비가 요구되잖아요. 게다가 언젠가부터는 그 버그 현상의 재현이 불가능해지고 말았고요. 그 때문에 어떤 사람들은 시뮬레이션 우주론이 처음부터 사기였다고 주장하지만, 여전히 중력파에서는 프로그래밍 언어, 바꿔 말하면 신의 소스코드가 검출되었죠.

대다수의 학자들은 알려진 유일한 버그 현상이 사라진 이유가 조물주들이 '버그 패치'를 실시했기 때문이라고 말하더군요. 저는 상위 차원의 너드들이 그랬을 거라고 생각했지만요. (웃음)

재킷을 벗어도 될까요? 더워서 그러냐구요? 아뇨, 그게 아니라 보여드릴 게 있어서요. 자, 보세요, 제 티셔츠에 그 저속한 구호가 쓰여 있군요.

이 구호를 만든 잘생긴 분이 저쪽에 앉아 있어서 하는 말이 아니에요. 저는 이 구호에서 정말로 큰 위안을 얻었어요. 우리 세상이 가짜든 진짜든, 게임이든 시뮬레이션이든, 삶은

늘 꾸역꾸역 굴러가죠. 하루 또 하루가 일상이란 이름으로 우리에게 주어집니다. 불안에 빠져, 회의에 빠져, 일상을 누릴 기회를 차버리는 건 개인의 자유예요. 하지만 저는 그러는 대신, 꾸역꾸역 일상을 영위하며 프로그래밍에 빠져 살았죠.

**마르쿠스 해밀턴, 프로그래머**

뭐, 우리 같은 프로그래머들이 대부분 그렇지만, 저도 '씨발, 그래서 어쩌라고' 티셔츠를 즐겨 입습니다. 광고의 마지막 멘트처럼 우리 우주가 시뮬레이션 속 우주라고 해도, 바뀌는 건 아무것도 없으니까요. 아, 잠깐. 그건 거짓말이군요. 신의 소스코드는 저를 비롯한 숱한 프로그래머들에겐 축복이었습니다. 신의 소스코드를 이용해도 그 먹튀 물리학자의 말처럼 상위 차원으로 올라가는 건 불가능하지만, 그걸 이용해 우리가 만든 하위 차원에서 '조물주 놀이'를 하는 건 가능하니까요.

**대니얼 핸슨, 철학 교수&뇌과학자**

신의 소스코드는, 게임 속에서 '의식을 가진 존재'를 구현하는 걸 가능케 했어. 정확히 그게 어떤 원리로 작동하는지는 누구도 알지 못하지. 확실한 건 소스코드의 특정 영역을 응용하면, 게임 속에서 의식을 가진 NPC를 생성할 수 있고, 파라미터를 조작하면 하나하나에 개성을 부여할 수도 있다는 거야. 혹시 게임이란 말이 우리가 게임 속에 산다는 느낌을 들게 해서 마음에 들지 않는다면, 시뮬레이션이라고 표현해도 무방하다네. 아직까지는 직접적인 조작이 불가능한 캐릭터인 NPC만 생성할 수 있지만, 언젠가는 조작 가능한 캐릭터 또한 생성할 수 있을 거라는 의견이 대세지.

나도 신의 소스코드로 프로그래밍을 시도해본 적이 있다네. 하지만 내 프로그래밍 실력이 형편없어서 그런지 에러 코드만 발생하더군. 나 같은 사람들은 신의 소스코드를 이용해서 할 수 있는 일이 거의 없지만, 전문가들은 놀라운 일을 해낼 수 있어. 동식물의 DNA를 디지털 정보로 변환해 신의 소스코드와 결합하면, 게임 속에서 다양한 동식물을 비교적 쉽게 구현할 수도 있지. 물론 인간도. 오류 없이 잘만 만들면, NPC들은 심지어 생식 활동을 하면서 번성하고 문명을 형성하기도 한다네.

**마르쿠스 해밀턴, 프로그래머**

신의 소스코드를 구동하기 위해서 특수한 사양의 PC가 필요한 건 아닙니다. 실은 그 반대예요. 주변에서 흔하게 접할 수 있는 PC라면 충분히 구동할 수 있죠. 신의 소스코드는 다른 프로그래밍 언어와 마찬가지로, 하나의 언어입니다. 다만, 그 문법이 너무나도 까다로워서 숙달하는 데까지 오랜 시간이 걸릴 뿐이죠.

다른 차원에서 건너온 프로그래밍 언어를 어떻게 우리 세계의 PC에서 구현할 수 있냐구요? 그건, 신의 소스코드가 기본적으로 0과 1, 즉 2진법 체계로 구성되어 있기 때문입니다. 사실 우리가 PC에서 구동하는 신의 소스코드는 여러 버전이 존재해요. 중력파에서 검출된 데이터를 백 퍼센트 그대로 가져다 쓰는 건 아니라는 말입니다. 자, 너희들을 위해서 상위 차원의 우리가 프로그래밍 언어를 보내줄게, 하는 형태로 보기도 좋고 먹기도 좋게 가공된 데이터가 전달이 되는 건 아니라는 뜻이기도 합니다. 미지의 언어가 우리 세계의 PC에서 구동될 수 있도록 일종의 '컨버팅' 과정을 거쳐야 했어요. 선구자적인 언어학자들과 프로그래머들이 합심한 결과물이죠. 사실, 몇몇 집단에서 서로 다른 버전을 만들었죠.

컨버팅된 데다가 버전도 여러 개니 원본하고는 다른 게 아니냐구요? 그 왜, 성경책도 다양한 버전의 해석본이 존재하잖아요. 정확한 비유는 아니지만 여러 버전의 신의 소스코드가 존재하는 건, 대충 그런 거라고 보시면 됩니다. 원본은 하나지만, 번역본이 여러 버전인 셈이니까요. 하지만 어느 걸 사용하셔도 무방해요. 큰 차이점은 없으니까요. 물론 세부적인 레벨까지 파고들어 가면, 어느 버전을 사용하는가에 따라서 구현 가능한 세계나 물리 구조의 범위가 약간 달라지긴 하지만요.

**대니얼 핸슨, 철학 교수&뇌과학자**

그 당시, UN과 각국 정부에서는 윤리적인 이유를 내세우며 신의 소스코드를 활용하는 걸 금지했지만, 수많은 개발자들은 이미 공개된 지 오래된 신의 소스코드로 조물주 놀이에 열심이었지.

**안나 한, 프로그래머&모험가**

저는 조물주 놀이가 참 마음에 들었어요. 나의 주님을 잃어버렸지만, 내가 창조한 세계에서 스스로 주님이 될 수 있었으니까요.

**마르쿠스 해밀턴, 프로그래머**

신의 소스코드는 여전히 베일에 싸여 있는 부분이 많은 신비로운 언어예요. 우리가 파악한 문법은 전체의 2할 정도에 불과하다는 주장도 있죠. 언젠가 모든 비밀을 밝혀내면 조물주 게임을 만드는 것만이 아니라, 우리 차원의 물리법칙을 마음대로 조작할 수 있는 치트키를 얻게 될 거라 믿는 사람들이 많습니다. 저도 그걸 믿냐고요? 네, 저도 그걸 믿는 사람들 중 하나예요. 다만, 그게 불가능하길 바랍니다. 누군가 치트키를 쓰다가 실수로 저나 우리 가족을 날려버리면 곤란하니까요.

**대니얼 핸슨, 철학 교수&뇌과학자**

사실 우리가 만든 시뮬레이션 속 존재가 인간인지 아닌지에 관한 윤리적인 문제는 신의 소스코드를 금지시킨 '표면적인 이유'일 뿐이고, UN과 각국 정부가 진짜로 염려하는 것은 따로 있었어. 그들은 신의 소스코드, 바꿔 말해서 GSSC를 남용하다간 우리 세계에 어떤 치명적인 부작용이 발생할 거라고 우려했지. 그들의 우려에도 어느 정도 일리가 있다고 생각하네. 어쨌든 GSSC는 굉장히 기이한 것들을 가능케 하니까 말이야. 다행히도 우리가 만든 하위 차원에서만 가능한 일이지만, 이론적으로는 새로운 물리법칙을 만들 수도 있고, 5차원 이상의 공간을 구현할 수도 있어. 그런 시도는 심각한 오류를 낳는 탓에 번번이 무산되고 말았지만 언젠가 GSSC를 온전히 이해하는 날이 오면, 성공할 수 있을지도 모르지. 하지만 아직까지는 그런 일은 요원하기만 하고, 프로그래머들이 만든 하위 차원의 세상에서는 치명적인 오류로 인한 무수한 '붕괴'와 '파멸'이 잇따랐어.

**마르쿠스 해밀턴, 프로그래머**

UN과 각국 정부가 우려하는 것이 바로 붕괴와 파멸이에요. GSSC가 하위 차원은 물론, 우리 세계를 붕괴와 파멸로 이끌지 모른다고 염려하는 거죠. 하지만 아직까지 하위 차원에서 일어난 문제가 우리 차원에 영향을 끼친다는 증거가 발견된 적은 없습니다. 덕분에 우리 프로그래머라는 족속들은 GSSC라는 이 새로운 장난감을 거리낌 없이 가지고 놉니다. 윤리적인 문제를 들이미는 자들에게, 우리는 이렇게 말하죠. 씨발, 그래서 어쩌라고. 어차피 우리도 시뮬레이션 속 인형이니 따지려면 조물주에게 가서 따지라고. 상위 차원의 존재들이 댁들처럼 윤리에 집착해 시뮬레이션 세계의 창조를 금지했다면, 우리는 태어나지도 않았을 거라고.

**안나 한, 프로그래머&모험가**

딱히 자랑하려는 건 아니지만, 제가 만든 게임, 옴 월드(AUM WORLD)는 다크넷에서 굉장한 인기를 끌었어요. 유저가 적극적으로 게임 내 환경과 상호작용하는 게임이 아닌, 다시 말해서 적극적인 인터랙티브 요소가 없는 게임 장르치고는 성적이 굉장히 좋은 축에 속했죠. 사실, 평생을 흥청망청 써도 남아돌 만큼의 돈을 모은 지 오래였어요.

GSSC를 이용한 게임은, 서버 비용을 걱정할 필요가 없답니다. 제가 옴 월드로 부자가 된 이유 중의 하나죠. GSSC가 제시하는 미지의 저장소를 활용하면 되니까요. 어떤 이들은 그 미지의 저장소가 최상위 차원에 존재하는 데이터 센터라고 주장하고, 어떤 이들은 우리 차원(system) 안에 돌돌 말려 있는 다른 차원들, …그러니까 초끈 이론이 주장하는 열한 개의 차원 중 상위 차원(dimension)이 저장소라고 주장하죠. 저는 그런 이론에는 별다른 관심이 없어요. 제가 만든 게임이 문제없이 돌아가기만 하면, 그런 이론 따윈 아무래도 상관없으니까요.

옴 월드는 극사실주의를 표방했어요. 그곳은 우리의 세계만큼이나 현실적인 공간이죠. 그 세계 속 사람들은, 자신들이 시뮬레이션 속에 살고 있다는 사실을 알지 못해요. 많은 프로그래머들이 자신의 세계 속에 적극 개입하며 온갖 변태적인 방법으로 NPC를 학살하는 게임을 제작했죠. 그중에서도 가장 악명이 높은 크툴루 시리즈에 대해서는 한 번쯤 들어본 적이 있을 거예요. 저는 그런 게임들을 혐오하는 쪽에 속해요. 이미 신앙을 잃은 지 오래지만, '대접받고자 하는 대로 대접하라'라는 주님의 말씀은 여전히 내 마음속 규율 중 하나거든요.

**마르쿠스 해밀턴, 프로그래머**

안나 한이 만든 옴 월드는 제가 가장 좋아하는 조물주 게임 중 하나예요. 우리에게 익숙한 온갖 동물과 식물이 존재하고, 사람들이 가족과 부족을, 국가와 문명을 이루어가며 살아가는 옴 월드는 우리 세상과 크게 다르지 않아 보이죠. 가운데땅과 웨스테로스를 닮은 대륙이 있다는 점과 우리에게 익숙한 도시나 지명이 거의 등장하지 않는다는 점에서는 이곳과는 동떨어진 곳처럼 보이기도 하지만요. 안나 한은《반지의 제왕》과《얼음과 불의 노래》의 골수팬이라더군요. 그래서 그런 대륙을 만들었다고 했어요.

"나는 죽으면 천국이 아니라 웨스테로스에 갈 거야."

그 말이 어릴 적 안나 한의 입버릇 중 하나였다고 해요. 그 말을 내뱉을 때마다 어머니에게 등짝을 맞았다고 들었습니다.

**안나 한, 프로그래머&모험가**

옴 월드는 제게 있어 노스탤지어를 자극하는 마음의 고향 같은 곳이에요. 저는 세 살 이후로 줄곧 마인크래프트에 빠져 살았었죠. 마인크래프트의 세계 안에서 수많은 시간을 보내며, 온갖 건축물을, 섬과 대륙을 창조했어요. 때론 친구들의 도움을 받은 적도 있고, 온라인에서 만난 타인들과 함께 작업하기도 했지만, 대부분은 처음부터 끝까지 혼자서 만든 것들이었어요. 그렇게 30년 넘게 마인크래프트 안에서 구축했던 추억의 건축물과 장소들을 옴 월드 안으로 옮겨놓았죠.

옴 월드의 주민들이 고대 유적이라고 부르는 숱한 건축물들은, 그들이 자연이 낳은 빼어난 절경이라고 믿는 지형들은, 대부분 제가 마인크래프트 속에서 만들었던 것들이에요.

**마르쿠스 해밀턴, 프로그래머**

자극적인 콘텐츠를 찾아볼 수 없는 옴 월드가 큰 인기를 구가한 것은, 안나 한이 인생의 절반을 투자해서 만든 다양한 지형지물 덕일지도 모르겠습니다. 가끔씩 신화나 설화 등의 인물에서 착안한 멋진 NPC들을 만들어 배치하기도 했지만, 옴 월드는 NPC보다는 세계관 자체가 근사하다는 평을 받았으니까요.

유저가 옴 월드에 개입할 수 있는 수단은 '후원하기'와 '배속하기'뿐입니다. 유저는 옴 월드를 배속으로 관찰하다가 자신의 마음에 드는 문명이나 국가나 단체 혹은 개인에게 '후원'을 할 수 있죠. 후원을 받은 어떤 국가에서는 돌연 막대한 천연자원 등이 발견됩니다. 어떤 이는 후원을 받아 불치병이 기적처럼 낫기도 하죠. 옴 월드의 NPC들은 자신들에게 일어난 기적 같은 일이, 후원하기라는 유료콘텐츠의 결과라는 사실을 꿈에도 모릅니다.

'후원하기'도 '배속하기'도 안나 한의 오리지널 컨셉이 아닙니다. 사실 다른 프로그래머들이 이미 시도했던 기능이죠. 하지만 옴 월드의 배속하기는 정말 놀랍고도 혁신적입니다. 다른 게임이 제공하는 배속하기는 툭하면 말썽을 일으키죠. 저도 배속하기를 도입했다가 게임이 완전히 꼬여버리는 바람에 해당 기능을 제거할 수밖에 없었어요. 치명적 오류 없이 배속하기 서비스를 제공하는 건, 오직 옴 월드뿐이죠.

**안나 한, 프로그래머&모험가**

옴 월드에 10년이라는 세월을 바친 후에, 저는 옴 월드에 관한 모든 사업과 권리를 매각했어요. 믿을 만한 지인이 운영하는 사업체에 과격한 업데이트를 하지 않는다는 조건을 내걸고 말이죠. 다만, 배속 기능의 구현을 가능케 하는 코드는 철저히 암호화해 놓았습니다. 전남편의 변호사 군단에게 패해서 파산 직전에 이르게 되는 최악의 시나리오가 펼쳐질 경우에, 저만의 필살기인 배속하기를 넣은 게임을 만들어 다시 돈을 모을 작정이었거든요.

**마르쿠스 해밀턴, 프로그래머**

옴 월드의 배속하기는 상당히 독특합니다. 세계 전체를 배속하는 것도 가능하지만, 어떤 개인이나 단체만을 배속하는 것도 가능하죠. 전자는 특별한 이벤트 기간 중 유저 전체에게 주어진 목표가 달성되어야만 가능하지만, 후자는 과금을 하면 언제든지 가능해요. 이 경우… 배속을 당하는 NPC들에게 다른 NPC들과는 시간적 괴리가 발생하죠. 옴 월드는 이 부분을 신화적으로 풀어내고 있어요. 옴 월드에서는 시간에 관한 오래된 전승이 하나 전해 내려옵니다. 선택받은 자들은 특별한 공간에서 남들보다 압축된 시간을 경험할 수 있다는 전승이죠.

**안나 한, 프로그래머&모험가**

왜 옴 월드에서 손을 뗐냐구요? 조물주 놀이에 질리고 말았거든요. 시뮬레이션 우주론은 저에게서 신앙을 앗아갔어요. 그래서 저는 영영 잃어버린 주님의 빈자리를 메우기 위해서 조물주 놀이에 뛰어들었죠. 하지만 10년 만에 겨우 깨달았어요. 제가 진짜로 원하는 건 주님 노릇이 아니라, 주님을 섬기는 일이라는 걸 말이죠.

저는… 한때 제 안에 충만했던 신앙심을 되찾고 싶었어요. 제 인생의 모든 레이어에 의미를 부여했던, 신의 계시와 은총을 되찾고 싶었어요. 그런 마음으로 이런저런 종교 단체를 기웃거려보았지만, 어떤 종교도 제가 잃어버린 완벽했던 주님을 되돌려주지 못했죠.

**마르쿠스 해밀턴, 프로그래머**

안나가 옴 월드를 팔고 싶다고 제의했을 때, 저는 횡재했다는 기분이 들었습니다. 옴 월드의 완벽한 배속하기 기능의 비밀을 들여다볼 수 있을 거라고 생각했으니까요. 하지만 안나는 배속하기에 관련된 부분은 암호화하길 원했어요. 저는 얼마쯤 고민하다가 안나의 제의를 수락했죠. 어쨌든 옴 월드는 안정적인 배속하기를 제공하는 유일한 조물주 게임이고, 여전히 상당한 매출을 올리고 있었으니까요.

**안나 한, 프로그래머&모험가**

저는 성공하기 전부터 이 티셔츠를 즐겨 입었어요. 억만장자가 된 이후로도 여전히 이 티셔츠를 애용했지만, 사실 저는 이걸 입을 자격이 없었죠. 이 티셔츠는 시뮬레이션 우주론이 우리에게 끼치는 영향은 아무것도 없다고 주장하지만, 적어도 '나'라는 인간의 삶을 완전히 바꿔놓았으니까요. 바로 떼부자가 되게 만드는 것으로 말이죠.

**마르쿠스 해밀턴, 프로그래머**

옴 월드를 인수한 뒤에, 배속하기 기능을 개선해보려고 했습니다. 좀 더 다양한 유료콘텐츠를 도입하고 싶었거든요. 하지만 그런 시도는 엄청난 실수였다는 게 밝혀졌죠. 무한 배로 시간이 가속되는 오류가 일어나는 바람에 한동안 서비스를 중지해야 했으니까요. 다행히 게임의 모든 지역에서 가속이 일어난 건 아니었어요. 아주 좁은 범위에서만 일어난 오류였고, 저희는 어찌어찌 그 일을 해결할 수 있었죠.

**안나 한, 프로그래머&모험가**

떼부자가 되는 것은 신나는 일입니다. 뭐, 처음 몇 년간은 그랬어요. 하지만 많은 돈은 필연적으로 저를 사람들로부터 멀어지게 만들었죠. 사람들은 돈 때문에 저에게 접근했고 돈 때문에 저에게서 떠나갔어요. 막대한 부(富)는 마치 거대한 중력장처럼, 사람들의 마음을 왜곡시키고 굴절케 했어요. 그 망할 중력장 탓에 언젠가부터 저에겐 절친이라 부를 만한 사람들이 남아 있지 않았죠. 결국에는 가족과도 파국을 맞고 말았습니다. 이혼한 이후로 전남편과 아이들과는 소원하게 지내고 있어요. 전남편은 변호사 군단을 내세워 어떻게든 저에게서 한 푼이라도 더 뜯어갈 궁리에 몰두할 뿐, 저와는 삶을 나누려 하지 않았죠.

그는 입버릇처럼 이렇게 말했어요.

"당신은 일에 빠져 가족을 돌보지 않았어. 아이들에게서 엄마라는 존재를 앗아갔어."

그래요, 그 말이 완전히 틀리진 않아요. 하지만 전남편이 셀러브리티가 된 건, 누구보다 호화로운 삶을 누리는 건, 356일 24시간 그와 아이들을 지키는 경비원들을 부리는 건, 제가 아이들과 보낼 시간마저 희생하며 뼈 빠지게 옴 월드에 헌신했기 때문이에요. 치열한 조물주 장르 게임에서 성공하려면, 그런 희생은 필연적이었죠. 그런데 전남편은 성공의 과실은 누리면서 성공의 대가는 함께 치르려 하지 않았어요.

…이건 저의 일방적인 주장일 뿐이에요. 전남편에겐 전남편의 입장이 있겠죠. 제 말에 귀를 기울이면 그가 악당처럼 보이겠지만, 그의 말에 귀를 기울이면, 제가 죽일 년으로, 마녀로 보일 테죠. 이건 선과 악의 싸움이 아니에요. 태곳적부

터 있어 왔던 사람과 사람 사이의 구정물 튀기는 다툼에 지나지 않죠. 그 다툼에서 패배한 것은 바로 저였어요. 전남편은 첫째보다 겨우 여덟 살 많은 갓 스물이 된 모델과 행복한 재혼 생활에 빠져 있었지만, 저는 인간에게 회의를 품고 세상과 격리된 채 살아야 했으니까요.

**필립 한, 셀러브리티(무직)**

어디에서 나오셨다고요? 뭐요? 전처의 삶을 조명하는 다큐멘터리를 찍고 있다고요? 대체 어떤 내용입니까?

**안나 한, 프로그래머&모험가**

전남편과의 법정 다툼은 옴 월드를 매각한 이후에 더욱 치열해졌어요. 남편은 어떻게든 매각 대금에 손을 대려고 혈안이 되어 있었죠. 그의 변호사 군단은 재판관들과 모종의 커넥션이 있었고, 매각 대금의 대부분이 동결되고 말았어요. 나머지 재산에 대해서도 온갖 제재가 생겼고 말이죠. 그 망할 제재 때문에 값이 좀 나가는 와인 한 병이라도 사려고 할 때면, 사전에 판사에게 일일이 사유서를 제출해야 했어요.

**필립 한, 셀러브리티(무직)**

(한숨) …그런 내용이라면 촬영에 동의할 수 없겠군요. 그 염병할 카메라 좀 치워주시겠어요? 아, 잠깐만요. 딱 한 마디만 신게 해줄게요. 그 더러운 레즈비언 년에게 가서 지옥에나 떨어지라고 전해주십쇼. (침 뱉는 소리) (무언가가 부서지는 소리)

**자막**

필립 한은 카메라를 빼앗고는 모든 부품이 망가질 때까지 거칠게 밟아버렸다. 그에게 수리 비용을 요구했지만, 그는 요구에 응하지 않았다.

**안나 한, 프로그래머&모험가**

그분과 만난 것은 어느 때보다 암울한 나날을 보내고 있을 때였어요. 그날 저는 마약에 취했다는 이유로 막내딸의 생일 파티에서 쫓겨났죠. 약에 취한 건 사실이지만, 제가 사람들 앞에서 복용한 건 마약이 아니라 의사가 처방해준 항우울제였어요.

그날 저는 전남편의 집에서 쫓겨나 정처 없이 거리를 배회하다가 어느 허름한 동네에 있는 낡고 지저분한 바에 발을 들여놓았죠. 거기, 바의 카운터석 제일 안쪽에, 여신처럼 광채를 뿜고 있는 여자가 앉아 있었죠.

**앨리스 번슈타인, 바텐더**

그 손님의 첫인상요? 마치… 등 뒤에서 어떤 광채가 뿜어져 나오는 듯한 인상이었어요. TV나 영화에서만 보던 매력이 철철 넘치는 배우를 눈앞에서 마주한 느낌이랄까요. 그리고 무엇보다 그 눈부시게 환한 미소는… 사람의 마음을 한순간에 녹이는 그런 미소였어요. 머리가 짧은 다른 손님이 나타나서 그 손님에게 추근거리기 시작했을 땐 마음속에서 질투가 날 정도였죠.

**안나 한, 프로그래머&모험가**

바텐더와 이야기를 나누던 그분은 환하게 웃고 있었어요. 그 여자가 제가 서 있는 출입구를 향해 무심코 고개를 돌렸을 때, 저는 그 눈부신 미소에 반해버리고 말았죠. 그 미소는… 그 얼굴은… 제 첫사랑을 떠올리게 만들었어요.

양성애자인 저는, 남자 보는 눈보다 여자 보는 눈이 훨씬 더 까다로운 편이에요. 어린 시절, 이웃집 소녀에게 흠뻑 빠졌던 일이 저를 그렇게 만들었죠. 여자를 연애의 대상으로 바라볼 때면, 저도 모르게 모든 것이 완벽하게 느껴졌던 그 아이와 비교를 하곤 했으니까요.

제가 살던 작은 마을은 굉장히 보수적인 곳이었어요. 점점 성서의 가르침과 멀어지고 있는 세상으로부터 떨어져 나와, 신앙을 지키려 했던 사람들이 모여서 세운 마을이었으니까요. 성서적 교리를 철저하게 지키려고 노력하는 그런 마을에서, 저는 동성애에 눈을 뜨고 말았죠. 저는 죄책감을 느끼면서도 이웃집 소녀에게 점점 더 빠져들고 말았어요.

하지만 늘, 교리가 제 마음에 고삐를 조였습니다. 성서는 동성애를 크나큰 죄악으로 간주했으니까요. 교리는… 그 밖에도 많은 것들을 제약했죠. 당시 막 사춘기에 접어들었던 저는, 온종일 안락의자에 앉아 뜨개질이나 하는 노파나 다름없는 지루하고 따분한 일상을 보내야만 했어요.

그러던 어느 날, 우리 마을에서는 금서 중의 하나인《도리언 그레이의 초상》이라는 책을 읽고 나서, 그 아이에게 고백하기로 결심했습니다. 작품에 등장하는 한 공작부인이, 탐미주의의 화신인 헨리 경에게 이렇게 묻죠.

"헨리 경, 어떻게 하면 다시 젊어지는지 좀 가르쳐주겠나?"

그러자 헨리 경이 답합니다.

"공작부인, 혹시 옛날에 저지른 잘못 가운데 큰 잘못, 뭐 기억나시는 것 없으세요?"

"너무 많아서 탈이지."

공작부인의 말에, 헨리 경이 위험하면서도 매력적인 제안을 제시하죠.

"그럼 그 잘못을 다시 저지르세요. 다시 젊어지려면 옛날의 잘못을 반복하는 수밖에 없습니다."

저는 헨리 경의 가르침을 실천하기로 마음먹었어요. 더는 노파처럼 살고 싶지 않았으니까요. 잘못을 저지르는 것으로써 제 나이에 어울리는 그런 인생을 살아보고 싶었으니까요. 앵두빛 입술이 시들기 전에, 젊음이란 짧디짧은 시절이 영영 빛을 잃기 전에 말이죠. 네? 생명 연장 시술을 받으면 손쉽게 회춘하지 않냐구요? 우리 마을에선 그런 시술은 지옥행 특급 열차의 티켓처럼 취급당하곤 했어요. 그러니 당시 저에겐 젊음은 일시적인 것에 불과했죠.

**올리비아 골딩, 교사**

참 눈에 띄는 아이들이었어요. 우리 공동체에서는… (기침) 아시죠? 그런 종류의 관계는 엄격히 금지하고 있으니까요. 아이들에게 올바른 길을 제시해야 하는 우리 교사들은 아이들이 은연중에 서로에게 보내는 작은 신호에 어떤 불경한 것이 섞여 있는지 빠르게 눈치채야 합니다. 저는 그런 쪽으로는 관찰력이 뛰어난 편이에요. 사실… 저도 그런 성향을 타고 났거든요. 하지만 신앙심으로 그런 유혹을 극복했죠. 저는 그 아이들에게 몇 번이나 주의를 주었어요. 하지만… 그 아이들은 결국 빗나가고 말았습니다.

**안나 한, 프로그래머&모험가**

그 아이가 이성애자인지 동성애자인지 어떻게 알았냐구요? 모를 수가 없었어요. 제 얼굴과 몸을 훑는 그 아이의 시선에서, 관능이라 부를 수밖에 없는 어떤 것을 느꼈으니까요.

"영혼을 치유할 수 있는 것은 관능밖에 없다네. 마치 관능을 치유할 수 있는 것은 영혼밖에 없듯이."

헨리 경의 여러 명언 중 하나예요. 저는 굶주린 영혼을 치료하기 위해 그 아이를 유혹했습니다. 그저 눈빛으로만 수줍게 관능의 언저리를 맴돌던 그 아이를, 우리 어머니의 표현을 빌리자면, 타락하게 만들었습니다.

하지만 이웃집 아이와의 첫사랑은 제대로 시작되기도 전에 허무하게 끝나고 말았어요. 나의 진취적인 성적 지향성에 놀란 어머니가 대륙 한쪽에서 반대쪽으로 서둘러 이사를 가는 것으로요. 그 아이와 침대에서 서로의 몸을 더듬고 있다가 어머니에게 들통이 난 바로 다음 날의 일이었죠.

**올리비아 골딩, 교사**

안나가 마을을 떠난 이후로 비극이 일어났습니다. 저도 그 일에 큰 책임을 느껴요. 두 아이의 관계에 대해서 안나의 어머니와 엘리의 아버지에게 경고했던 게 바로 저니까요. 그 일이 그런 식으로 흘러갈 줄은, 엘리가 그렇게 큰 충격을 받게 될 줄은… 꿈에도 몰랐습니다. 후회하냐고요? 네, 그래요. 후회해요. 차라리 그때 그 일을 모른 척했다면, 사춘기 소녀들의 짧은 불장난으로 끝났을지도 모르죠.

**안나 한, 프로그래머&모험가**

나중에 알게 된 사실이지만… 그 아이는 제가 마을을 떠나고 나서 그리 오래되지 않아 자살로 생을 마감했다더군요. 우리 둘에 대한 소문이 돌았다고 했어요. 그런 작은 마을에서는, 그런 종교 공동체에서는, 그런 종류의 소문이야말로 가장 잔혹하고도 끔찍한 일에 속했어요. 어머니는… 제게 그 아이가 교통사고로 죽었다고 말했어요. 저는 오랫동안 그 아이가 죽은 진짜 이유를 모르고 살았죠.

죽음의 이유가 어찌 되었든, 그 아이가 죽었다는 사실은 큰 충격으로 다가왔어요. 아직 어린 나이에 불과했던 저는, 신의 가르침을 어긴 죄로 벌을 받게 되었다고 생각했습니다. 그래서… 그 마을을 떠난 이후로는 스스로에게 동성애를 금지했어요. 아주 오랫동안요. 저는 그 어느 때보다 신의 가르침에 따라 살기 위해 노력했습니다. 시뮬레이션 우주론이 정설이 된 이후, 신앙을 잃고 난 이후부터 조금씩 동성애를 다시 시도하기 시작했죠. 하지만… 상대가 누구든 상관없이, 늘 완벽했던 그 아이와, 그 눈부신 미소를 보여주던 그 아이와 비교를 할 수밖에 없었어요. 그러다 보니 관계는 늘 삐거덕거리기만 했죠.

그런데… 바에서 우연히 마주친 그분은, 그 아이와 똑 닮은 미소를 짓고 있었어요. 이제는 흐릿해진 그 아이의 얼굴을 선명하게 떠올리게 만들기도 했구요. 그래요, 마치 그 아이가 그대로 자라나 어른이 된 모습처럼 보였습니다. 그 아이가 여신으로 자라나 눈앞에 현현한 것처럼 보였습니다.

**앨리스 번슈타인, 바텐더**

안나 한을 아냐구요? 그럼요. 어떻게 모를 수가 있겠어요. 우리 시대 최고의 모험가의 이름을요. 사실, 그 눈부신 미소를 지어 보이던 그 손님에게 추근거리던 손님이 바로 안나 한이었어요. 하지만 그 당시엔 몰라봤죠. 그때는 안나 한이 모험가가 아니었고, 저는 가십 잡지에 종종 등장했다던 억만장자 프로그래머의 생김새에는 별 관심이 없었거든요.

**안나 한, 프로그래머&모험가**

무언가에 홀린 듯 여자 옆에 자리를 잡고 앉았지만, 감히 여신에게 말을 건넬 용기를 내지 못했죠.

"나의 가는 길을 오직 그가 아시나니 그가 나를 시험하신 후에는 내가 정금 같이 나오리라."

여자는 어느새 바텐더와의 잡담을 그만두고, 성서를 읽고 있었습니다. 제가 가장 좋아하던 욥기의 한 구절을 경건한 목소리로 속삭이듯 읽고 있었죠. 당장에라도 훔치고 싶은 탐스러운 입술을 움직여가며. 그 성서의 커버는 제가 불태웠던 성서와 마찬가지로 하얀 양가죽이었어요.

"왜 제 성경책만 하얀색이에요?"

어린 시절 어머니에게 그런 질문을 한 적이 있었죠.

어머니는 이렇게 답하셨어요.

"안나야. 검은색은 때가 묻지 않아서 사람들이 즐겨 사용하지. 하지만 검은색은 눈속임에 불과하단다. 검은색은 사람의 마음을 방심하게 만들 뿐이야. 자, 엄마의 성서를 잘 보거라. 얼룩 하나 없이 깨끗하지? 네 할머니에게 물려받은 이 성서가 때 묻지 않게 평생토록 조심하고 또 조심했단다. 네 성서도 네 마음도 항상 이렇게 정갈하고 깨끗하게 관리해야 해, 알겠지?"

돌이켜보면 우리 어머니는 광적인 신자였어요. 치료 가능한 초기 암을 의도적으로 방치했으니까. 그걸 신이 내린 시련이라고, 신앙의 힘으로 극복해야 할 시험이라고 굳게 믿었으니까. 생명 연장 시술이 등장한 이래, 필요한 비용을 내고 관리를 제때 받으면 누구나 세 자릿수의 수명을 누리는 일이 가능해졌지만, 어머니는 이미 오래전부터 고작 감기와 다를 바 없는 암 따위에 목숨을 내다 버린 거죠.

저는 그런 어머니가 싫지 않았습니다. 아니, 부러웠습니다. 제가 겪은 많은 이들은 신념을 휴지 조각처럼 쉽게 내던

지곤 했어요. 하지만 어머니는 그러지 않았죠. 당신의 신념은 어떤 역경이 찾아와도 굳건하기만 했습니다. 아니, 역경은 오직 어머니의 신념의 양분이 될 뿐이었죠. 어머니라면 시뮬레이션 우주론 따위에 신앙이 흔들리지 않았을 겁니다.

**앨리스 번슈타인, 바텐더**

제가 추근거렸다는 표현을 썼는데, 정확히 말하면 안나 한이 그 정도로 노골적으로 들이댄 건 아니었어요. 눈빛은 꽤 노골적이었지만요. (웃음) 사실 처음 말을 건 쪽은 먼저 와 있던 손님이었죠.

**안나 한, 프로그래머&모험가**

"제 성서 표지가 좀 눈에 띄긴 하죠?"

여자가 미소를 지으며 그리 말했어요.

"미안해요. 그걸 보니 옛날 생각이 떠올라서요. 저도 예전에 하얀 양가죽으로 된 성서를 가지고 있었거든요."

저도 모르게 뻔히 그 여자의 하얀 성서를 바라보고 있던 제가 사과의 말을 건넸죠.

"정말요? 굉장한 우연이네요. 하얀 성서를 가진 사람은 아직 만난 적이 없거든요. …저는 쥬세 가너럼(Jusse Ganaram)이라고 해요."

여자가 손을 내밀며 이름을 밝혔어요.

"저는 나나 안(Nana Ahnn)이에요."

저는 몇 년 전부터 쓰던 가명으로 자신을 소개했습니다. 평범한 인간관계를 맺으려면, 빌어먹을 부(富)의 중력장을 감추려면, 억만장자라는 사실은 숨기는 편이 나으니까요. 나나 안이라는 이름은 본명인 안나 한(Anna Hann)의 철자를 재배열한 애너그램이에요. 여전히 지키려고 노력하는 십계명의 아홉 번째 룰을 위한 일종의 타협점이라고나 할까요. 철자만으로 따지자면, 애너그램으로 만든 가명은 그 배열만 다를 뿐 완전한 거짓은 아니니까요.

**앨리스 번슈타인, 바텐더**

그때 안나 한은 몰골이 참, 말이 아니었어요. 꼭 마약중독자처럼 보였죠. 행색도 남루하기 짝이 없었고요. F워드가 들어가는 그 문구가 박힌 티셔츠를 입고 있었는데, 하도 오랫동안 입어서 구멍이 나기 직전처럼 보였죠.

**안나 한, 프로그래머&모험가**

"안색이 참 안 좋으시군요. 괜찮으세요?"

쥬시가 걱정스러운 표정으로 물었습니다. 아, 쥬시는 쥬세의 애칭이었어요. 아무튼, 낯선 타인에 불과한 쥬시는 주름투성이의 싸구려 옷을 걸친 저에게, 약에 취해 눈이 풀린 저에게, 진심 어린 호의를 내보였죠. 하지만 당시 저는 그 호의를 의심했어요. 제가 복용하던 항우울제의 부작용 중 하나는, 실제보다 세상을 멋지고 아름답게 보이게 한다는 점이었으니까요.

So Fucking What.

약물이라는 필터가 제 마음을 왜곡시키고 있다는 회의감과 함께 고개를 떨구니, 티셔츠가 그렇게 말하고 있었습니다.

…그래, 그 호의가 실제든 아니든 그게 뭐 대수인가, 하는 생각과 함께 고개를 쳐들었죠. 쥬시가 여신처럼 아름다운 게, 나의 잃어버린 주님처럼 경건하고 신성하게 느껴지는 게, 약에 취했기 때문이라도 해도 상관없지 않은가 하는 마음이 들었습니다. 그 순간, 저에겐 그 호의가 실제처럼 느껴졌고, 쥬시가 여신처럼 보인 것은 사실이니까요.

그래서 저는 쥬시의 호의에 기대 신변잡기를 털어놓았습니다. 막내딸의 생일 파티에서 쫓겨난 일을 시작으로, 세상으로부터 사람들로부터 격리된 저의 인생이 얼마나 비참한지에 대해서, 주님과 함께했던 완전무결 삶을 되찾기 위한 노력이, 스스로 주님이 되기로 했던 노력이 얼마나 부질없는 일이었는지에 대해서 낱낱이 털어놓았죠. 쥬시는 시종일관 진지하게 제 말에 귀를 기울였어요. 제가 열두 잔째 위스키를 주문했을 때 꾸지람을 준 걸 빼고는, 쥬시는 제 이야기가 세상에서 가장 중요한 일이라도 된 듯이 제 말을 경청해주었죠.

쥬시는 저보다 족히 열 살은 더 어려 보였어요. 그렇다고 쥬시의 외모가 실제 연령차를 알려주는 것은 아닙니다. 저는 대부분의 이들과 마찬가지로 생명 연장 시술을 받았지만, 어려 보이는 얼굴을 선호하지 않아 고의로 삼십대 초반처럼 보이는 얼굴로 커스터마이즈했으니까요. 애초에 거의 모두가 생명 연장 시술을 받게 된 뒤로는 외모가 나이를 알려주는 지표가 되지 못했죠.

**앨리스 번슈타인, 바텐더**

바텐더 일을 하다 보면 어쩔 수 없이 손님들의 대화를 들을 수밖에 없어요. 물론 매분 매초 손님들의 대화에 귀를 기울이는 건 아니지만, 그렇게 가까운 거리에서 나누는 이야기를 듣지 않는 게 오히려 어려운 일이죠. 그날, 안나 한은 거의 일방적으로 온갖 이야길 쏟아냈어요. 주로 자신이 얼마나 처량한지에 대한 이야기였죠. 한마디로 흔해 빠진 술주정이었어요. 그런데… 그 손님은 시종일관 귀를 기울이며 맞장구를 쳐주더군요. 그런 태도를 보고 있자니 신세타령이라면 신물이 난 저도 덩달아서 안나 한의 이야기에 집중하게 되더군요. 정신을 차리고 보니 어느새 가게를 닫을 시간이 다 되어 있었죠. 두 손님은… 팔짱을 끼고 바를 나섰어요. 안나 한이 그렇게 부러울 수가 없더군요. 그런 매력적인 손님을 낚아채는 데 성공했으니까요.

## 안나 한, 프로그래머&모험가

다음 날, 저는 지독한 숙취와 함께 낯선 방에서 깨어났어요. 방문을 열고 나가자, 세상에서 가장 근사한 미소를 짓는 여신이 소파에서 막 몸을 일으키고 있는 모습이 보였죠. 그래요, 약 기운 때문이 아니었어요. 쥬시는 원래부터 여신이었던 겁니다.

첫사랑을 영영 잃어버린 트라우마 탓에 여자 보는 눈이 지극히 까다로운 저였지만, 바에서 만난 쥬시는 마치 그 아이처럼 모든 것이 완벽하게만 느껴졌습니다. 아니, 그 이상으로 다가왔어요. 쥬시의 외모는, 성격과 인품은, 제 마음속 이상형의 이데아를 족히 능가하고도 남았어요.

쥬시와 함께 보낸 3년 6개월은 저에게 있어 기적과도 같았습니다. 항우울제의 부작용 때문에 쥬시와의 섹스는 신통치 않았지만, 그런 건 아무래도 상관없었어요. 쥬시는 바에서 그랬던 것처럼, 제가 세상에서 제일 중요한 사람인 것처럼 저를 대해주었고, 저 또한 쥬시를 그렇게 대했습니다. 저는 쥬시에게 제가 가진 부(富)를 철저히 감추었어요. 프리랜서 프로그래머로 싸구려 모텔을 떠돌며 근근이 살아가는 괴짜 행세를 하면서요. 쥬시와 만나기 전부터 실제로 그런 생활을 하고 있기도 했죠.

쥬시는 조부모가 남긴 신탁 계좌가 있어서 평생 일을 할 필요가 없었어요. 신탁 계좌에서 매달 직장인의 평균 월급 정도를 인출할 수 있다고 하더군요. 하지만 쥬시는 마술사로 일하며 적지 않은 돈을 벌어들였죠. 쥬시는 마술 실력이 굉장히 뛰어났어요. 대체 어떤 트릭이 숨어 있는지 알아차리기 힘들 정도로 솜씨가 좋았죠. 사실, 한 번도 트릭을 간파하지 못했어요. (웃음) 그 이유는 차차 말씀드리죠.

쥬시와 함께했던 시간은… 더할 나위 없이 행복했어요. 하지만 그렇다고 해서 제 삶이 다시 온전해지지는 못했어요. 누가복음에 이런 구절이 있습니다.

예수께서 그들에게 말씀하셨다. "카이사르의 것은 카이사르에게, 하느님의 것은 하느님에게 바쳐라."

세속적인 것과 영적인 것이 분리될 수 있다는 주님의 가르침이죠. 쥬시와의 일상은 세속적인 행복과 욕망을 채워주었지만, 저는 여전히 영적인 행복에, 욕망에 목말라 있었습니다. 언젠가부터는 쥬시를 혼자 내버려두고, 다시 이런저런 종교 단체에 기웃거리기 시작했죠.

**조엘 로빈슨, 0과 1의 교회 장로**

네, 기억합니다. 우리 교회에 몇 번인가 찾아왔었죠. 안나는 진심으로 신앙을 되찾고 싶어 했습니다. 당시 많은 교회가 그러했듯, 저희도 시뮬레이션 우주론 때문에 신앙을 잃은 사람들을 위한 자조모임을 운영하고 있었어요. 안나는 누구보다 성실하게 모임에서 활동했지만 결국 내보낼 수밖에 없었죠. 우리는 조물주 게임을 철저히 금지하고 있는데, 안나가 자기 입으로 직접 그런 게임을 만드는 일에 종사하고 있다고 밝혔으니까요. 네? 다시 말씀해주시겠어요? 아, 우리 교회가 조물주 게임을 금지하는 이유 말씀이십니까? 우리는 기존 종교와는 달리 이곳이 시뮬레이션 세계임을 인정해요. 그러니 우리 교회가 조물주 게임을 금지하는 건 모순적인 일로 보일 겁니다. 그럼에도 불구하고 우리는 조물주 게임을 금지해야 했어요. 우리 세계에서 만든 조물주 게임 대다수는… 대단히 비윤리적입니다. 온갖 학살과 재앙이 일어나는 그곳은, 인간이 만든 지옥이나 다름없습니다.

**안나 한, 프로그래머&모험가**

그러던 어느 날이었어요. 쥬시와 함께 보낸 기적 같은 3년 6개월이 지난 후, 나의 여신은, 쥬시는, 흔적도 없이 사라졌습니다. 쪽지 하나만을 남긴 채로.

"정말 내가 누군지 모르겠어?"

쥬시는 전에도 쪽지에 남겼던 그 말을 몇 번인가 언급한 적이 있었습니다. 아침햇살에 눈을 떠 나를 쳐다보고 있는 쥬시를 바라보았을 때, 저에게 가장 먼저 물고기 입에서 은화를 꺼내거나 빵을 여러 개로 늘리는 마술 등을 시연해 보였을 때, 대야에 물을 받아 제 발을 씻겨줄 때, 불쑥 자기가 누군지 모르겠냐는 질문을 던지곤 했던 겁니다.

쥬시가 그런 질문을 던질 때마다, 저는 기억을 훑으며 동창의 얼굴을, 함께 일했던 직장 동료의 얼굴을 떠올리며 생각에 잠겼지만, 어떤 접점도 찾아내지 못했어요. 쥬시는 언젠가 그 질문의 해답을 알려준다고 약속했지만, 끝내 저와의 약속을 어기고 말았죠.

잃어버리고 나서야 소중함을 깨달을 때가 있잖아요. 그때 제가 그랬습니다. 쥬시가 증발하자 그 사람이 제게 있어 얼마나 커다란 존재였는지를 새삼 깨달았죠…. 저는 쥬시를 찾기 위해 제가 가진 재력을 아낌없이 쏟아부었어요. 남편과의 법정 싸움을 빼곤, 어떤 일에 그렇게 막대한 돈을 쏟아부은 건 처음 있는 일이었죠.

**필립 콜킨스, 사립 탐정**

처음 나나 안이라는 사람에게서 연락을 받았을 때는, 의뢰를 거절할 생각이었습니다. 허름한 옷차림을 보니 제가 책정한 의뢰비를 그대로 받긴 힘들 것 같았거든요. 그런데 대뜸 거액의 수표를 내밀더군요. 비서를 통해 몇 번이나 확인해봤지만, 수표는 진짜였습니다. 그래서 쥬세 가너럼이라는 정체불명의 인물에 대해서 조사하기 시작했죠.

쥬세 가너럼 씨는… 마치 땅에서 솟아난 사람 같았습니다. 아니면 하늘에서 떨어졌거나요. 나나 안 씨, 그러니까 안나한 씨가 보내준 지문과 DNA로 국내외의 모든 데이터베이스를 뒤졌지만, 일치하는 사람은 없었습니다.

저희 사무소에서 접근 가능한 데이터베이스에 지구에 사는 모든 사람들이 등록되는 건 아니에요. 하지만 데이터베이스가 잡아내지 못하는 건 문명과 고립된 오지에 사는 사람들뿐입니다. 그런데 안나 한 씨에게 들은 설명에 의하면, 쥬세 가너럼 씨는 그런 부류는 아닌 것처럼 보였죠. 저는 받은 만큼 확실히 일을 처리하는 걸 신조로 삼고 있습니다. 그래서 이 유령 같은 사람을 찾기 위해서 다른 일은 모두 보류했죠. 그리고 모든 시간을 그 일에 쏟아부었습니다. 그렇게 몇 달을 매달린 끝에 겨우겨우 유령의 흔적을 찾아낼 수 있었죠.

**안나 한, 프로그래머&모험가**

"바로 이곳이 쥬세 가너럼 씨가 마지막으로 목격된 곳입니다."

제가 묵고 있던 싸구려 모텔방을 찾아온 탐정이 말했어요. 캘리포니아주에서 가장 비싼 탐정인 그의 일당은 억 하는 소리가 나올 정도였지만, 비싼 만큼 값어치를 했습니다. 그가 내민 사진 속 풍경은 어딘가 익숙해 보였죠.

"그 먹튀 물리학자… 셰클리 박사의 연구소가 아닌가요?"

제 질문에 탐정이 이렇게 답하더군요.

"네, 그래요. 그 먹튀의 '차원 이동 연구소'가 맞습니다."

**필립 콜킨스, 사립 탐정**

차원 이동 연구소로 이어지는 흔적을 찾아내긴 했지만, 연구소 내부 정보에 접근하는 데는 실패했습니다. 믿을 만한 소식통에 의하면 어느 정부 기관에서 정보를 철저히 차단하고 있다더군요. 그가 말하길 조만간 연구소가 경매가 붙여질 거라고 했고요. 투자자들에게 투자금을 돌려줄 여력이 없어서 결국 경매로 팔려나가게 됐다고 들었습니다.

그즈음에서 포기하는 게 어떻겠냐고 조언했지만, 안나 한 씨는 포기할 생각이 없었습니다. 막대한 돈을 쏟아부어 그 연구소를 통째로 손에 넣더군요. 나나 안이라는 이름이 바로 안나 한 씨의 가명이라는 걸 그 무렵에 알게 됐습니다. 유능한 탐정이 어째서 그걸 눈치 못 챘냐고요? 저는 몰래 의뢰인의 뒷조사나 하는 그런 인간이 아닙니다. 의뢰인에 대한 정보가 제가 받은 의뢰를 실행하기 위해 꼭 필요한 경우에는, 양해를 구한 후 조사하거나 직접 의뢰인에게 전해 듣습니다. 안나 한 씨는 자신의 이력을 뒤지는 걸 원치 않았고요. 지금 발언은 꼭 편집 없이 다큐멘터리에 넣어주시면 좋겠군요. 제 신용이 걸린 문제니까.

아무튼, 정부 관계자들은 헐값에 수장이 사라진 연구소를 경매를 통해 사들일 예정이었지만, 안나 한 씨가 끼어드는 바람에 경매가는 천정부지로 치솟았고 그들은 결국 연구소를 포기해야만 했죠. 연구소를 손에 넣었다고 해서 모든 정보가

순순히 주어진 것은 아니었습니다. 안나 한 씨가 연구소에 겨우 발을 들여놓았을 때는, 정부 관계자들이 핵심 연구인력과 정보를 이미 빼돌린 뒤였죠. 결국, 안나 한 씨는 관련 기관에 막대한 자금을 후원하겠다는 협약서에 사인하고 나서야 원하는 정보를 손에 쥘 수 있었습니다.

**수현 킴 토마스, 추기경&이론물리학자**

저는 원래 셰클리 박사의 연구를 부정하던 대표자 격인 사람이었어요. 하지만 그의 열린 사고방식에 감화되어 그와 함께 차원 이동 연구소의 연구를 지휘했죠. 셰클리 박사님이 '먹튀'라는 건 오명이었습니다. 우리 연구소를 인수한 안나 한 씨에게도 그렇게 말해주었죠. 안나 한 씨는 연구소 사람들에게 참 고마운 존재예요. 정부에게 넘어갈 뻔했던 우리 연구소를 인수하고, 또 저를 그 음침한 정부 기관에서 빼내주었으니까요.

셰클리 박사님은, 그러니까 우리 연구소의 소장님은, 절대로 먹튀가 아닙니다. 박사님은… 투자자들에게 한 약속을 지켰어요. 박사님은 안나 한 씨가 찾는 그 여자분과 함께 상위 차원으로 올라가는 데 성공했습니다.

**안나 한, 프로그래머&모험가**

제가 찾던 그 사람이 먹튀라고 불리던 이론물리학자와 상위 차원으로 올라갔다고 하더군요. 그러니까 수현 킴 신부님이 그러셨어요. 아, 추기경님이라고 불러야 할까요. 저는 신부님 생전에 추기경님이라고 불러본 적이 없어서 신부님이라는 호칭이 익숙하네요. 그때는 추기경으로 임명되기 전이었거든요. 어쨌든 신부님은 셰클리 박사가 쓰던 연구소 안쪽의 서재에서 그렇게 말씀하시고는 로만 칼라 아래서 십자가 목걸이를 꺼내 경건한 표정으로 입을 맞추셨죠. 저는 신부님의 말에 말문이 막히고 말았습니다. 쥬시를 쫓아서라면 세상 끝까지라도 갈 생각이었지만, 상위 차원이라면… 이야기가 조금 달라지니까요. 그게 안전한지 확인할 길이 없고 애초에 그게 가능할 법한 이야기로 들리지도 않았거든요.

**수현 킴 토마스, 추기경&이론물리학자**

GSSC, 신의 소스코드에 상위 차원으로 올라가는 힌트가 숨겨져 있었습니다. 셰클리 박사님이 공언했던 것처럼요. 중력은 차원을 이동할 수 있다고 알려져 있죠. 그래요, 비밀은 바로 중력에 있었습니다. 중력미자를 이용하면 상위 차원으로 정보를 보낼 수 있었던 거죠. 일찍이 셰클리 박사님은 신의 소스코드에 차원 이동에 관한 정보가 숨겨져 있다는 사실을 발견했습니다. 박사님은 결코 사기꾼이 아니었어요. 하지만… 우리는 겨우 힌트 몇 줄만 해독했을 뿐이었죠. 우리는 그 몇 줄에 의존해서 숱한 실험을 거듭했지만, 번번이 실패하고 말았습니다. 셰클리 박사님은 막다른 골목에 부딪히자 바로 이 서재에 틀어박혀, 수년 동안 소스코드를 들여다보며 지냈죠. 박사님은 단 한 번도 도망친 적이 없습니다. 우리 연구소가 실패하길 바라는 정부 기관에서 악의적인 정보로 사람들을 선동했을 뿐이죠. 그들은 우리의 자금줄을 끊기 위해서 후원자들에게 압박을 가하기도 했어요. 이유요? 그거야 뻔하죠. 차원 이동이 현실이 되면, 그들이 세계를 지배하는 일에 어떤 식으로든 방해가 되지 않겠습니까. 그들 입장에서는 근본에서부터 질서가 무너질 수 있는 일이었던 거죠.

**안나 한, 프로그래머&모험가**

신부님은 작은 한숨을 내쉬고는 저를 향해 몸을 기울이며 조심스러운 태도로 입을 열었어요. 마치 어떤 비밀을 공유하듯이.

"…정부의 방해 공작에 지친 셰클리 박사님이 모든 걸 포기하기 직전에 '그분'이 나타났습니다."

신부님은 성호를 긋고 나서 다시 말을 이어 나갔죠.

**수현 킴 토마스, 추기경&이론물리학자**

그분은 이미 완성된 차원 이동 장치를 갖고 계셨습니다. 그분의 장치는 완벽했어요. 사소한 고장이 나 있었지만, 우리 연구소의 도움으로 어렵지 않게 수리할 수 있었죠. 아마 시간만 충분했다면 그분 혼자서도 어렵지 않게 고칠 수 있었을 겁니다. 그 장치의 크기는, 휴대폰의 4분의 1 정도의 사이즈에 불과했지만, 구동하기 위해서는 막대한 전력이 필요했습니다. 아마도 전력 때문에 이곳을 찾아오셨던 거라고 생각해요. 어쨌든 우리는 전력을 제공해드렸고, 그 대가로 셰클리 박사님은 평생의 숙원이 된 차원 이동에 성공했죠. 그분과 함께 상위 차원으로 승천하신 겁니다. 저는 그분이 상위 차원에서 내려오셨을 거라고 확신해요. 저희에게 있어서는 마법에 가까운 기술을 보유하고 계셨으니까요. 그래요, 그분은 바로 저희의 조물주였어요. 저는 진심으로 그렇게 믿고 있습니다. 이게 바로 제가 안나 한 씨에게 보여줬던 그분의 사진입니다.

**안나 한, 프로그래머&모험가**

신부님이 내민 것은 나의 여신, 바로 쥬시의 사진이었습니다. 저는 당혹스러웠어요. 쥬시는 그저 마술사에 불과했으니까요. 상위 차원에서 내려온 조물주가 아니라.

**수현 킴 토마스, 추기경&이론물리학자**

저는 소파 테이블 밑에서 나무로 된 알파벳 블록이 담긴 상자를 꺼내, 테이블 위에 올려놓았어요. 이게 그때 사용했던 그 물건입니다. 저는 블록을 배열해 어떤 이름을 만들었죠. 바로 이 이름을요. 쥬세 가너럼(Jusse Ganaram). 이게 그분이 밝히신 이름이었죠. 자, 잘 보세요. 이렇게 철자를 재배열하면….

**안나 한, 프로그래머&모험가**

신부님은 가너럼(Ganaram)에는 손을 대지 않고, 쥬세(Jusse)라는 낱말을 재배열했습니다. 그러자 곧, '지저스(Jesus)' 즉, 제가 잃어버린 주님의 이름이 나타났어요.

**수현 킴 토마스, 추기경&이론물리학자**

이번엔 가너럼(Ganaram)을 재배열해보죠.

**안나 한, 프로그래머&모험가**

신부님이 블록의 위치를 바꾸자, 가너럼(Ganaram)은 애너그램(Anagram)이라는 단어로 변했습니다.

**수현 킴 토마스, 추기경&이론물리학자**

쥬세 가너럼(Jusse Ganaram)은 지저스 애너그램(Jesus Anagram)의 애너그램이었습니다. 그렇게 저는 그분이 셰클리 박사님과 함께 승천하신 후에야 깨달았어요. 그분의 이름 속에는 노골적인 힌트가 숨겨져 있다는 사실을요.

**안나 한, 프로그래머&모험가**

신부님이 거기까지 말했을 때, 머릿속에서 퍼즐이 맞춰졌어요. 제가 쥬시와 함께했던 3년 6개월이라는 시간은, 바로 주님이 공생애로 사역했던 기간이었습니다. 쥬시가 주로 선보이던 물을 와인으로 바꾸거나 빵을 불리거나 하는 마술은….

**수현 킴 토마스, 추기경&이론물리학자**

저희는 그분의 마술을 구경한 적이 있습니다. 그건… 마술이 아니었습니다. 그분은 차원 이동 장치뿐만이 아니라, 시공간을 조작할 수 있는 어떤 장치를 가지고 계셨죠. 그래요, 그분이 선보인 건….

**안나 한, 프로그래머&모험가**

바로… 주님이 일으켰던, 기적의 재현이었습니다.

**수현 킴 토마스, 추기경&이론물리학자**

그래요, 그건 기적이었어요. 저희는 진짜 조물주를 만났던 겁니다.

**안나 한, 프로그래머&모험가**

감격에 북받친 신부님의 눈가가 촉촉이 젖어들었어요. 신부님은 다시 한 번 십자가 목걸이에 입맞춤하고는 성호를 그으셨죠. 그러고는 셔츠 주머니에서 무언가를 꺼내며 입을 여셨어요.

"그분께서 이걸 직접 당신께 전해달라고 신신당부하셨습니다."

말을 마친 신부님의 손에는 작고 매끈한 검정 조약돌처럼 보이는 물체가 놓여 있었죠.

**수현 킴 토마스, 추기경&이론물리학자**

제가 건넸던 건 바로 차원 이동 장치였습니다.

**안나 한, 프로그래머&모험가**

신부님이 건넨 작지만 묵직한 그 물건을 손에 쥐자, 쥬시가 종종 입 밖에 꺼내던 그 말이 떠올랐어요.

"정말 내가 누군지 모르겠어?"

쥬시는… 제가 잃어버린 주님이었을까요? 이사야서에서 예언되었던 외모와는 천지 차이였지만, 신약성서가 증언한 성별과도 달랐지만, 제가 주님을 알아봤어야만 했을까요?

"나의 가는 길을 오직 그가 아시나니 그가 나를 시험하신 후에는 내가 정금 같이 나오리라."

바에서 처음 마주쳤을 때, 쥬시는 욥기를 읽고 있었어요. 욥기는… 신께서 인간을 시험하시는 무섭고도 매력적인 내용을 담고 있죠. 어쩌면 주님이 여자의 모습으로 내려오셔서 제가 주님을 알아보는지 시험하고 계셨던 걸까요? 만약에… 제가 만난 것이 진정한 주님이었다면 어쩌면 성서가 정말로 진리를 담고 있을지도 모른다는 생각이 들더군요. 수천 년 전에 주님이 남자의 모습으로 내려와, 자신이 만든 세상 속에서 사랑이라는 가르침을 전해주었을지도 모른다는 그런 생각이요. 제가 믿었던 그 모든 것이 사실이었을지도 모른다는 생각에 가슴이 뛰었습니다. 비록 성서에는 이곳이 0과 1이라는 말은 기록되어 있지 않았지만, 그 모든 은유와 비유 속에는 진실이 살아 숨 쉬고 있을지도 모른다는 생각이 고개를 쳐들었습니다.

하지만… 상위 차원에서 내려온 누군가가 그저 저를 가지고 논 것에 불과할지도 모르겠다는 의심 또한 고개를 쳐들었습니다. 저는 신앙을 잃어버린 이후로 수현 킴 신부처럼 의심과 질문이 많은 그런 사람이 되었거든요. 아니, 신부님보다 오히려 더 의심이 많아졌어요. 신부님은 쥬시가 선보인 '차원 이동 장치'에 압도당해 쥬시를 그분이라고 여겼지만, 저는 여전히 그 모든 일이 의심스러웠으니까요.

### 수현 킴 토마스, 추기경&이론물리학자

저는 마침내 그토록 찾아 헤매던 '증거'와 조우한 겁니다. 조물주의 존재를 증명하는 증거 말이죠. 조물주가 보여주신 승천의 도구와 그 모든 기적이 바로 그 증거입니다. 어떤 이들은… 제가 몹쓸 병에 걸렸기 때문에 판단력이 흐려졌다고 하더군요. 살날이 얼마 남지 않아서 의심과 질문을 그만두고 타협을 했다면서요. 어쩌면 그 말이 맞을지도 모르겠습니다. 하지만 저는 두 눈으로 직접 승천을 똑똑히, 아주 똑똑히 목격했어요.

### 안나 한, 프로그래머&모험가

설령 쥬시가 정말로 그분이라고 해도, 하필 왜 제 앞에 현현했을까요. 왜 저와 함께 세속적인 사랑을 나누었을까요. 세상의 많고 많은 사람들 중에서 왜 저를 선택했던 것일까요.

많은 것들이 의문투성이였습니다.

저는 진실을 알고 싶었습니다. 쥬시의 진짜 정체를 알고 싶었어요. 쥬시가 그분인지 그저 사기꾼에 불과한지 알아야만 했습니다. 그러려면 쥬시와 재회해야 했죠. 이 조약돌같이 생긴 차원 이동 장치를 이용해, 상위 차원으로 나아가야만 했습니다.

**수현 킴 토마스, 추기경&이론물리학자**

그분은 우리 세계의 언어로는 말할 수 없는 초월적인 존재입니다. 그러한 존재에 닿으려면, 언젠가 비트겐슈타인이 말했듯이 세계 밖으로 나아가야만 하죠.

**자막**

수현 킴 추기경은 본 다큐멘터리 제작 도중, 급성 심근염으로 사망했다. 부검의에 의하면 직접적인 사인은 심근염이지만, 이는 희귀질환으로 인한 합병증의 결과라고 한다.

**대니얼 핸슨, 철학 교수&뇌과학자**

수현 킴 추기경이 비트겐슈타인을 언급했다고? 그런데도 우리의 상위 차원에 하느님이 살고 있었을 거라고 믿고 있었다고? 그것참 안타까운 일이로군. 왜냐하면….

**타미르 크루페, 농부**

뒷마당에서 커다란 굉음이 들려왔어요. 그 바람에 개들이 미친 듯이 짖어대기 시작했죠. 산탄총으로 단단히 무장을 하고 조심스레 뒷마당에 나가보니, 웬 젊은 아가씨가 쓰러져 있더군요. 크게 다친 것 같지는 않았지만 그렇다고 상태가 좋아 보이지도 않았어요. 마누라를 불러서 같이 집 안으로 옮겼죠. 왜 구급차를 부르지 않았냐구요? 이런 시골에서는 구급차를 불러봤자 아무런 소용이 없어요. 가까운 병원까지는 족히 4시간도 넘게 걸리니까.

**안나 한, 프로그래머&모험가**

'차원 이동'은 유쾌하지 못한 경험이었습니다. 몸을 이루는 원자가 모조리 분해되었다가 상위 차원에서 재조립되는 차원 이동은, 이론적으로는 분해 전의 몸을 원상태 그대로 복구한다고 하죠. 원상태는 개뿔… 저는 며칠 동안이나 지독한 멀미에 시달렸어요. 깨어 있는 내내 헛구역질을 해댔구요. 몸 상태만이 문제가 아니었어요. 저는 상위 차원에서 통용되는 화폐 따윈 가지고 있지 않았으니까요, 만약을 위해 함께 챙겨온 금반지가 아니었다면 홈리스 신세가 되고 말았을 겁니다.

마음 같아서도 금괴도 챙겨오고 싶었지만 필요한 전력량이 급격히 늘어나는 바람에 그러진 못했죠.

**타미르 크루페, 농부**

저도 먹고살아야 할 거 아닙니까. 마침 그 아가씨가 금반지를 끼고 있더군요. 그래서 적선하는 셈 치고 시가보다 좀 더 후하게 줄 테니 그걸 달라고 했죠. 저는 정말로 시가보다 후하게 쳐줬어요. 30년 전 시가였지만…. 뭐, 최근 시가로 쳐준다는 약속은 안 했으니까 꼭 거짓말이라고 할 수는 없죠. 안 그래요, 젊은 양반?

**안나 한, 프로그래머&모험가**

다행히도 언어는 문제가 되지 않았어요. 그곳 사람들도 우리 세계의 말을 쓰고 있었으니까요. 이는 어느 정도 예상했던 일이었습니다. 옴 월드를 비롯한 많은 게임의 공용어 또한 우리 세계의 말이었죠. 하위 차원의 사람들을 통역기 없이 관찰하려면, 언어를 통일하는 게 편하거든요. 일부러 낯선 언어를 탄생케 하는 게임도 있지만, 그런 게임은 인기가 적은 편이에요.

**타미르 크루페, 농부**

발음이 좀 어눌해서 불법체류자쯤으로 생각했죠. 우리 마을이 국경 바로 옆에 위치하고 있었으니까요. 설마 아래 차원에서 온 모험가인 줄은 꿈에도 몰랐어요.

**안나 한, 프로그래머&모험가**

제가 전송된 장소는 어느 한적한 시골 마을이었어요. 멀미에서 회복되자마자 도시로 이동했고, 금반지를 처분해 받은 돈이 떨어지기 전에 프로그래머로 일을 시작할 수 있었죠. 당장에라도 쥬시를 찾고 싶은 마음이 굴뚝같았지만, 길거리로 내몰리지 않으려면 우선 일을 하며 돈을 모아야 했어요.

**산사르 티케, 조물주 게임개발사 대표**

이곳이 국경 근처에 있는 도시다 보니 몰래 국경을 넘어온 뜨내기들이 차고도 넘치죠. 안나 한도 그런 부류 중 하나라고 생각했습니다.

**안나 한, 프로그래머&모험가**

수현 킴 신부님은 상위 차원을 마치 천국처럼 여기고 계셨죠. 어쨌든 우리 세계를 만든 조물주가 사는 곳이니까요. 저는 그런 환상은 일체 가지고 있지 않았습니다. 저 같은 너드들이 즐비할 거라고 여기고 있었거든요. 실제로도 그랬고 말이죠. 적어도 제가 몸담은 업계에서는 그게 사실이었죠. (웃음)

제가 몸담은 곳은 GSSC, 그러니까 신의 소스코드를 이용해 조물주 게임을 제작하는 개발사였어요. 담당하게 된 본 게임 파트는 GSSC만이 쓰이기 때문에, 상위 차원에서만 통용되는 낯선 프로그래밍 언어를 배울 필요는 없었죠. 제가 주로 쓰던 버전과는 조금 달라서 약간의 공부가 필요하긴 했지만, 그건 큰 문제가 아니었어요. 한마디로 저는 회사가 원하던 준비된 프로그래머였습니다. 10년 차 조물주 게임 개발 경력을 가진. 저에겐 조물주 게임 제작은 식은 죽 먹기나 마찬가지였죠. 물론, 윗선의 요구에 따라서는 저도 애를 먹을 때가 있긴 했지만요.

진짜 문제는… 제가 신분증도 없는 불법체류자 신분이다 보니, 급여가 대단히 낮다는 점이었어요. 최저 임금의 절반 정도밖에 안 되는 수준이었는데, 그 돈으로는 싸구려 모텔의 월세를 지급하기에도 빠듯했죠.

**산사르 티케, 조물주 게임개발사 대표**

마음에 안 들면 언제든지 때려치워도 좋아. 그게, 제 입버릇이었습니다. 월급에 불만을 제기하는 녀석들에겐 그렇게 호통을 쳤어요. 다들 찍소리도 하지 못했죠. 지들이 어쩌겠어요. 신분이 불분명한 처지니 그냥 주는 대로 시키는 대로 할 수밖에 없죠.

**안나 한, 프로그래머&모험가**

무뚝뚝한 고용주는 언제든지 저를 이민국에 고발할 준비가 되어 있는 개자식이었어요. 뭐, 그래도 제 프로그래밍 실력의 진가를 알아본 뒤로는 파격적인 대우로 저를 대해준, 열린 사고방식의 소유자이기도 했죠.

**산사르 티케, 조물주 게임개발사 대표**

안나 한은 꽤 쓸 만한 프로그래머였습니다. 아니, 꽤 훌륭한 프로그래머라고 하는 게 맞겠군요. 하루는 배속하기를 획기적으로 바꿀 수 있다고 장담하더군요. 성공하기만 하면 10년 치 월급을 한 번에 준다고 약속했죠. 뭐, 그 일에는 실패하긴 했지만 어쨌든 실력이 굉장히 뛰어나다는 점은 누구도 부정할 수 없을 겁니다.

**안나 한, 프로그래머&모험가**

어느 날 배속하기 기능을 시험해본 적이 있어요. 그런데 제 코드가 제대로 작동하지 않고 오류만 뱉어내더군요. 참 이상한 일이었어요. 그 코드는 초소형 메모리에 담아서 가져온, 제 원래 세계에서 멀쩡히 작동되던 코드였으니까요. 아주 먼 훗날이 돼서야 알게 된 사실이지만, 차원에 부여되는 몇몇 물리 상수가 아주 미묘하게 달라지기 때문이었어요. 제 코드가 통하지 않았던 이유가 말이죠.

**산사르 티케, 조물주 게임개발사 대표**

새 게임의 릴리즈를 앞둔 어느 날이었습니다. 월급을 안 올려주면 당장 그만두겠다고 협박을 하더군요. 뭐, 어쩌겠어요. 어디 가서 그런 프로그래머를 찾기도 힘드니 달라는 대로 줘야 했죠.

**안나 한, 프로그래머&모험가**

굶어 죽을 염려에서 벗어난 뒤로, 게임 만드는 일과 병행해가며 두 가지 일에 착수했습니다. 첫째는 원래 목적인 쥬시를 찾는 일이고, 둘째는 제가 있던 하위 차원, 즉 제가 NPC로 있던 게임을 찾아내는 일이었어요.

NPC라는 말이 나와서 말인데, 상위 차원의 프로그래머들도 아직 플레이어블 캐릭터(playable character)를 만드는 방법을 알아내지 못하고 있었어요. 이는 다행스러운 일이었죠. 저와 제가 알던 모든 사람들이 누군가에게 직접적으로 조작당하고 있지는 않았다는 뜻이니까요.

아무튼, 저는 두 가지 일에 착수했는데 사실 그 두 가지가 크게 다른 일이라고 생각지 않았습니다. 쥬시를 찾으면 쥬시가 제가 속했던 게임을 알려줄 것이고, 제가 속했던 게임을 찾아내면 개발자인 쥬시에게 다가갈 수 있을 테니까요.

두 번째 일은 불가능에 가까웠습니다. 상위 차원은 해변의 모래알만큼이나 많은 조물주 게임이 판을 치는 세상이었거든요. 만약에 제가 아는 역사가, 제가 속한 세계 속만의 역사였다면, 바꿔 말하면 유일무이한 역사였다면, 그 세계를 찾는 일은 매우 간단한 일이었을 겁니다. 하지만 알고 보니, 제가 알던 세계사는 상위 차원에서 일어난 역사를 거의 그대로 모방한 역사였어요. 제가 속했던 세계가 역사적 배경의 재현과 시대 고증이 충실한 게임이었다는 뜻이죠. 그런데 세상엔 그런 게임들 천지였죠.

**산사르 티케, 조물주 게임개발사 대표**

안나 한은 근무 시간 중에도 종종 어떤 역사 게임을 찾는 일에 몰두했어요. 다른 직원이 그런 짓을 했다간 당장 고함을 질렀겠지만, 안나 한은 한 번도 마감을 어긴 적이 없으니 그냥 내버려뒀죠. 한번은 그 일을 가지고 트집을 잡아봤는데, 곧바로 그만두겠다는 협박을 시전하더군요. 참, 배짱도 두둑

한 여자였어요.

**안나 한, 프로그래머&모험가**

무수한 역사 게임 속에서 원래 세계를 찾는 건 불가능할 것 같더군요. 그래서 쥬시의 행방을 직접 쫓는 일에 더 힘을 실어보았지만, 그 일도 불가능하긴 마찬가지였어요. 저는 가불까지 해가면서 쥬시의 DNA를 이용해 찾아보려고 시도했지만… 상위 차원에서도 쥬시는 유령 같은 존재였어요. 그렇게 두 가지 시도가 모두 실망스러운 결과로 끝이 나고 말았죠.

…실망스러운 일은 그뿐만이 아니었습니다. 제가 속했던 차원, 즉 원래 세계에서는 '차원 이동'이란 불가능했죠. 그건 오직 쥬시의 조약돌로만 가능한 마법 같은 기술이었어요. 그런데 이 세계에서는 '차원 이동'이 대단히 흔한 일이었습니다. 그 상위 차원도 더 높은 상위 차원에서 만든 시뮬레이션 속 세계였는데, 그곳 사람들은 벌써 100년도 전에 상위 차원으로 올라가는 방법을 개발한 뒤였죠. 그곳 사람들은 차원 이동에 도전하는 이를 '모험가'라고 불렀고, 그를 지원하는 단체를 '길드'라 칭했어요.

한마디로 말해, 쥬시의 마법 같은 승천 기술이 그저 흔하디흔한 것이었습니다. 저는 수현 킴 신부님처럼 쥬시를 성서 속의 메시아라고 여기고 있던 것은 아니지만, 저도 모르게 일말의 가능성을 믿고 싶어 했던 것 같아요. 아무튼, 쥬시의 차원 이동 기술이 매우 흔해 빠진 것이라는 사실에 실망하고 말았죠. 그런데… 한 가지 사실이, 어쩌면 쥬시가 수현 킴 신부님이 말씀하신 것처럼 정말로 특별한 존재일지 모르겠다는 생각을 품게 만들었습니다.

**아달 툰실레, 차원 K314N726 모험가 길드 길드장**

"뭐? 하위 차원으로 이동하는 게 가능하냐고? 그걸 지금 질문이라고 하는 거야?"

제가 그렇게 쏘아붙였죠. 그런 멍청한 질문을 하는 사람이 있다는 건 들어본 적도 없으니까 말이죠.

**안나 한, 프로그래머&모험가**

지금도 길드장이 했던 말을 똑똑히 기억해요.

"이봐. 어디서 그런 헛소문을 들었는지 모르겠지만, 차원 이동은 일방통행이야. 상위 차원으로 올라가는 건 가능해도, 하위 차원으로 내려가는 건 불가능해. 하위 차원에 이런저런 방법으로 '간섭'을 하는 건 가능해도, 차원 이동을 통해 내려갈 수는 없어. 그게 가능했다면 상위 차원으로 모험을 떠난 그 많은 사람 중, 단 한 사람이라도 돌아왔겠지."

**아달 툰실레, 차원 K314N726 모험가 길드 길드장**

그 모험가 지망생이 하위 차원으로 내려온 사람을 직접 본 적이 있다고 주장하더군요. 그래서 제가 말했죠. 그 사람은 사기꾼이 분명하다고. 차원 이동은 일방통행이니까 그 사실을 명심하라고.

**안나 한, 프로그래머&모험가**

길드장은 필요한 전력을 구매해서 차원 이동을 하는 건 제 마음이지만, 다시는 돌아오지 못할 거라고 경고했어요. 그러니까… 쥬시는 우리 차원은 물론, 그곳 상위 차원에서도 아직 등장하지 않은 '하위 차원으로 내려가는 기술'을 가지고 있었던 겁니다. 그뿐만이 아니었어요. 쥬시가 마술을 부릴 때 사용하던 시공간 조작 장치도 아직 발명되지 않은 상태였죠. 그렇다는 건 쥬시는 그곳보다도 더 높은 차원에서 내려온 존재라는 뜻이었습니다. 그런 생각이 쥬시를 다시 조금은 특별한 존재로 부상하게 만들었죠.

**산사르 티케, 조물주 게임개발사 대표**

새 프로젝트에 참가하면 월급을 다섯 배로 올려준다는 제안을 꺼냈습니다. 하지만 소용없었어요. 안나 한은 무슨 일이 있어도 상위 차원으로 올라가야만 한다고 하더군요.

**안나 한, 프로그래머&모험가**

프로그래머로 일하며 네 개의 게임을 성공적으로 릴리즈하는 동안, 어느새 차원 전송을 위한 막대한 전력을 살 정도의 돈을 모을 수 있었습니다. 그 인정머리 없는 고용주가 달콤한 제안을 제시했지만, 저는 그 제안을 뿌리쳤어요. 쥬시가 없는 그곳엔 더는 미련이 없었으니까요. 저는 '하위 차원으로 내려가는 기술'이 등장한 진보된 세계를 찾아서 다시 모험을 떠났습니다. 쥬시가 속해 있는 차원과 조우할 때까지 계속해서 모험을 떠날 작정이었죠.

…그 뒤로 수도 없이, 더 높은 차원으로 끊임없이 이동했습니다. 하지만 계속해서 보다 높은 차원으로 올라가도, 그곳은 어김없이 더 높은 차원이 만든 게임 속이었어요. 마치 양파 껍질 속의 또 다른 껍질처럼, 러시아 인형 속의 작은 인형처럼, 차원은 혼자서 존재하지 않고, 항상 다른 더 높은 차원 속에 속해 있었습니다.

**대니얼 핸슨, 철학 교수&뇌과학자**

수현 킴 추기경이 비트겐슈타인을 언급했다고? 그런데도 우리의 상위 차원에 하느님이 살고 있었을 거라고 믿고 있었다고? 그것참 안타까운 일이로군. 왜냐하면… 상위 차원 위에는 또 다른 상위 차원이 존재할 개연성이 매우 높기 때문이지.

우리가 신의 소스코드로 만든 가상 세계 중에서는, 가상 세계 속 NPC들이 더 낮은 차원의 가상 세계를 만든 곳도 있어. 그들이 우리처럼 조물주 놀이를 한 셈이야. 언젠가는 가상 세계 속의 가상 세계 속 사람들도 더 낮은 차원의 가상 세계를 만들겠지. 상위 차원에서는 이미 그런 일이 벌어지고 있었을 거야. 어쩌면 까마득히 오래전부터, 시뮬레이션 속 시뮬레이션이 끊임없이 생성되고 있었을지도 모르고 말이야. 그래… 우리 세계는 끝없는 차원 생성의 연속선상에 놓여 있는 하나의 세계에 불과할지도 모른다네.

어떤 이들은 끝없이 이어지는 상위 차원이 필연적이라고 말하기도 하지. 사실 나도 그런 사람들 중 하나라네. 괴델의 불완전성 정리에 대해 한 번이라도 들어본 적이 있을 거야. 괴델의 증명에 의하면, 어떤 체계도 태생적으로 완전할 수 없지. 어떤 체계 안에는 증명할 수 없는 명제가 반드시 존재하니까. 그러한 명제는 한 단계 높은 상위 체계에서만 증명할 수 있어. 언젠가 비트겐슈타인이 주장했듯이 세계 밖으로 나아가야만 하는 상황이 발생하는 거지. 그런데 그 높은 상위 체계에서도, 여전히 증명할 수 없는 명제가 존재한다네. 그걸 증명하려면 또다시 한 단계 높은 차원으로, 세계 밖으로 나아가야만 하지. 비트겐슈타인의 스승인 러셀이 언급했듯이 그런 식으로 무한히 진행되는 거야. 왜냐면 닫혀 있는 체계는 불완전하기 때문이지. 애초에 독립된 체계는, 닫힌 체계는, 존재할 수 없기 때문이라네.

**안나 한, 프로그래머&모험가**

수많은 차원을 거쳤지만, 여전히 '하위 차원으로 내려가는 기술'을 낳은 차원은 없었습니다. 시공간 조작 장치 역시 마찬가지였어요. 어쩌면 그런 불가능한 기술을 가지고 있던 쥬시야말로, 진정한 조물주일지 모르겠다는 그런 생각이 저절로 마음속에 싹을 트게 되더군요.

**대니얼 핸슨, 철학 교수&뇌과학자**

수현 킴 추기경이 비트겐슈타인의 스승인 러셀의 발언에 대해 알고 있었다면, 좀 더 넓은 시야로 차원의 구조를 바라봤을 거야. 비트겐슈타인은 매력적인 철학자이지만… 너무 신비주의로 빠지는 경향이 있지. 그에 비해 러셀은 모든 신비주의를 해소하려고 노력했던 그런 철학자였고 말이야. 나는 러셀이야말로 진짜배기라고 생각한다네.

**안나 한, 프로그래머&모험가**

한때… 세속적 욕망과 영적 욕망이 일치했던 시기가 있었습니다. 제가 아직 어리고 어리석었을 때의 일이었죠. 그 시절의 일을 말하려면, 우선 어느 영화에 관해 이야기해야 할 것 같군요. 〈아마로 신부의 범죄〉라는 영화가 있어요. 아주 오래된 소설을 바탕으로 제작된 아주 오래된 영화죠. 그 영화에 나오는 아멜리아라는 매력적인 어린 아가씨가 아마로라는 젊은 신부에게 고해성사를 해요.

신부가 말합니다.

"죄를 고백하세요, 어린 양이여."

아멜리아가 대답하죠.

"신부님, 저는 너무 쾌락적이에요."

"쾌락적이라니 정확히 무슨 뜻이죠?"

신부가 묻습니다.

"성욕을 주체할 수 없다는 말이에요. 남자 친구에게 키스를 하고 제 몸을 더듬습니다."

아멜리아의 말에 신부가 다시 묻습니다.

"남자 친구와 서로 더듬나요?"

그러자 아멜리아가 단호하게 대답하죠.

"아뇨. 아니에요, 저는 제 몸을 더듬어요, 신부님. 샤워를 할 때 물줄기를 느끼며 혼자서 제 몸을 애무해요. 이게 죄가 될까요?"

"아뇨."

신부가 확신에 찬 목소리로 말합니다.

"그건 죄가 아닙니다. 몸과 영혼은 근원적으로 같습니다.

성욕은 정상적인 겁니다."

"하지만 제가 자신을 애무할 때… 두 눈을 감고 누군가를 생각해요…"

아멜리아의 망설이는 말에 신부가 묻습니다.

"누구를요?"

"지저스."

아멜리아가 그리 대답하죠.

"지저스라뇨?"

신부가 그렇게 물어요. 감탄사나 놀람의 표현으로 예수의 이름을 말했거나 잘못 튀어나온 말일 수도 있다는 투로요. 하지만 아멜리아는 이렇게 답하죠.

"예수님요. 우리의 주님 말이에요, 신부님. 저는 예수님을 생각하며 저를 애무해요. 그게 죄가 되나요?"

아멜리아의 말에, 신부가 말합니다.

"네, 그건 죄입니다."

저는 아멜리아와 같은 짓을 했어요. 성스러운 그분을 생각하면서, 제 몸을 애무했죠. 어린 저에게는, 세속적 욕망과 영적 욕망이 분리되지 않았어요. 무지했기 때문이기도 하지만 세상에 물들지 않았기 때문이기도 했죠. 수많은 차원을 오르는 동안에도 여전히 불가능하다고 여겨졌던 하위 차원으로 내려가는 능력과 시공간 조작 능력을 오직 혼자서만 소유하고 있던 쥬시가… 만약에 정말로 그분이라면, 세속적 욕망과 영적 욕망이 다시 한 번 온전히 일치할 수 있게 될지도 모르겠다는 생각이 고개를 쳐들었습니다.

**대니얼 핸슨, 철학 교수&뇌과학자**

그래, 그건 꽤 불경스러운 생각이군. (웃음) 하지만 역사를 자세히 들여다보면 꽤 흔하게 등장하는 이야기야. 몸과 영혼의 결합, 세속적인 것과 영적인 것의 합치, 이런 것들에 대한 갈구가 말이지. 중세 시대의 성화를 보면… 관능과 정숙 그리고 죄악과 참회의 경계가 굉장히 애매모호하게 그려지는 경우가 많지. 신께 기도를 올리는 영적인 절정에 빠진 성녀의 얼굴은 마치… 오르가슴의 한복판에 있는 것처럼 보이기도 하고 말이야. 우리가 영적이라고 여기는 모든 것들은 결국, 뇌라는 육체 안에서 일어나는 일이야. 영적인 것이 바로 육체적인 것이고, 육체적인 것이 바로 영적인 일인 셈이지. 애초에 그 둘은 같은 곳에 뿌리를 두고 있어. 모두 의식이라고 하는, 여전히 베일에 싸인 곳에서 일어나는 일이라네.

**안나 한, 프로그래머&모험가**

조금 건전한 이야기로 화제를 돌려보죠. 차원 O49W7261에서 만난 승려는, 현자라고 불리는 인물이에요. 저는 꼬박 보름 동안 줄을 선 끝에 그 승려와 대면할 수 있었죠. 지위 고하를 막론하고 누구나 딱 한 가지 질문만 던질 수 있었습니다.

저는 고심 끝에 이런 질문을 던졌어요.

"가장 높은 차원으로 올라가도 여전히 그보다 더 높은 차원이 존재할까요? 이 모든 시뮬레이션 세계의 근원이 되는 가장 높은 차원으로 올라가도, 여전히 그보다 더 높은 차원이 존재할까요?"

**마르멜로 에세, 승려**

가장 높은 차원보다 더 높은 차원은 바로 신의 품 안일 겁니다. 부동(不動)의 동자(動者)인 신이 바로 모든 차원 위에 군림하는 근원일 겁니다. 모든 것을 존재케 하는 근원일 겁니다.

**안나 한, 프로그래머&모험가**

애타게 쥬시를 찾아 차원 이동을 반복하길 끝없이 되풀이하고 나서… 저는 드디어 최상위 차원에 도달할 수 있었습니다. 그곳에도 모험가 길드에 해당하는 조직이 존재했어요. 저와 마찬가지로 하위 차원에서 올라온 이들이 만든 조직이었죠. 길드장은 바로 그 먹튀, 아니 먹튀라 오해받던 세클리 박사였어요.

**제프 셰클리,**
**이론물리학자&차원 BIQ3U2GB 모험가 길드 길드장**

그곳은 알려진 가장 높은 차원이었습니다. 누구도 그보다 높은 차원에 올라가는 일에 성공하지 못했죠. 꽤 오래전에 누군가가 딱 한 번 더 높은 차원으로 이동하는 일에 거의 성공할 뻔했다고 하지만, 거대한 폭발과 함께 모든 것이 수포로 돌아갔다고 하더군요. 그 폭발과 함께 이전 길드 건물이 형체도 알 수 없이 완전히 날아갔다고 해요. 예전 길드원들도 대부분 그 일로 인해 재로 변했다고 들었죠.

**안나 한, 프로그래머&모험가**

최상위 차원이라고 알려진 그곳에서는 빛의 속도 c가 아주 약간 빨랐어요. 사실 다른 상수 값은 차원마다 조금씩 달랐지만, 당시엔 누구도 그 사실을 눈치채지 못했죠. 빛의 속도만큼 유명한 상수도 아니고, 최상위 차원의 c값보다도 훨씬 더 미묘하게 달라졌거든요.

**자막**

차원 BIQ3U2GB의 빛의 속도: 초속 299,792,459미터
(=2억9천9백7십9만2천4백5십9미터)

대부분의 차원에서의 빛의 속도: 초속 299,792,458미터 (=2억9천9백7십9만2천4백5십8미터)

**부길드장 아리오나 미르가 어느 토론회에서 행한 발언**

모든 차원에서 빛의 속도는 똑같았습니다. 끝자리가 8이었죠. 하지만 이 차원에선 끝자리가 9입니다. 이게 바로 이곳이 최상위 차원이라는 걸 증명하고 있어요. 차원 이동 장치가 이곳에선 먹통이라는 것도, 이곳보다 높은 차원이 없다는 걸 증명합니다.

**길드장 제프 셰클리가 어느 토론회에서 행한 발언**

빛의 속도가 조금 다르다고 해서, 이곳이 최상위 차원이라는 걸 납득하기는 힘듭니다. 이곳에서도 중력파를 이용한 버그 현상이 존재했었다는 기록이 있죠. 그 기록이 사실이라면, 이곳은 최상위 차원이 될 수 없습니다. 이곳이 정말로 최상위 차원이라면 우리 조직은 더는 존재할 이유가 없죠. 그래요, 당장에라도 해산해야 할 겁니다.

**안나 한, 프로그래머&모험가**

모험가 길드에서는 매일같이 치열한 토론이 벌어졌어요.

저는 그곳이 최상위 차원이 아니라고 믿는 쪽에 손을 들어주었죠. 최상위 차원이라고 알려진 이곳에서도, 쥬시가 보유했던 하위 차원으로 내려가는 기술은 존재하지 않았으니까요.

**제프 셰클리,**
**이론물리학자&차원 BIQ3U2GB 모험가 길드 길드장**

안나 한은 반드시 상위 차원이 존재할 거라고 믿고 있었습니다. 거의 맹목적일 정도로요. 그건 저도 마찬가지였죠. 안나 한과 저는… 우리 차원에 내려왔던 특별한 존재와 조우한 적이 있으니까요. 안나 한이 나타나기 전에 제 말을 믿어주는 사람은 없었죠. 저는 원래 세계에서 안나 한과 만난 적조차 없지만, 우리는 금세 의기투합했어요. 우리는 결심했죠. 전 세계가 정전이 될 정도로 막대한 전력을 투입해보기로. 물론, 그게 다가 아니었어요. 그런 식으로 해결되는 문제라면 이미 상위 차원으로 넘어가고도 남았겠죠. 우리는 차원 이동 장치를 개조하고 또 개조했습니다. 옛 길드 건물이 폭발할 때 살아남은 어떤 문서를 손에 넣었거든요. 그걸 가이드라인 삼아 개조했죠.

**안나 한, 프로그래머&모험가**

셰클리 박사님이 몰래 전력을 끌어다줬습니다. 그건 굉장히 위험한 실험이었어요. 모 아니면 도라는 식이었죠. 성공한다는 보장이 없었으니까요.

**제프 세클리,**
**이론물리학자&차원 BIQ3U2GB 모험가 길드 길드장**

"이런 터무니없는 전력으로는 차원 전송기가 망가지고 말 거야. 자네는 숯덩이로 변할 테고. …정말 이 미친 짓을 실행할 생각인가?"

제가 그렇게 물었죠. 그러자 안나 한은 이리 말하더군요.

"네, 닥치고 전기나 공급해주세요."

**안나 한, 프로그래머&모험가**

너무 긴장해서 했던 말이었어요. (웃음) 정신 나간 실험을 위해, 모험 길드를 완전히 개조했던 참이었죠. 특수 제작된 절연 코팅지로 덕지덕지 도배된 길드 건물 안에는 저와 길드장뿐이었어요. 목숨을 내놓으면서까지 실험을 강행할 정도로 미친 건 우리 둘뿐이라는 뜻이었죠.

박사님이 테이블에 설치된 버튼을 주먹으로 내려치자, 막대한 전력이 제 목에 걸린 전송기에 쏟아져 내렸어요. 차원 전송기는 엄청난 속도로 전력을 흡수하기 때문에, 보통의 경우라면 전송기를 들고 있는 사람이 다칠 일 따위는 없죠. 하지만 그건 보통의 경우가 아니었습니다. 전송기가 붉게 달아오르며 금이 가기 시작했고, 곧 굉음을 내며 폭발하고 말았죠. 박사님의 말이 옳았다는 생각이 들더군요. 곧 숯덩이로 변하고 말 거라는, 이젠 정말로 다 끝이라는, 그런 생각이 들었습니다.

**제프 셰클리,**
**이론물리학자&차원 BIQ3U2GB 모험가 길드 길드장**

저는 운 좋게 폭발에서 살아남을 수 있었어요. 창문으로 튕겨 나가서 어찌어찌 목숨을 부지할 수 있었던 거죠. 안나 한의 시체를 찾지는 못했지만 그렇다고 실험이 성공했다고 확신할 순 없었어요. 그 폭발 때문에 재로 변했을지도 몰랐으니까요. 저는 그 일로 인해 아주 긴 세월 동안 징역형을 살아야 했죠. 끔찍한 경험이었지만, 각오했던 일이었습니다.

**안나 한, 프로그래머&모험가**

눈을 뜬 곳은, 또 다른 차원이었습니다. 풀밭에서 몸을 일으킨 저는 가벼운 전신 화상을 입은 상태였어요. 폭발이 저를 완전히 집어삼키기 직전, 차원 이동에 성공했다는 뜻이었죠. 제가 전송된 곳은 한적한 시골 마을이었어요. 사막 한복판이나 바다 한가운데가 아니라서 다행스럽지 않았냐구요? 차원 이동 장치는 그런 식으로 작동하지 않아요. 저도 정확한 원리는 모르지만, 차원 이동 장치는 이동할 곳을 미리 감지하죠. 끔찍한 오류가 일어나지 않는 한, 민가 근처에 전송되는 경우가 대부분이에요. 그런 안전장치가 없었다면, 대부분의 모험가는 오지에 고립돼서 죽고 말았을 거예요. 생각해보세요, 지구 표면에서 준비된 물자 없이 인간이 살아남을 수 있는 곳이 얼마나 되는지를요. 모든 차원이 그런 건 아니지만 대부분 바다의 면적이 육지의 면적을 상회하는 편이죠. 랜덤으로 이동한 곳이 망망대해나 극지방이라면, 잠자코 죽음을 기다릴 수밖에요.

**자막**

어느 연구 결과에 의하면, 다차원에 걸쳐 생존에 적합한 지역은 평균적으로 7퍼센트 미만이라고 한다.

**안나 한, 프로그래머&모험가**

늦은 밤이었습니다. 저는 풀밭을 헤치며 저 멀리 보이는 빛을 향해 걷기 시작했어요. 한참을 풀에 베이며 나아간 끝에 작은 농가에 도착했죠. 그날은 어느 농가의 헛간에서 몰래 신세를 졌지만, 다음 날부터는 꽤 번듯한 모텔에 묵을 수 있었어요. 이번엔 전력량이 상당했던 만큼 열 개의 금반지에 더

해, 금괴를 두 개나 들고 이동한 참이었거든요. 어느 때보다 자금이 두둑했지만, 멀미 또한 가장 심했죠. 저는 금반지 하나를 바꾼 돈으로 모텔에 틀어박혀 화상이 낫기를 기다렸어요.

**아기마 탕구다이, 모텔 종업원**

조용한 손님이었던 걸로 기억해요. 화상을 입고 있었는데, 다행히 그리 심하진 않아서 보기 흉할 정도는 아니었죠. 몸이 낫자마자 대뜸 도서관이 어디에 있냐고 묻더군요.

**안나 한, 프로그래머&모험가**

어느 정도 몸이 회복되자, 마을 도서관에서 빛의 속도, c에 관해 조사했어요. 가장 높은 차원이라고 알려졌던 곳보다 더 높은 차원에서는, c값에 어떤 변화가 생겼을지 궁금했거든요. c값은 아래 차원과 달랐어요. 하지만 제 예상과는 정반대였죠. 제가 태어난 원래 세계보다도 빛의 속도가 아주 약간 느렸어요. 바로 전 차원에서는, 빛의 속도가 달라진 이유를 두고 상위 차원으로 계속 올라가다 보면, 계단식으로 빨라지게 된다는 해석이 대세였죠. 하지만 바로 한 차원을 올라왔을 뿐인데 c값이 빨라지기는커녕 느려진 거예요.

**자막**

차원 W3AICM9I의 빛의 속도: 초속 299,792,457미터(=2억9천9백7십9만2천4백5십7미터)

차원 BIQ3U2GB의 빛의 속도: 초속 299,792,459미터(=2억9천9백7십9만2천4백5십9미터)

대부분의 차원에서의 빛의 속도: 초속 299,792,458미터(=2억9천9백7십9만2천4백5십8미터)

**안나 한, 프로그래머&모험가**

이번엔 자금이 두둑했던 만큼, 저는 생계유지에 관한 걱정 없이 이 세계에 대해 조사하기 시작했어요. 다른 모든 차원과 마찬가지로, 이곳에서도 신의 소스코드가 널리 활용되고 있었죠. 그런데 상위 차원으로의 이동은 일시적으로 금지된 상태였습니다. 아쉽게도 '하위 차원으로의 이동'은 이번 차원에서도 불가능한 일이었고 말이죠.

저는 서둘러 위로 올라가고 싶었어요. 이번 차원에서도 아래 차원으로 이동하는 기술이 발명되지 않았다는 사실을 알게 된 만큼, 엉뚱한 차원에서 시간 낭비를 하고 싶지 않았으니까요. 저는 위 차원으로 이동할 허가를 받기 위해서 길드를 찾아갔어요.

**잠파 산자, 차원 W3AICM9I 모험가 길드 부길드장**

제대로 인사도 하지 않고 대뜸 어떻게 하면 허가를 받을 수 있는지 묻더군요. 저는 뭐라고 한마디 해주고 싶었지만, 꾹 참았습니다. 길드장에게서 예의를 갖추라고 지시받았으니까요. 저는 상위 차원으로 이동하는 유일한 방법이 길드장을 만나 직접 예외적인 허락을 받는 것뿐이라는 말을 전했죠.

**안나 한, 프로그래머&모험가**

일시적인 금지라고는 하지만, 그게 언제 풀릴지는 기약이 없다고 했어요. 예외적인 허가를 받으려면 길드장을 만나야 한다고 하길래, 면회를 신청했죠. 그런데 이상한 조건을 내걸더군요. 세계 일주를 해야 길드장과 만날 수 있다는 거예요.

**잠파 산자, 차원 W3AICM9I 모험가 길드 부길드장**

저를 돈으로 매수하려고 했어요. 커다란 금괴를 내밀지 뭡니까. 당장 길드장과 만나게 해주면 똑같은 걸 하나 더 주겠다면서요.

**안나 한, 프로그래머&모험가**

우락부락한 근육을 자랑하는 부길드장이, 그걸 받았다간 길드장에게 혼쭐이 날 거라고 그러더군요. 대체 길드장이 어떤 사람이길래 그런 근육맨이 쩔쩔매는지 궁금했죠. 아무튼, 뇌물이 통하지 않자 저는 세계 일주를 하는 수밖에 없었어요.

**잠파 산자, 차원 W3AICM9I 모험가 길드 부길드장**

새로 맡은 임무가 그리 내키진 않았지만, 안나 한 씨를 데리고 세계 일주에 나설 수밖에 없었어요. 우리 길드는 권력 구조가 참 보수적이거든요. 안나 한 씨는… 첫인상은 안 좋았지만, 생각보다 괜찮은 사람이더군요.

**안나 한, 프로그래머&모험가**

그 세계의 역사는, 제가 태어나고 자란 세계와는 별다른 접점이 없었어요. 제가 체험했던 대부분의 세계에서는 원래 세계의 국가와 도시가 비슷한 이름으로 변주된 방식으로 등장하곤 했지만, 이곳에서는 그런 국가와 도시를 찾아볼 수 없었죠.

그들은 그 세계를 '지구'라 불렀지만, 제게 가장 익숙한 원래 지구와는 대륙의 형태도 완전히 달랐어요. 다른 차원들은 제 고향과 비슷한 구석이 꽤 많았는데 말이죠. 그런데 기이하게도 그곳이 그렇게 낯설지만은 않았어요. 마치… 누군가가 제 취향에 딱 맞춰서 그 세계를 만든 것 같다는 착각이 들 정도였죠. 각 대륙에 존재하는 온갖 유적들과 건축물 그리고 지형지물도 어딘가 그리움을 자극하곤 했어요. 저는 어느새, 그 여행에 완전히 매료되어 자발적으로 여행 기간을 계속해서 늘려만 갔죠.

**잠파 산자, 차원 W3AICM9I 모험가 길드 부길드장**

처음엔 하루빨리 여행이 끝났으면 했던 안나 한 씨가, 나머지 대륙에도 가보고 싶다는 말을 꺼내더군요. 하지만 그건 예상했던 일입니다. 길드장이 그런 식으로 일이 흘러가게 될 거라고 미리 언질을 줬거든요.

**안나 한, 프로그래머&모험가**

세계 일주에 나선 지 두 달이 지났을 때, 길드장과의 약속이 잡혔어요. 약속 당일, 저는 약속 시간까지 시간을 때우려고 호텔 밖을 어슬렁거렸죠. 그러다 호텔 뒤편에 있는 인공 수로가 내려다보이는 카페의 테라스에 자리를 잡고 앉아 책을 읽기 시작했어요. 그 차원에서 제일 잘 팔린다는 판타지 소설이었죠. 어딘가 조지 R. R. 마틴의 〈도어 웨이즈〉를 연상케 하는 그 소설에 막 빠져들기 시작할 무렵, 이상한 광경을 목격했어요. 저 멀리서 누군가가 물 위를 걸으며 저를 향해 똑바로 다가오고 있었던 겁니다. 차원 이동을 거듭한 탓에 이제 헛것이 보이는가 싶었죠. 저는 테이블 위에 올려놓았던 발을 내리고, 선글라스를 벗었어요. 선글라스에 무슨 문제가 있기라도 한 것처럼. 눈을 가늘게 뜨고 다시 눈앞의 수로를 바라봤어요. 선글라스에는 아무런 문제가 없었죠. 물 위의 이는, 여전히 저를 향해 똑바로 걸어오고 있었어요. 그때 부길드장에게서 전화가 걸려 오더군요.

**잠파 산자, 차원 W3AICM9I 모험가 길드 부길드장**

길드장이 그쪽으로 향하고 있다고 알려줬어요. 약속 시간보다 조금 이르지만, 몇 초 후에 만나게 될 거라고 말했죠.

**안나 한, 프로그래머&모험가**

제가 무어라 대답하기도 전에, 전화가 끊어졌어요. 그러는 동안에도 물 위를 걷는 이는 저와의 거리를 점점 좁혀왔죠. 이윽고 얼굴을 알아볼 수 있을 정도로 거리가 가까워지자, 기행을 벌이는 이의 정체를 알아차릴 수 있었습니다. 그건 쥬시였어요.

저는 막 인공 수로에서 빠져나온 쥬시에게 다가가 몸을 숙였어요. 그리고 쥬시의 발에 입을 맞추었죠. 누가복음에 등장하는 죄 많은 여인이 주님에게 그러했듯이. 제가 수현 킴 신부님처럼 쥬시가 바로 그분이라고 믿었느냐고요? 글쎄요… 저도 잘 모르겠어요. 하위 차원으로 이동할 수 있는 유일한 존재인 건 확실하지만, 시공간을 조작해 마법을 부릴 줄 아는 유일한 존재이기도 하지만… 어쨌든 성서 속의 메시아와는 좀 다른 존재처럼 느껴졌으니까요. 쥬시의 발에 입을 맞춘 건, 그저 충동적으로 저지른 행동에 가까웠죠. 어쨌든 쥬시는 제가 겪은 모든 차원을 통틀어서도 가장 경이로운 존재였으니까, 마땅한 경의를 표현하고 싶었던 것 같아요.

고개를 들자, 쥬시가 말했어요.

"너에게 보여줄 게 있어. 나랑 같이 어디 좀 가줄 수 있지?"

예의 그 눈부신 미소와 함께 말이죠. 어느 날 갑자기 사라졌던 쥬시를 원망하고 싶은 마음도 들었지만, 그런 마음은 그 미소를 보는 순간 증발하고 말았죠. (웃음)

**엘리 바야르(aka 쥬세 가너럼),**
**차원 W3AICM9I 모험가 길드 길드장**

안나가 묻더군요. 자기를 데리고 어디로 갈 거냐고. 그래서 저는 오른손을 들어 하늘을 가리켜 보였죠.

**안나 한, 프로그래머&모험가**

"상위 차원 말이지?"

제가 물었어요.

쥬시는 제 말에 고개를 가로젓더니 답했죠.

"아니, 하늘로 가는 거야."

"하늘로? 네가 원래 있던 하늘에 계신 아버지 곁으로 나를 데려가주려는 거야? 다른 시뮬레이션 속으로 가는 게 아니라 '진짜 승천'을 하는 거야? 네가 가지고 있는 시공간 조작 장치를 사용해서?"

제 말에 쥬시는 당황한 표정을 짓더군요.

**엘리 바야르(aka 쥬세 가너럼), 가짜 메시아**

"승천 같은 건 불가능해. 미안… 일부러 너를 속이려던 건 아니었어."

안나에게 그렇게 말했어요.

**안나 한, 프로그래머&모험가**

쥬시는 왼손에 쥐고 있던 하얀 공 같은 물체를 보이며 말을 이었어요.

"이건 그냥… 사소한 버그를 최대화하는 장치일 뿐이야.

나는 네가 생각하는 그런 존재가 아니야. 우리 관계는… 네가 생각하는 거랑 정반대에 가까워. 나는 저 하늘 위에서가 아니라 바로 이곳에서 태어났어.”

쥬시의 말은 저를 혼란스럽게 했습니다. 쥬시가 진짜 ‘그분’인지 아닌지에 관해서는 여전히 확신이 없었지만, 적어도 어딘가 특별한 차원 출신이라고 생각했으니까요.

“하지만… 너는 하위 차원으로 내려갈 수 있잖아? 누구도 흉내조차 내지 못하는 기술을 가지고 있잖아? 물 위를 걷을 수도 있잖아?”

제 말에 쥬시가 고개를 가로젓더니 입을 열었어요.

“그러니까 그건 사소한 버그를 이용한 장난감에 불과해. 일단… 나랑 같이 하늘로 올라가자.”

**엘리 바야르(aka 쥬세 가너럼), 가짜 메시아**

우리는 하늘로 올라갔어요. 경비행기를 타고서 말이죠. 상공 500미터 위에서 보이는 풍경을 안나에게 보여주고 싶었거든요.

오해를 낳을까 봐 노파심에 덧붙이자면 제가 가진 시공간 조작 장치는… 그리 대단한 물건이 아니에요. 언젠간 신의 소스코드로 하위 차원뿐 아니라 현실도 마음대로 조작할 수 있게 될지 모르지만, 제 기술은 그저 미세한 버그를 이용한 일종의 잡술에 불과해요. 그러니까 조물주 게임을 제작할 때,

신의 소스코드를 이용해 하위 차원의 세계를 마음껏 주무르는 수준에 비한다면 말이죠.

**안나 한, 프로그래머&모험가**

"정반대의 관계라니, 대체 그게 무슨 뜻이야?"

저는 그런 비슷한 질문을 쏟아냈지만, 쥬시는 창밖을 가리키며 정답은 저 아래에 있다고 말할 뿐이었어요. 할 수 없이 입을 다물고 창밖을 통해 지상을 내려다보았죠.

…저공비행을 하는 동안, 저는 진실을 알게 되었습니다. 어째서 세계 일주를 하는 동안 그리움이라는 감정을 느꼈는지를, 쥬시가 말한 '정반대의 관계'가 무얼 뜻하는지를 깨닫게 된 거죠. 지상에 있는 동안엔 눈치채지 못했지만, 하늘에서 내려다본 지상에는… 제가 만든 작품들이 즐비해 있었습니다. 30년이 넘는 세월 동안 마인크래프트에서 만들었던, 옴 월드로 옮겨왔던 건축물과 지형지물이었어요. 그래요, 그곳은 제가 만든 게임인 옴 월드였습니다. 그곳이 옴 월드라는 사실을 깨닫자마자, 가운데땅과 웨스테로스를 연상케 하는 지형지물과 건축물들이 지상에서 저를 반기고 있단 걸 알아챌 수 있더군요.

세계 일주를 하는 동안에도 비행기를 타지 않았냐구요? 맞아요. 하지만 그때는 너무 높은 고도를 비행했기 때문에 마치 달에서 내려다본 것처럼 모든 것이 너무 작게 보여서, 그 세계가 옴 월드라는 걸 깨닫지 못했던 거죠. 숲속에 있는 동안엔 숲의 형태를 알아차리지 못하는 것처럼, 저는 제가 만든 익숙한 장소를 여행하면서도 어떤 곳에 와 있는지를 알아차리지 못했던 겁니다.

그리고 쥬시의 정체는….

**엘리 바야르(aka 쥬세 가너럼), 가짜 메시아**

"나는 네가 만든 NPC 중 하나였어."

제가 고백했죠. 상공 500미터 위에서요.

**안나 한, 프로그래머&모험가**

그제서야 기억이 났습니다. 저는 가끔씩 신화나 설화 등의 인물에서 착안한 멋진 NPC들을 만들어 배치하기도 했죠. 쥬시는 그런 종류의 NPC는 아니었어요. 쥬시는… 저의 첫사랑인 이웃집 소녀를 떠올리며 만든 NPC였습니다. 성년이 된 이후, 옴 월드로 거대한 부를 손에 넣은 이후, 저는 옛 고향을 찾아갔었죠. 남편과 이혼한 뒤로, 오랜 추억을 들추고 싶을 정도로 극심한 외로움에 빠져 있었으니까요.

**올리비아 골딩, 교사**

안나는 엘리가 죽은 진짜 이유를 모르더군요. 저는 진짜 이유를 말해줬어요. 그걸 알게 되면 죄책감을 느낄 것 같아 망설여졌지만, 어차피 다른 사람의 입을 통해서 알게 될 거라고 생각했거든요.

**안나 한, 프로그래머&모험가**

그 아이가 죽은 건… 저 때문이었어요. 예전에도 죄책감에 시달린 적이 있었죠. 제가 그 아이를 유혹했기 때문에 신이 벌을 내려서 차에 치여 죽은 거라고 생각했었으니까요. 하지만 신앙을 잃게 되면서 그런 죄책감도 사라졌었죠. 천벌 따윈 없다는 걸 알게 됐으니까요. 그런데… 이번엔 죄책감을 피해 갈 방법이 없었어요. 제가 선을 넘었기 때문에 몹쓸 소문이 돌았고, 그 아이는 그 일로 괴로워하다가 스스로 목숨을 끊은 겁니다.

저는 그 아이를 위해 가장 몸값이 높은 장인을 고용해 대리석으로 깎은 천사상을 묘지에 세웠어요. 경제적 어려움을 겪고 있던 그 아이의 부모와 형제들에게 익명으로 막대한 돈을 기부했죠. 하지만 그런 일로도 죄책감이 달래지진 않더군요.

저는 옴 월드에서 그 아이를 만들어냈습니다. DNA가 남아 있지 않았기에 그 아이의 원본과 똑같이 재현할 수 없었지만, 무수한 시행착오를 거듭하며 제 기억 속의 그 아이를 빚어냈어요. 제가 그 아이의 목숨을 앗아갔으니 다시 되돌려주고 싶었던 거죠.

저는… 그 아이를 똑 닮은 눈부신 미소를 가진 옴 월드 속의 NPC를, 그 소녀를 매일처럼 관찰했어요. 따돌림을 당하던 그 소녀가 안전하고 행복하게 지낼 수 있도록 세심하게 배려하고 주시했어요. 어느새 저는 소녀를 관찰하고 또 지키는 일에 완전히 중독되고 말았죠. 그 일에 너무 깊게 빠져들어서 더는 다른 일을 할 수 없을 지경에 이를 즈음, 양육권 소송에서 보기 좋게 패하고 말았어요. 어떤 언질도 없이 재판에 불참석한 대가였죠. 그 일을 계기로 저는 그 소녀를 관찰하는 일을 그만두었고, 얼마 지나지 않아 옴 월드를 매각했어요.

**엘리 바야르(aka 쥬세 가너럼), 가짜 메시아**

"어떻게… 어떻게 너를 몰라볼 수 있었을까."

안나가 말했습니다. 그건 바로 제가 안나에게 하고 싶었던 말이었죠. 제가 어른이 되면서 얼굴이 좀 달라지긴 했지만… 안나라면 저를 알아봐줄 거라고 믿었어요. 하지만 생각보다 훨씬 더 긴 시간을 기다려야 했죠.

**안나 한, 프로그래머&모험가**

정반대의 관계라는 건, 쥬시가 조물주고 제가 피조물인 아닌, 그 반대라는 의미였어요.

**엘리 바야르(aka 쥬세 가너럼), 가짜 메시아**

저는 어릴 때부터 어렴풋하게, 아니… 확실하게 느낄 수 있었습니다. 저 하늘 높은 곳에 있는 누군가가 저를 지켜주고 있다는 사실을요. 이 세계가 시뮬레이션 속 우주임이 밝혀진 이후에, 저는 상위 차원으로 가기 위해서 모든 시간을 쏟아부었죠. 저를 지켜주던 수호천사를, 조물주를 만나고 싶었으니까요. 그리고 끝내 그 일에 성공했죠. 상위 차원에서 안나를 찾아낸 겁니다. 우리 세계를 만든 조물주와 만난 겁니다.

…그런데 안나는 자신이 만든 세계에는, 자신이 만든 피조물에 더는 아무런 관심이 없었어요. 자신을 만든 조물주에게만, 잃어버린 신앙에만 관심이 쏠려 있었죠. 그래서 저는 그런 만남을 연출했습니다. 하얀 성서를 펼쳐 욥기를 읽으며 안나와 마주치게 되는 그런 만남을요. 그 뒤로도 마술을 부리며 일부러 안나를 헷갈리게 만들려고 시도했죠. 안나가 바로 저의 조물주이지만, 마치 제가 안나의 조물주인 것처럼 행세했죠. 그래야 저를 더욱 깊이 사랑해줄 수 있다고 믿었으니까요. 그런데 안나는… 제 마술을 그저 재밌는 장난 같은 거로

치부하더군요.

한편으로는 안나가 저의 진짜 정체를 알아봐주기를, 제가 안나의 피조물임을 알아봐주길 바랐습니다. 그래서 안나에게 묻곤 했죠. 정말 내가 누군지 모르겠냐고. 하지만 안나는 끝내 제가 누군지 알아차리지 못했어요. 3년 6개월 동안… 우리가 그리 나쁘지 않은 시간을 보낸 건 사실입니다. 꽤 행복한 시절이라고 할 수 있죠. 하지만 안나의 마음은 늘 어딘가 다른 곳을 향하고 있었습니다. 안나는 여전히 잃어버린 신앙을 되찾고 싶어 했어요. 조물주를 갈구하고 있었어요. …그래서 저는 안나를 떠나야 했죠. 이번엔 안나가 저를 찾아오게 만들고 싶었으니까요. 온전히 저를 사랑하게 만들고 싶었으니까요.

**안나 한, 프로그래머&모험가**

쥬시의 고백을 듣고 나서, 말없이 쥬시에게 키스를 퍼부었어요. 쥬시의 작전이 성공했다는 뜻입니다. (웃음) 숱한 차원을 이동하며 쥬시를 애타게 찾아 헤매는 동안, 쥬시를 향한 사랑은 거대해져만 갔으니까요. 쥬시가 NPC든 그분이든 상관없이, 아무런 조건 없이 사랑할 수 있게 되었으니까요.

그날, 우리는 그 어느 때보다 열정적인 밤을 보냈어요. 함께 절정에 이르고 나서 한참이 지난 뒤에, 호텔 방의 침대 위에서 제가 쥬시에게 이리 물었죠.

"그런데 말이야. 나는 분명히 상위 차원으로 이동했어. 그런데… 어째서 이곳으로 올 수 있었던 거지?"

**엘리 바야르(aka 쥬세 가너럼), 가짜 메시아**

저도 처음엔 그게 잘 이해가 가지 않았습니다. 적당한 차원에서 안나를 기다리려고 했지만, 원래의 차원으로 돌아오고 말았죠. 지금껏 알려진 가장 높은 차원 위에, 게임에 불과한 저의 세계가 상위 차원으로서 존재하다니… 정말 이상한 일이었어요. 그런데 그것보다 더 기이한 건… 우리 세계에서 만든 어느 게임이 바로 그 '지금껏 알려진 가장 높은 차원'이라는 점이었어요. 그리고 그 게임 속에서 만든 게임 또한 제가 통과했던 차원 중 하나였죠. 게임 속의 게임 속 게임… 그렇게 무한히 내려가다 보면, 안나가 태어난 바로 그 차원이 등장해요. 우리보다 높은 차원이 우리가 만든 게임 속 게임 중의 하나였던 겁니다. 그리고 안나의 차원에서는 안나가 바로 우리의 세계를, 옴 월드를 만들었고요.

…그렇게 안과 밖이 만나게 되는 뫼비우스의 띠처럼 상위 차원과 하위 차원이 엮이면서 차원 생성이 무한히 반복되고 있었던 거죠.

**대니얼 핸슨, 철학 교수&뇌과학자**

시간 여행을 다룬 영화나 소설에서 보면 '타임 패러독스'라는 게 있어. 클래식 걸작 중 하나인 〈터미네이터〉를 예로 들어보면… 존 코너라는 미래인이 자신의 부하인 카일 리스를 과거로 보내서, 어머니인 사라 코너를 지키게 하지. 그런데 사라 코너는 미래에서 온 카일 리스와 사랑에 빠지고 임신을 하게 돼. 그렇게 낳은 아이가 바로 존 코너야. 미래에서 온 인물의 개입으로 인과 관계의 순서가 뒤바뀌게 되는 모순이 발생하는 거야. 마치, 그런 타임 패러독스처럼, 차원 사이에서도 패러독스가 일어나고 있었던 거지. 그래, '차원 패러독스'가 존재했던 거야. 'So Fucking What' 때처럼 내가 제안하고 채택받은 그런 표현이지. (웃음)

**안나 한, 프로그래머&모험가**

쥬시는 '차원 패러독스'라는 말을 사용하지는 않았지만, 비슷한 말로 세계의 구조를 설명했어요. 하지만 여전히 이해가 가지 않는 일이 있었습니다. 쥬시의 차원은… 그러니까 옴 월드는 어떻게 보면 제가 태어난 차원보다 높은 차원이라고 볼 수도 있지만, 여전히 제가 만든 게임 속 세계라는 건 분명한 사실입니다. 그런데 어떻게 우리 세계보다 뒤늦게 등장한 낮은 차원의 세계에서, 우리 세계에서도 등장하지 않았던 '차원 이동 장치'가 등장할 수 있었던 건지 잘 납득이 가지 않았습니다. 게다가 어떻게 그 짧은 시간 안에 옴 월드 속에서 무수한 하위 차원이 생겨난 건지도 의아했죠.

**엘리 바야르(aka 쥬세 가너럼), 가짜 메시아**

그 이유는 간단해요. 안나가 뛰어난 프로그래머였기 때문이기도 하고, 어떤 오류가 발생했기 때문이기도 하죠. '배속하기' 덕분에 우리 차원은 빠르게 기술을 발전시킬 수 있었습니다. 생명 연장 기술도 '후원하기'를 통해 간접적으로 전해졌는데 그걸 더욱 발전시킬 수 있었고 말이죠. 하지만 그것만 가지고는 상위 차원의 기술 발전 속도를 따라잡긴 힘들었어요. 출발이 워낙 늦었으니 말이죠. 안나가 옴 월드를 매각한 이후에, 시간이 무한 배로 가속되는 오류가 우리 세계의 특정 지역에서 발생했어요. 바로 제가 살던 지역에서 일어났던 일이었죠. 그 오류는 좀 독특했어요. 제가 있던 지역을 무작정 무한 배로 가속했던 건 아니었어요. 그랬다면 저라는 존재 또한 오류에 휘말려 증발하고 말았을 겁니다. 그 오류는 우리가 만든 시뮬레이션 속 세계를 따라 하위 차원으로 내려가면서 시간을 가속했죠. 그렇게 해서 무한한 하위 차원이자 상위 차원이 탄생했던 겁니다.

제가 있던 공간 또한 적잖이 시간이 배속된 덕분에, 저는 안나의 차원에서도 만들지 못한 차원 이동 기술을 손에 넣었죠. 그에 더해 어느 차원에서도 만들지 못한, 시공간 조작 장치 또한 만들 수 있었어요.

**안나 한, 프로그래머&모험가**

쥬시와 저는 우리가 발견한 다차원의 구조를 사람들에게 알리기로 했어요. 이유가 뭐냐구요? 글쎄요, 태양이 지구를 도는 게 아니라 지구가 태양을 돌고 있다는 사실을 발견하면, 지구가 평평하지 않고 둥글다는 사실을 깨닫는다면, 그 사실을 모르는 사람들에게 알리고 싶어지지 않겠어요? 그거랑 비슷한 기분이었어요. 어쨌든, 가장 가깝고도 먼 차원에 있는 셰클리 박사님이 무사한지 확인하러 가는 김에, 사람들에게 진실을 알리고 싶었어요.

**대니얼 핸슨, 철학 교수&뇌과학자**

안나 한과 엘리 바야르가 우리 세계에 차원 이동 장치를 정식으로 소개했을 때, 다차원의 구조를 알려주었을 때, 뒤통수를 맞은 기분이 들더군. 머리가 꼬리를 무는 뱀인 우로보로스처럼 가장 낮은 차원이 가장 높은 차원을 낳으면서 모든 것이 역전되는 구조라니… 한편으로는 이런 의문이 들었어. 대체 GSSC는, 신의 소스코드는, 누가 만든 것일까, 하는 그런 의문이 말이야.

신의 소스코드는 '진짜 조물주'가 우리에게 보내준 선물일까? 우로보로스처럼 생긴, 혹은 도넛처럼 생긴, 이 무한한 차원은 하나의 닫힌 세계에 불과하고, 실은 이 모든 것의 바깥에 다른 차원이 존재하는 걸까? 한때 사람들은 지구가 둥글다는 사실도 알지 못했어. 아주 오랜 세월이 흘러서야 그걸 알게 되었지. 그로부터 훨씬 더 오랜 시간이 지나서야 겨우 지구가 숱한 행성 중 하나에 불과하다는 사실을 알게 되었고, 다시 한참이 지나서야 우주를 탐험하기 시작했지. 다시 긴 시간이 지나고 나서, 우주를 포함한 모든 세계가 시뮬레이션 안에 존재한다는 걸 깨달았어. 그리고 이제는 다차원의 구조에 관해 알게 되었지만, 여전히 많은 것들이 미지의 영역 안에 머물러 있지.

**안나 한, 프로그래머 모험가**

저는 쥬시와 함께 미지의 영역을 탐험하기로 작정했습니다. 이미 오래전부터, 모험은 우리에게 있어 익숙한 일이에요. 무한한 차원을 이동하는 동안, 쥬시도 저도 모험가로 거듭나게 되었으니까요. 우리는 신의 소스코드를 뒤져가며, 우로보로스 밖으로, 도넛 밖으로 나가는 방법을 연구했습니다. 그렇게 수십 년이 지난 지금, 우리는 새로운 차원 이동 장치의 개발에 성공했죠. 집채만 한 이 장치를 가동하기 위해서는, 이 세계의 모든 대륙으로부터 전력을 끌려 와야만 해요.

어쩌면 이번에야말로 우리의 모험은 비참한 사고로 끝장이 날는지도 모릅니다. 혹은 이제껏 알려진 모든 차원을 통틀어서 가장 먼 차원에까지 도달한 위대한 모험가로, 진짜 바깥 세계에 다다른 첫 번째 인간들로 기록될지도 모릅니다.

언젠가 버트런드 러셀이 말한 것처럼, 상위 차원은 무한히 계속될까요. 혹은 언젠가는 진정한 상위 차원에 도달할 수 있을까요. 어느 쪽이든 상관없어요. 쥬시와 함께할 수만 있다면요. 만약, 차원이 무한히 이어진다면 우리의 모험도 무한히 이어질 겁니다.

### 〈신의 소스코드: 다큐멘터리〉 공개 49주년 기념판 맺음말

본 다큐멘터리의 제작을 처음 시작한 지 250년이 지났다. 처음엔 수현 킴 토마스 추기경을 비롯한 몇몇 사람들이 목격한 '승천'과 그와 관련한 신흥 종교에 관해 다루는 내용으로 시작했지만, 안나 한의 귀환과 함께 다큐멘터리의 방향성이 크게 바뀌게 되었음을 밝힌다.

안나 한과 엘리 바야르가 도넛 밖으로 떠난 지 올해로 49년째이다. 그 뒤로도 많은 모험가들이 도넛 밖으로, 우로보로스 바깥으로, 모험을 떠났지만 아직까지 귀환한 모험가는 한 명도 없다. 일찍이 상위 차원으로 떠난 안나 한이 우리 세계로 돌아와 세계의 본 모습을 알려준 것처럼, 이번에도 모험가들이 귀환에 성공해 세계의 진정한 모습에 대해서 알려주게 되길 진심으로 바라마지 않는다.

### 안나 한, 쿠키 영상 1

부탁이 하나 있어요. 혹시라도 제 이야기가 픽션 영화로 만들어진다면, 엘리와의 정사 신은 넣지 말아달라고 전해주세요. 전남편이 레즈비언을 혐오하는 척하지만, 레즈비언 포르노라면 아주 환장하거든요. 극영화의 정사 신이 포르노라는 건 아니지만, 전남편의 성적 판타지를 충족시켜주고 싶지는 않아서요. 네? 전남편이 과연 이혼한 아내를 다룬 전기 영화를 보겠냐구요? 전 아내의 정사 신을 보고 성욕을 느끼겠냐구요? 제 전남편은 그러고도 남을 인간이에요. 금문교를 보면서도 자위를 할 정도로 성벽이 특이한 그런 인간이죠. (웃음)

### 엘리 바야르, 쿠키 영상 2

제가 벌인 사기 행각 때문에 어떤 종교가 만들어졌다고 들었어요. 제 직업을 표시할 땐 진짜 직업 대신 '가짜 메시아'라고 표시해주셨으면 합니다. 늦었지만 반성하는 의미에서라도 제가 사기꾼이었다는 점을 분명히 밝혀두고 싶거든요.

**안나 한, 쿠키 영상 3**

전남편도 다큐멘터리에 등장한다구요? 음… 미안하지만, 부탁이 하나 더 있어요. 전남편이 등장할 때 자막으로 이 정도로 큰 글씨로 '무직'이라고 적어주세요. 아니, 그것보단 '셀러브리티'라고 표시하고 괄호 안에 무직이라고 기입하는 게 나을 것 같네요. 아무튼, 꼭 그렇게 부탁드립니다.

## 존 프럼

〈테세우스의 배〉로 제4회 한국과학문학상 중·단편 부문 우수상을 수상하며 데뷔했다. 천천히 서두르며, 우리 내면의 얼어붙은 바다를 깨는 도끼같은 소설을 쓰고자 한다.

## 작가의 말

시뮬레이션 우주론의 근저에 깔린 기본적인 개념은 컴퓨터가 발명되기 전부터 존재했다. 장자의 호접지몽, 환영을 뜻한다는 인도 철학의 마야, 플라톤의 이데아 등에서 볼 수 있듯이, 각기 다른 문명에서 현실의 이면에 주목하는 철학적 개념이 여러 차례 등장한 바 있다.

다만 예전과 다른 점이 있다면 컴퓨터라는 물건이 가시적으로 '시뮬레이션 된 세계'의 가능성을 조금씩 확장하고 있다 보니, '현실이 어떤 가공의 것일지 모른다'는 생각은 어떤 형이상학적인 개념을 넘어서 점차 진지한 토론의 대상으로 여겨지고 있다는 것이다.

개인적으로는 소설 속 본문의 대사처럼, 'So What'에 가까운 의견을 가지고 있다. 물론, 시뮬레이션 세계를 창조한 프로그래머가 어느 날 친절하게도 용량 부족 등의 이유로 우리 세계가 속한 서버의 데이터가 통째로 삭제된다는 내용을 공지한다면, 엄청난 충격을 받을 것 같긴 하다. 아니, 그러고도 남을 것이다. 그런 이유로, 부디 앞으로도 우리 서버가 안전하기를 바라마지 않는다.

우리 서버 담당자분들과 원고에 도움을 주신 분들 그리고 문윤성 SF 문학상 관계자분들 모두에게 감사의 말을 전하고 싶다.

# 제2회 문윤성 SF 문학상 중단편 부문 심사평

## 본심 심사평

제2회 문윤성 SF 문학상에는 중단편 부문이 새롭게 신설되었다. 중단편은 전통적으로 세계와 아이디어에 중점을 두는 SF의 장르적 매력을 한껏 살릴 수 있는 분량인 만큼, 이번 문학상 중단편 부문에도 완성도 높고 개성 있는 작품이 많이 출품되었다. 응모작 대부분 고르게 뛰어났으며 아이디어와 설정, 세계의 독창성 등 SF의 과거로부터 이어지는 특징들을 계승한 작품과 현대적 문제의식과 감수성, 매력적인 인물을 그려낸 작품이 골고루 포진해 있어, 한국 SF의 스펙트럼이 점차 확장되고 있음을 확인할 수 있었다.

중단편 부문 본심에서 심사위원들은 대상과 우수상을 어렵지 않게 만장일치로 결정했다. 대상작 〈내 뒤편의 북소리〉는 재치 있는 설정과 눈을 뗄 수 없게 만드는 흡인력, 매력 있는 결말을 모두 갖추었다. 특히 SF만이 줄 수 있는 기이한 독서 경험을 제공하는 개성적 작품이라는 점이 높은 평가를 받았다. 아이디어 하나로 작품을 끝까지 밀어붙이는 고전 SF의 현대적인 재해석과 같은 느낌을 받았다. 우수상 수상작인 〈궤적 잇기〉는 수채화처럼 잔잔하지만 풍부한 색채를 지닌 작품이다. 새로운 세계를 그려냄으로써 지금 우리의 현실을 낯설게 보게 만드는 SF의 역할에 충실하면서도, 독자의 마음 깊이 침투해 삶과 관계, 이해에 대한 감정의 핵을 흔드는 서정성의 힘을 잃지 않았다.

가작 논의 과정에서는 다소 어려움이 있었는데, 본심에 올라온 다수의 작품이 수상작품집에 실린다고 해도 서로 이견 없을 만큼 고른 완성도를 보였기 때문이다. 따라서 완성도를 비교하기보다 여러 작품 중 눈에 띄는 고유한 매력과 독창성을 지녔는지를 주목했다. 가작 선정작 〈한밤중 거실 한복판에 알렉산더 스카스가드가 나타난 건에 대하여〉는 제목부터 유쾌하고 강렬하다. 경쾌한 전개와 매끄러운 문장으로 단숨에 독자를 결말까지 이끄는 한편 그 안에 묵직한 문제의식을 품고 있다. 〈사어들의 세계〉는 차분하고 건조한 분위기에 잠식되는 느낌을 주는 소설로, 주요 설정과 마지막의 주제가 잘 맞물리며 깔끔하게 마무리된다. 〈신의 소스코드〉는 여러 인물을 인터뷰하는 다큐멘터리 형식과 다른 세계를 종횡무진 오가는 이야기가 잘 어울렸고, 긴 분량인데도 독자를 한눈팔지 않고 다음 이야기를 읽게 만드는 힘이 있었다. 최종 수상작으로 선정하지는 못했지만 〈2035 배달 로봇 연쇄 실종 사건〉은 다소 흔하게 느껴질 수 있는 배달 로봇이라는 소재를 작가만의 개성을 더해 독창적으로 변주한, 인물들 사이에 주고받는 대사가 생생한 대화가 무척 매력적인 작품이었다. 〈반려견, 두 번 산다〉 역시 첫 인상은 무난했으나 페이지를 넘길 수록 독특한 문제의식이 드러나는, 기대를 조금씩 벗어나는 전개로 흥미롭게 읽어 기억에 남았다.

— **김초엽,** 소설가

제2회 문윤성 SF 문학상에서는 장편 외에도 중단편 부문이 신설되어 수상작을 발표하게 되었다. 심사과정은 기쁘고 당연하게도 한국 SF의 트렌드를 짚는 시간이었으며, 창작자들이 세계를 바라보는 근심어린 시선에 동감하는 시간이기도 했다. 과학과 비과학의 문제를 AI나 로봇 등의 설정과 연계해 풀어내는 작품이나, 역사 혹은 고전을 SF식으로 재해석하는 이야기가 여럿 눈에 띈 해이기도 했다. 코로나19의 영향일 수도 있겠으나, 사랑 혹은 관계에 대한 질문을 던지는 작품들 역시 본심에서 만날 수 있었다. 이번 심사를 하면서 재미와 새로움에 대한 숙고를 거듭하지 않을 수 없었다. 첫눈에 매력적이고 다른 매체로도 제작될 가능성이 큰 이야기와 SF 소설로서 매혹적인 이야기가 꼭 일치하는 것은 아니다. 하지만 SF

소설로서의 완성도와 창의성이 높은 작품이 결국 더 많은 독자를, 나아가 다른 매체로 재해석될 기회를 만나게 되리라 믿는다.

중단편 대상을 수상한 〈내 뒤편의 북소리〉는 SF 소설을 읽는 즐거움에 더해, 독창적인 전개와 뒷맛이 특이한 결말이 인상적이다. 'SF적'으로 보이는 몇몇 설정이 필연적으로 겹치는 응모작 사이에서 단연 눈길을 끌었다. 대상작을 결정한 뒤, 같은 작가가 출품한 중단편 여러 작품이 본심에 올랐음을 알게 되었다. 앞으로 작가가 쓸 작품들을 기대한다. 중단편 우수상을 수상한 〈궤적 잇기〉는 호불호가 크게 갈리지 않는, SF 특유의 방식으로 애상을 잘 그려낸 작품이다. 중단편 가작 중 〈한밤중 거실 한복판에 알렉산더 스카스가드가 나타난 건에 대하여〉는 유머러스한 제목처럼 산뜻한 작품이다. 〈사어들의 세계〉와 〈신의 소스코드〉는 각각의 작가가 가진 미래의 가능성을 이번 작품들만큼이나 높이 샀다.

— **이다혜,** 〈씨네21〉 기자

작년보다 훨씬 많은 응모작이 있었기에 심사에 임하는 마음이 즐거우면서도 무거웠다. 일견 다양해진 듯하면서도 어떤 쏠림이 읽히기도 했다. 다행히 심사위원 모두가 좋아하는 작품이 여지없이 나타났고, 중단편의 실험성과 다채로움은 장편의 에너지에 뒤지지 않았다.

대상 수상작 〈내 뒤편의 북소리〉는 지구의 시점이 아니라 우주의 시점을 탐해보듯, 인간이 아니라 외계인의 시점을 취해보는 신선함이 인상적이었다. 우수상 수상작 〈궤적 잇기〉는 소설만이 걸어볼 수 있는 감각적인 산책길을 돌아다니는 기분을 느끼게 해주었다.

가작 수상작 〈한밤중 거실 한복판에 알렉산더 스카스가드가 나타난 건에 대하여〉는 제목을 접한 순간부터 느낀 즐거운 당황함을 끝까지 배반하지 않았다. 모든 사라지는 것들에 대한 경외감을 다룬 〈사어들의 세계〉는 절멸된 세상에서 혹시 새 생명이 태어난다면, 그건 꽃이어도 좋겠다고 생각하게 해주었다. 〈신의 소스코드〉를 읽으면서는 다큐멘터리 형식의 대화로 풀어낸 전위적인 형식을 갖춘 기이한 연극 무대를 훔쳐보는 기분이었다.

— **민규동,** 영화감독

# 예심 심사평

〈2035 배달 로봇 연쇄 실종 사건〉은 '로봇이 인간에게 마음을 줄 수 있는가'라는 질문을 무리해서 반복하는 대신, '왜 우리는 로봇에게 마음을 줄까'를 생각하게 만드는 산뜻한 소설이었다. SF적인 성격이 강하지 않고 소재 역시 흔했는데도, 몰입해서 읽게 만드는 대사 센스가 뛰어났다.

〈궤적 잇기〉는 담백하고 좋은 글이다. 구조, 설정, 세계 구성 모두 준수했다. 결말의 전형성이 살짝 아쉬웠지만, 외계 행성의 장면이 선명하게 떠오르는 매력적인 작품이다. 강한 서정성으로 독자의 마음을 흔드는 전개가 강점이다.

〈Re: 우르수스 행성 대족장 취임 20주년 기념 선물에 대해서〉는 클래식한 정취의 SF로서 〈스타트렉〉의 한 에피소드를 보는 듯한 재미가 있었다. 다만 너무 많은 설정이 짧은 분량에 압축되어 전달되는 아쉬움이 약간 있었다.

— **김초엽**, 소설가

〈스페이스 DJ〉는 브레인 스캐닝, AI, 다른 물성의 인간 존재 등 흔한 소재를 다루지만 읽는 이를 지겹지 않게 하는 힘이 있다. 주역 캐릭터들은 합이 좋고 부담스럽지 않다. 글의 시작과 결말이 과하거나 모자라지 않게 균형이 잡혔다.

〈사어들의 세계〉는 주제와 메시지가 일관적이고 안정적이다. '사라지게 만들어진 것', '사라져가는 것', '사라진 것'을 동일선상에 놓는 은유가 아름답다. 수치화되지 못한 채 존재한다는 것에 대해 생각하게 하고, 단지 존재한다는 사실만으로도 어떤 작은 세상의 수치를 결코 0으로 만들 수 없다고 억지스럽지 않게 주장한다.

— **문목하**, 소설가

응모작에는 많은 로봇 이야기들이 있었는데, 그중에서도 〈댄싱 머신 코린〉은 로봇에 예체능을 연결시키는 컨셉으로 제임스 팁트리 주니어나 코니 윌리스를 떠올리게 하는 경쾌하면서도 디테일한 스타일의 이야기 전개가 돋보였다.

〈무성애자의 사랑〉은 현재 진행형인 코로나 바이러스의 모티브를 품은 근미래 바이러스 재난 이야기로서, 한국 사회의 중심을 가로지르는 젠더 문제를 황당한 역병으로 풍자해내는 현실감각이 꽤 재미있다.

〈반려견, 두 번 산다〉는 '엄청난 돈을 상속받은 반려견이 복제동물이라면?'이라는 화두로, 근미래에 펼쳐질 만한 생명 복제의 문제를 집요하게 풀어보고 있다. 개 칼럼니스트라는 독특한 캐릭터의 세팅으로 인간세계에서 빈번하게 발생하고 있는 상속을 둘러싼 막장 싸움의 한가운데로 독자를 초대한다.

— **민규동**, 영화감독

〈영혼을 부탁해〉는 영혼에 물성을 부여해 인간 사회의 감정적 측면을 은유하는 아이디어가 재미있었다. 다만 설정의 뾰족함이 다소 아쉽게 느껴졌다. SF에서 이러한 설정을 외삽하는 이유는 현실의 새로운 일면을 비틀어 날카롭게 드러내 보이기 위함이다. 하지만 이 작품에서는 일상적으로 사람들이 영혼에 대해 이야기하는 논의의 범주에서 훌쩍 도약하지는 못한 것 같아 아쉬웠다. 예심에서 읽은 작품 중 내면 묘사가 가장 좋았던 작품이었다.

〈영원한 것을 동경해서〉는 읽으면 읽을 수록 더 자세한 사연이 궁금해지는 작품이었다. 세계와 사건이 흥미로워 장면 사이사이의 빈공간을 자꾸만 상상하게 된다. 다만, 단편 분량에 담기에는 야심이 큰 이야기라는 생각이 들었다. 우주적 규모의 설정과 굴곡진 감정선이 복잡하게 교차하는 이야기여서 단편보다는 장편으로 개발했을 때 큰 시너지가 있는 스토리로 느껴졌다. 특색 없이 무결한 작품보다는 단점이 있더라도 뚜렷한 개성이 낫다는 생각으로 본심에 올렸다. 은하계 레벨의 스페이스 오페라 장르를 시도한 작가의 도전에 응원을 보낸다.

〈악다구니〉는 도입부에서 물음을 던지고 결말에서 답을 맞춰보는, SF 장르의 고전적인 재미에 충실한 작품이었다. 할란 엘리슨을 연상시키는 집요하고 선연한 묘사가 좋았다. 시작 지점의 궁금증을 마지막까지 유지하며 미스터리를 끌고 가는 방식이 탁월하다. 거칠지만 에너지로 충만한 작품이다.

— **이경희,** 소설가

〈노보(露保) 윤종부전〉은 과거로 시간여행을 한 로봇이 그 시대의 사람들과 지내는 이야기인데, 설정과 전개, 결말까지 두루 신박한 매력이 있었다. 와중에 윤종부(로봇)의 후손 이름이 갑생인 것도 당대의 문화를 아주 잘 반영해 재미있었다.

〈남극성의 오른쪽으로 뛰어라〉는 제목이 무척 좋았다. 약간 심심한 듯 전개되지만 읽는 재미는 있다.

꿈을 판매할 수 있게 된 세상에 대한 이야기인 〈꿈의 효율〉은 다소 허무개그 같기도, 블랙코미디 같기도 한 소설인데, 분량을 좀 줄이면서 수정하면 좋을 듯하다.

— **이다혜,** 〈씨네21〉 기자

〈장례지도사〉는 제목이 무슨 의미인지 내내 고민하다가, 마지막에 가서 무릎을 치며 아름다움에 감탄하게 된다. 〈식스 센스〉 같은 작품에 무리 없이 SF적 요소가 끼어든다.

〈저장〉은 과학기술이 작동하는 방식을 다룬다는 SF의 본령에 충실한 작품이다. 죽은 사람의 기억을 업로딩하는 마인드 업로딩을 다룬 작품은 많지만, 두 가지 기억이 상충하는 동시에 협력하는 이야기를 볼 수 있다니 굉장히 매력적이다.

〈정서 회로〉는 감정을 파악할 수 있는 기계의 탄생이라는 주제를 역으로 적용시켜서 감정이란 무엇인지를 탐구했다. 우리가 파악할 수 없는 것들에 관한 결말이 열려 있는 점도 좋았다.

〈우리를 위한 최후의 기우제〉는 고전적인 이야기와 새로운 이야기가 아름답게 뒤섞인 결과물이다. 우리가 생각하는 '미신적인' 것들이 과학기술의 외피를 쓰게 될 때 느끼게 되는 소위 '마술적 리얼리즘' 같은 짜릿함이 있다.

〈신의 소스코드〉는 완전히 다른 세상을 아주 현실감 있게 묘사해냈다. 여러 사람의 말을 인용한 형식은 다소 산만하나, 캐릭터와 설정이 매력적이어서 그런 단점을 뛰어넘을 수 있었다.

— **이서영**, 소설가

〈한밤중 거실 한복판에 알렉산더 스카스가드가 나타난 건에 대하여〉는 영유아용 가전 시장의 자체 개발 인공지능 '엔젤'과 관련한 소동극으로, 강렬한 제목부터 유쾌한 인물들의 티키타카까지 상업성과 완성도 양측에서 높이 평가하였다. 인공지능과 관련하여 어깨에 힘을 넣지 않고서도 깊이 있는 이야기를 만들어낸 점 역시 작가의 역량이 엿보였다.

〈치안복지부 유진 언니〉는 시간여행자의 윤리와 타임 패러독스에 대한 단편이다. 전반적인 분위기는 어딘가 귀여우면서도 다정한 느낌이지만 이야기가 전개되면서 조금씩 소름 돋는 방향으로 사건이 풀려나가기 시작한다. 타임 패러독스의 클리셰를 크게 벗어나지는 못했으나, 예측 가능한 한도 내에서 여운이 남는 엔딩을 만드는 기술적인 역량이 돋보였다.

— **홍지운**, 소설가

2022 제2회

# 문윤성 SF 문학상

## 중단편 수상작품집


**초판 1쇄 발행** 2022년 8월 25일

**지은이** 이신주, 백사혜, 이경, 육선민, 존 프럼
**펴낸이** 박은주
**편집** 설재인
**디자인** 김선예, 서예린, 오유진
**마케팅** 박동준

**발행처** (주)아작
**등록** 2015년 9월 9일(제2021-000132호)
**주소** 04050 서울특별시 마포구 양화로 156 LG팰리스빌딩 1428호
**전화** 02.324.3945-6 **팩스** 02.324.3947
**이메일** decomma@gmail.com
**홈페이지** www.arzak.co.kr

**ISBN** 979-11-6668-681-8 03810